春潮NOV+

回到分歧的路口

人间

我 来过

那多 著

中信出版集团｜北京

图书在版编目（CIP）数据

人间我来过 / 那多著. -- 北京 : 中信出版社,
2021.9
　　ISBN 978-7-5217-3395-2

　　Ⅰ.①人… Ⅱ.①那… Ⅲ.①长篇小说—中国—当代
Ⅳ.①I247.5

　　中国版本图书馆CIP数据核字(2021)第148649号

人间我来过

著　　者：那　多
出版发行：中信出版集团股份有限公司
　　　　　（北京市朝阳区惠新东街甲4号富盛大厦2座　邮编　100029）
承 印 者：三河市中晟雅豪印务有限公司

开　　本：880mm×1230mm　1/32　　印　　张：9.75　　字　　数：180千字
版　　次：2021年9月第1版　　　　　印　　次：2021年9月第1次印刷
书　　号：ISBN 978-7-5217-3395-2
定　　价：59.80元

感谢我的太太赵若虹

在本书写作中提供的帮助

目录

美 梦 似 路 长

· 1 · ·

　　死后应该埋在哪里，这个曾经天大的问题，许峰已经好多年没有考虑过了。

　　更重要的也许不是埋在哪儿，而是和谁埋在一起。他一直以为找到了那个人，现在看来，似乎又没有。

　　如果不能好好活着，那还不如死了吧。许峰是这样认为的。

　　可是怎么算是好好活着呢？

　　生活一天天碾过来，每个人都是磨盘里的粟谷，碰撞挤压颤抖，下一刻就要成为齑粉，成为稀薄的汁液。即便这样还想要活下去的话，那总得有光吧。不为照亮别人，而是照着自己。

　　许峰甚至觉得自己是幸运的，因为他生命中的那团熊熊火光——她像北极星一样恒定在命运的幕布上，多少年不曾改变过位置。许峰会时时停下来回望她，以确定自己在人间跋涉的意义。然而此刻，他蓦然发现天地晦暗，火光不存。他知道自己走得太远，得寻回去。

　　一道闷雷在头顶滚过，平地生风。

许峰愣怔了片刻，心湖中缓缓浮出一段曲。

　　我劝你早点归去
　　你说你不想归去
　　只叫我抱着你
　　悠悠海风轻轻吹，冷却了野火堆
　　……

　　他听着并不真切存在的旋律。张国荣的声音、自己的声音、她的声音，轻轻和在一起，虚幻中交叠着熟悉和陌生，一时迷梦。

　　"许先生，这是钥匙。"中介不知什么时候到的，也许在旁边候了一会儿。

　　许峰接过钥匙，寒暄了几句，往小楼门口走去。中介问要不要再陪他看一遍屋况，他摆手说不用。

　　开门时，街边传来一串急促的喇叭声。他别过头，一辆电动车在街头急转弯，留给他一抹尾灯。

· 2 · ·

　　米莲手肘撑地，压着自己的大片伤口。她急转弯整个人飞摔在人行道上，运气好只受了擦伤，这是前天的事，现在才刚结痂。

　　要死了要死了，她在床底下想。

　　前天许峰租下房子的时候她气蒙了头，那幢花园洋楼和附近农民宅基地房完全不一样，简直是梦想之家，好过现在住的地方一百倍。她都不敢去想租金得有多贵。跟踪丈夫跟出这样一个结果，她血涌上头，按响喇叭嗤起小电驴冲了过去。刚起步风扑在脸上她就开始慌，靠得越近慌得越厉害，终于在某一瞬间害怕压倒了气恼，扭转车头落荒而逃。

　　回到家里她一边洗伤口一边哭，心里慌得不得了，恳求观音娘娘保佑。这算什么呢？事情还是没有搞清楚，日日晚归许是工作忙，夜半短信可能是错发的，租下房子也可以有很多种理由。许峰晚上回家，她问今天怎么样，许峰说下午跑了一次康桥给人修电脑。大地方倒是对的。夜里她起身，在许峰的钥匙串里找到了陌生钥匙，躲去厕所哭，然后用笔把钥匙形状描下来，天亮去照着配了一把。要说配了打算干什么，她确实没有认真想过，整个人迷迷瞪瞪的，不知道该做什么，又总得做些什么。

连着两天，她拼了命地装作什么都没有发生。她觉得自己肯定是装不好的，但两天就这么过去了，许峰也没发现异样，至少没问。这让米莲越发心苦，从前许峰把她看得多紧呀，这变化是从什么时候开始的？从她剪去了长发吗？从她推荐他读东野圭吾的小说吗？

今天傍晚，许峰打电话说不回来吃晚饭，有老乡来上海，他要赶去城里和他们喝酒，估计得到明天早上。许峰原本几乎不进城的，这阵子多了。挂完电话米莲坐下去又站起来，心神不定，昨天夜里许峰出门几小时她忍住没问，今天他索性不归宿了。米莲把自制杨梅烧酒找出来喝掉半瓶。她不应该喝酒的，但是顾不得了，只想早点睡觉，眼睛一闭一睁丈夫就回来了。睁开眼窗外还是黑的，刚过夜里 12 点，米莲从床上翻起来，簇新的钥匙顶在手掌心，骑上小电驴去康桥。

小洋楼灯火通明，周围人家都暗着，它异常显眼。米莲远远熄了火，蹑手蹑脚走上去，钥匙磕在锁上得得得得直响。她左手扶右手，慢慢把钥匙移到钥匙孔，捅进去拧开。推开门的那一刻她被泪糊了眼，什么都瞧不清，全身过了电一样酥麻。已经到了这一步，她怕自己瘫下去没个样子，按下所有的念头，全身的气血沸腾起来，歇斯底里猛发一声喊。

结果那是空屋子，没人。

许峰大概真的是喝酒去了，这多少给了米莲一点安慰，于是她又担心刚才那嗓子会不会吵到邻居。小楼干净得很，没有生活痕迹，没有女人东西，衣橱里空空如也，只一个抽屉里有套红缎牡丹纹中装。这也在理，毕竟钥匙才刚交到许峰手上。米莲倒在卧室一米八的大床上，这床比家里的大，比家里的软，酒劲又上来了，她想在这里睡到天亮。迷迷糊糊的时候，她听见了楼下开门关门的声音。

米莲想跳窗，发现有防盗铁栅栏出不去，只好躲到床底下。楼梯有声响，她一激灵从床下翻出来，把躺皱的床整理好，又再钻回去。

不止一个人的脚步。她祈祷别有许峰，可上帝没听见她的祈祷。

米莲闭上眼睛，就看见了许峰。那是他们的初见，她被定定地瞧着，从来没人用这样的眼神看她，像是一线光牵过来，灼在头发上，灼在肩膀上，灼在背心里，她成了被选中的人，是需要解救的羔羊。她自此追随他，有一度，不，至今米莲仍觉得是许峰给了她新生命。他坚定、少语，有巨大的内在，给人绝对的依赖感……这与父亲的角色相似，又有许多不同，许峰是……是一尊像，是黑夜里的灯塔，是波涛中的巨轮，是一切神话中开天辟海的巨灵，而她只需俯首跟随。

所有这些关于许峰的光环在脑海中此起彼伏交相辉映，米莲拼命地把这些梦召唤出来，堆叠得越来越高，自己深埋其中。她嗅到许峰的气息，那是真实不虚的，它混杂在尘灰的味道里，混杂在另一种淡淡的香水味里……米莲睁开眼睛，落满了灰的地板就在鼻子前头，顶上的床架剧烈摇动着，微尘弥散在床下的小小空间里。她的一声声心跳承载着床上女人忘情的一声声喊，承载着他粗重的喘息。她持续地心悸，并非不堪重负，反而是惶惶然的轻，轻飘飘下一刻就要飞走，在她胸口留下一个空洞。

床架还不知要震动到何时。米莲趴在那儿，手臂伤口从遥远的地方传来隐约的痛感，前方扁狭的床沿是世界打开在她眼前的窄窗，窗外近处是一只棕色船鞋，她三个月前给买的，另一只散在一步之外，如果在家里她会摆放整齐的；还有一只亮银镶水钻的尖头高跟鞋，因为跟太高而侧倒在地上，另一只在窗外瞧不见；往远去是一张墨绿绒面单人沙发的下半截，半根牛仔裤管搭下来，那是她两天前洗好的。

这怎么可以不是梦呢？

她仿佛是个潮退后第一次看见海底礁石的小女孩，眼前狰狞邪恶、光怪陆离、一片狼藉，而后巨潮回卷，把她溺在无边恐惧中。

她问自己，是不是就要失去许峰了，是不是已经失去许峰了？她原本最喜欢的就是对往后生活的畅想，甚至可以看见和这个男人一起变老的模样。她是如此向往那样的时刻，等待着死亡将他们最终合在一处。和许峰共同生活的片段不停地冒出来，对许峰的感情强烈地勃发出来，所有这些都没有了归处，无法搭救她，反而拖着她往更深处坠落。

要怎么办呢，要怎么让这一切都不曾发生，怎么让这一切过去，怎么把许峰留住？为什么自己今天要过来，为什么前天要去跟踪，都不曾想过如何面对后果吗？米莲想怪那瓶酒，又知道实在是自己蠢，冲动起来身体走在理智前面，出了事又硬气不到底，终归还是怕，怕得软成了一摊稀泥。

米莲想号哭一场，痛痛快快地用最大的力气，哭个昏天黑地，哭个不省人事。哭是发泄是逃避，然而她现在不敢，她紧紧勒住那条线，勒在心上勒在脖子上，一旦失控断了线，她怕控制不住声音被床上的人发现。现在她还有一个机会，忍过一晚，当作什么都没有发生。她假装还有一个选择权，等一切冷下来，等她想明白许峰是怎么回事、自己是怎么回事。眼泪是一直在流的，那不叫哭，那是眼睛自己的事，超脱于理智和身体控制。她的手握成拳头，瞪大眼睛张大嘴巴，浑身都紧紧绷着。她情不自禁地要大口吸气，因为她喘不上来，但不可以，一个拼命呼吸的人会弄出垂死哀叫的啸音，必须把喉咙口撑开慢吸慢呼，哪怕觉得身体都缺氧了也只能这样。全身都在抖，她把一只拳头塞进嘴里，怕牙齿不小心磕出声音。眼泪和鼻涕流在拳头上，两个鼻孔堵住了一边，另一边闻到一丝烟味，米莲这才意识到，上面的动静不知什么时候停歇了。

那烟味不熟悉，不是许峰。

"你抽不抽？"上面的女人问。

"现在不想抽。"

女人低笑了一声。

她的音线又绵又糯，说一个字像吐一根线，轻轻易易就缠进男人心里。

"你平时就住这里呀？"女人问。

"不常在这儿。想一个人放松放松的时候会来。"

"我想也是。"

不说实话,米莲想,许峰对这个女人也不说实话。

"你太太是什么样的人呀?"女人问。

米莲不禁把头仰起来,想透过床架看见许峰的脸,看他怎么回答。

"怎么这么问?我没结婚啊。"

女人又低笑一声,也不知有没有相信。上面安静了一会儿,应该是女人又吸了几口烟,再开口的时候,声音更腻了几分。

"你们男人,是不是都不想结婚,就想这么玩下去的?"

"那是没碰见,碰见了还是会结婚的。"

一句一句话从上面钻下来,米莲闭不起耳朵。她想象着女人的模样,长发还是短发?皮肤白吗?嘴角会不会有一颗痣……她真想看一看她。

她是抽烟的,米莲之前没想过许峰会喜欢一个抽烟的女人。抽烟的女人更有个性。那么多年,自己一直在许峰的规范下生活,头发的样式、穿衣服的风格,甚至听的歌曲看的电影,都严格照着许峰的喜好。最初也不习惯过,但许峰于她不光是情,还有大恩,些许改变不算什么。这么努力地顺从到今天,竟错了吗?

"累吗?要不要睡一会儿?"男人问。

女人呢喃了一句,听不清楚。

结婚6年了,之前一直没能要上小孩,焦虑之余,米莲是想有一些变化的。她听小姐妹说,男人喜欢新鲜感,不能一成不变,要厌的。她也在网上见到许多厉害的女人说，女人要找到自我，自己发光更有魅力。所以她开始看一些从前不看的书，追一些从前不追的剧，想和许峰有一些从前没有的话题。两个月前她被小姐妹拉去做发型，小姐妹和发型师咬完耳朵，一刀下去她就傻掉了。小姐妹说你短头发多好看呀，五官好才能剪短发，一会儿带你去买衣服，给你老公换个新老婆。回家许峰盯着她看了好久，看得她心里发毛。米莲从来没见过许峰那样的表情，他不是看见了一个新老婆，他是看见了一个陌生人。那表情背后还有很多东西，米莲读不出来，她以为许峰要狠狠发一场火，但是他什么都没有说，就这么过去了。回想起来，变化就是从那个时候开始的，那一剪刀下去，许峰的心就不在家里了。

所以许峰肯定是喜欢一个循规蹈矩的女人才对，他怎么会喜欢一个抽烟的女人呢？

米莲不知道自己错在哪里，也不知道上面那个女人赢在哪里，她要怎么改才能把丈夫拉回身边呢？只是因为她新鲜吗？又或者她特别特别的漂亮吗？她到底长什么样子啊？

"为什么你要去做……"上面许峰低声问了一句话，后半句没听清楚。

没听见女人的回应。停了一小会儿，床架又开始轻轻晃动起来，幅度比前一次小一些，伴随着拍击声。

不要去想，不要去想，米莲对自己说。

轻微的声响。米莲转头去看，一条紫色性感胸罩掉在地上，一定是被床上两人的动作蹭下来的。她赶紧把头转回来，却又见到几缕头发从另一侧的床沿垂落下来。

她是长头发呀，米莲想，真不该把头发剪了。

然后她闻到了一股异味，不很好闻的味道，带着点骚臭。

味道出来的时候，床架的震动也停了下来，头顶传来一声长长的吐气。除此之外，没有了其他任何声响。

吐气后是许峰略显粗重的喘息。听着听着，米莲觉得有哪里不对。噔噔两声，两只光脚踩落在她前面的地板上。米莲知道哪里不对了，那女人的喘气呢，怎么听不见？异味在持续不断地散发，米莲觉得很像是尿味，她往斜里瞥了一眼，几缕头发还荡在那儿，头发的主人躺在床上没动。

米莲呆呆地瞧着那一双光脚，熟悉的脚，第二趾长出一截。脚趾斜对着她，正对着女人的头发。脚开始挪动，走到房间一边，吱呀一声，是衣橱的门。脚走回来，一叠衣服扔在地上，红缎牡丹纹中装。女人的头发还是没动。

脚往米莲的方向走了一步，吓得她把头往后缩。脚紧贴着床沿站定，然后向后退。头发动荡起来，猛一下变多了，瀑布般垂落下来，发梢搭着地面轻轻晃动。脚再退一步，头发随之远离。米莲此前完全停滞的心脏此时才疯狂泵动起来，她再一次把拳头塞进嘴里，死死顶在牙上。这个动作在下一秒救了她，脚继续后退的时候，黑色的瀑布又一次流动起来，随即现出了源头——连在头发上的半张脸，半张睁着眼睛的倒挂的女人的脸。一步一步，瞪大的眼睛、高高的鼻梁，一切都是倒悬的，近在咫尺的五官拼不起一张人脸，紧接着是下巴，是乳房……赤裸的身体在米莲上空斜斜滑落。

米莲的拳头在抖，头在抖，身体在抖，她趴得更低，扭动手和腿，尽量不让骨头挨着地，免得在地板上磕出声音。眼泪早已经不流了，心里忽然闪过一个念头：他没有喜欢上别人，他没有要抛下我，他是……要杀一个人。

咚！女人被完全从床上拖下来，脚砸在地上。

细细直直的腿侧对着米莲，臀部隆起漂亮的曲线，这些曾经会让米莲偷偷比较的身体特征，此刻房间里的三人谁都不在意了。有一只手在翻捡旁边的中装，拿起红裤子，在米莲看不见的地方砰地一抖，两条光腿跪下来，开始给女人穿裤子。裤管很宽大，女人活着时无论如何不会穿这样的裤子，现在自然没有反抗余地。拎起脚捅进裤管，几把拉过屁股，然后轮到上衣，先套袖子，再把身体翻面，手搂住女人肩膀抬起上半身。长发披散的头颅后仰，把细长白腻的脖颈挺在前面，喉间青紫的扼痕触目惊心。

米莲看着这一切在一米远的地方发生。女人被穿上衣服的过程中，男人几次伏低，如果不是过于专注，那角度是能看见床底下另一个女人的。那是许峰吗？好几次米莲问自己。许峰杀人了，他变成一个杀人犯了！米莲没准备好去接受这样的事实，大脑几乎都休克了，思维一帧一帧地卡顿。如果许峰真把视线投向床下，就会瞧见一个目光凝固的木偶，即便被拖出床底，都不会改变僵直的姿态。

原来衣橱里的中装是派这个用处的，米莲想。等她的脑子转到这个问题的时候，许峰正坐在床沿，屋里飘散着熟悉的香烟味道，米莲能看见他的脚后跟。可是为什么要给她穿这身衣服，为什么不是她自己的衣服？许峰抽完烟，开始穿衣，穿袜子，穿鞋子，皮鞋走出米莲的视线，开门关门声……米莲不敢动，连眼珠子都不动，还是直愣愣地往前瞧着，盯住地上的那一团红物。忽然之间她就懂了，这是死人衣服呀，是下葬时棺材里的寿衣。

给她换上了寿衣，这是什么意思呢？米莲想不了这个问题，她的脑袋还在轰隆隆地响，各种念头来回冲撞，哪一个她都跟不上。有下楼的声音，许峰要出门吗？听见关大门声了。出门好，走远了好，剩她一个人……一个活人。米莲知道这个时机很重要，她尽力让自己镇定下来，先别想其他的，得快点躲出去，躲远一点，许峰一会儿总还要回来的。她不是怕见许峰，现在还说不上怕或不怕，是压根儿没想明白这件事情，她需要有一个地方可以安安静静消化这一切。

米莲想动一下，没动了，全身每寸地方都锁着，她奋力一挣，阀门松开，所有的痛和酸一齐涌了出来。她瘫软在地上，放肆地喘了好一会儿粗气，这才手足并用从远离尸体的另一边床底爬出来，扶着床沿站起身。她贴着墙边颤悠悠挪到门口，手按在门把上，终究还是回过头去，看了一眼地上的女人。

她还和刚才一样圆睁着眼睛，半张着嘴，本该娇美的脸保留着不久前拼命呼吸到最后一刻的挣扎，在大红寿衣的衬托下苍白得可怖。米莲终于看清了她的模样。这并不公平，因为这不是她的正常容貌，可是米莲没见过这张脸活着的样子，此刻的僵硬扭曲就在记忆里永远定格了。

不能多看，米莲转回头，拧动门把，发出"咯"的一声响。

又是"咯"的一声响，可是米莲的手没动。

她猛地回头。

几秒钟的静寂后，尖锐陡峭的吸气声从女人半张的嘴里传出，她的喉头开始蠕动，她的嘴唇开始颤抖，她的瞳孔收缩，然后眨了一下眼睛。

她没死，她活过来了！

米莲扑过去。太好了，她想，许峰没有杀人，他不是杀人犯了。她松了一大口气，整个人的重量都少了一半。

女人开始呛咳，米莲把她扶坐起来捋背顺气，她混混沌沌看着眼前的陌生人问："你……"

女人只问出一个字就停了下来，此前深渊般的记忆倒卷回来，她猛地把嘴张到最大，尖叫声即将发出的时候，被米莲死死捂住了嘴。

"他没走远呢，"米莲在她耳边说，"先离开这儿。"

米莲把手松开的时候，女人的眼泪鼻涕都下来了。

"他还在这里？"她颤抖着问。

"刚出门。"米莲的脑袋现在灵活了许多，"他以为你死了，肯定是要去处理后面的事情，说不定就是去院子里挖坑。不能走门，找找看没封死的阳台或者窗户吧。"

她在心里念着阿弥陀佛，感谢着各路神仙。没死人，不管是对许峰还是对自己，一切就都还没走到绝路上。

"你是谁？"

米莲一时不知道该怎么回答。眼前的女人还没完全恢复神志，没有在等着答案，低下头发现自己穿着古怪的衣服，伸手就扯。米莲心里着急，这会儿换什么衣服啊？万一许峰不是去挖埋尸坑，很快就回来了呢？

还没等她提醒，外面就传来了动静。

如果米莲的职业不是家庭妇女而是警察，她就会明白，一个连寿衣都为被害人准备好的谋杀者，一定也早就想好了该怎么处理尸体。

许峰当然不会现挖坑。他绕到屋后，那儿停了辆三轮车，他掀开盖在后厢的油毡，确认过下面的树苗和铁锹，便把三轮车往屋前推。

三轮车发出吱吱呀呀的声响，如果在白天，这点动静会淹没在尘世喧嚣里，但此刻，却格外刺耳。许峰并不忐忑，邻居们早已睡熟，这点声音应该吵不到任何人吧。

如此安慰自己的时候，许峰突然听见一记彻底击破宁静的爆裂声。

许峰一激灵停下车，抬头往上看。

邻楼的二层亮起灯来，下一秒钟，女人的哭号声和男人的喝骂声从破裂的窗户后面炸开，紧接着有什么东西从窗里飞出来，然后又扔出一件。

"疯了疯了你哪根筋搭错！"男人气急败坏地骂出一大串污语。

"你就这样对我啊就这样对我啊，我要去报警我要让你抓进去，我去报警我让那个婊子抓进去。"女人一边号一边砸东西。

"你手机给我手机给我，想什么你脑子坏掉了你神经过敏……"男人的声音一下子低了半截。

"我管不了你让警察来管你，派出所摊开来……"

"你干什么，你要干什么！你有病！"

窗户前人影晃动，两个人一边动嘴一边动手。

显然这不是一个运尸体的好时机，也许会被吵架的人看见。许峰在墙根等了一小会儿，对楼的夫妻似乎并未真报警，但也没消停，附近陆续有两幢小楼都亮起了灯。他意识到一时三刻结束不了，得避一避。

回屋里去等他们收场吧，许峰想。他把车停好，蹭着墙边的暗影走到门口，拿出钥匙，插进锁孔，拧开。

门打开了。

许峰一进玄关就停下了，有声音。循之望去，一个人正在上楼梯，他看见下半身，鞋子很熟悉。

"米莲！"他脱口而出。

米莲闪躲不及，她脸色惨白，一下子失了所有力气，扶着栏杆缓缓瘫坐下来，瞧着许峰张口欲呼，却嗫嚅着说不出话。

许峰反手关上了门。

· 3 · · ·

许峰没有把尸体直接扔进坑。

他横抱着尸体，辛苦地跳进坑里，因为不平险些摔倒。他小心翼翼地把尸体放下，尽量少磕碰，帮她把衣襟整理好，解开头巾拂去乱发，露出干净的脸庞。他的动作温柔轻缓，仿佛心中仍有爱意。

曾经温热的躯体已经冷却，并将很快分崩离析，许峰蹲坐在旁，心中怅然。他并不后悔，但总不免有些迷茫，一时间竟不想起身。

黎明还早，杂草荒芜间，只露出了半个头的土坑里，忽然起了幽幽的调子。这调子时有时无，时高时低，时唱时和。哼着它的人，可能并无所觉，只是挣扎在往事与前路的旋涡里，情不自禁。

人生路，美梦似路长

路里风霜，风霜扑面干

红尘里，美梦有几多方向

找痴痴梦幻中心爱
路随人茫茫

春寒料峭，夜半歌声在这埋人的荒丘上盘旋，与此相伴的，是一线低低的啜泣声。

米莲跪在浮土边，坑里的许峰是如此遥远陌生。

"可不可以，可不可以……"她颤抖着说，"我们重新开始，我还是你的老婆，你还是我的丈夫，我什么都不会问你的，我们把这些都忘掉，当这一切都没有发生过，可不可以？"

许峰终于站了起来。他把这个坑挖得很大，大到有他此刻的立足之地，也大到足够并排躺下两个人。他搭着边翻上来，顺手操起铁锹杵在浮土上，冲着米莲长长叹了口气。

"你为什么不好好待在家里？"

死 者 们

1

"那个时候我还在警犬队。有一天我跟着队长，带两条狗出警。宝山一家工厂死了个人，木棍打死的，凶器在现场，人逃了，让狗去闻一下。两个人两条狗一辆车，狗在后座，乖得不得了。地方很偏，我和队长都不认路，导航版本又老，小路上来来回回地开错，跟鬼打墙似的。"

轻风透进半开的窗，把一晚上熏了两包烟的车内空气稍稍搅和了一下，连烟匣里的灰都没吹起半分，就消失不见。大刘起了个故事的头，把腿盘到驾驶座上，左右扭动着肩背。

歪在副驾的小黄一下坐正身子："你说的是抢哨兵枪那个案子？"

大刘笑笑，接着说："我们足足绕了两个小时路才找到地方，太阳都落山了。可我们车停在厂门口不敢进，因为地上倒了两个人。狗在车里拼命叫，队长让我下去看情况。我跑过去，两个人都是仰天躺的，这里……"

大刘拿手在自己胸腹间画了一大块。

"这里全都是烂的。肉、骨头、内脏混在一块儿泡在血坛子里，死得不能再死了。这是近距离吃了霰弹枪子。我冲去厂门口的保安室，保安也死在里面，一样的情况。这个场面冲击力太强了，我们是因为木棍敲头案过来的，怎么能想到要面对这种情况？我们马上打给平台，打电话的时候还听见厂区里有枪声，平台让我们先在外面等着。后来的情况你也知道的，厂区里做现场鉴识的两车文职正撞见那家伙，残了一个，一等功，还有两个二等功。那家伙如果不是枪正好卡壳，其实那队兄弟一个都活不下来。其实我讲这个案子，不是说我当时看到死的三个人有多害怕，那更多的是震惊。这事儿是后怕啊，我和队长讨论过，如果我们没有迷路，早点到了，正和那家伙撞上会怎么样？我们都没有携枪，那家伙身上三把枪，凶多吉少啊。从那事儿以后，我就有点信命。"

"一个人死还是活，都靠的是命吗？那我们警察是干什么的呢？"小黄说着把视线投向那幢农民楼，依然没有异常。

"我们吗，也是命的一部分咯。就好比说啊，我们要是把许峰逮住，他伏法了，会不会觉得冥冥间自有因果报应？我们既算是这人间世法律的代表，不也是他命运里的一环吗？"

"盯了那么多天都没动静。"小黄撇撇嘴，打了个呵欠。

"轮到你说了，说自己的啊，听来的就没意思了。"

小黄沉默了一会儿，不知想到什么，脸上的倦意转眼间就褪尽了。她把自己这一侧的玻璃放下来，深深吸了口新鲜空气。

"杨那一次……"

刚开口大刘就一震，她说的是上海近 10 年来最戳心的杀警案子。

"你在现场？"他吃惊地问。

小黄没回答，继续说下去。

"那时我在写材料，听见外面走廊里有动静，还没反应过来门就被推开了。办公室里两个人，我离门近，老张坐在我后面。他手里举着刀，刀和身上都是血，已经杀了人了。"

"不说了，行了。"大刘想打断她。

"他看看我，说他不杀女人，让我走。我就走了。"小黄艰涩地咽了一口唾沫。

"他挡在门口，我贴着边蹭着墙，他把刀让让，我就弯着腰矮着脖子出去了，把老张留在里面。我没去老张的追悼会。我打了两次报告，要求不当文职，转到一线。所以我现在在这里。"

大刘伸手过去轻轻拍了拍她的肩膀。

"照你的说法，老张是他的命咯，那我呢，是命里的一环？"小黄问。

"吃饼哦。"一个塑料袋从车窗外递进来。

"吃饼吃饼。"大刘一把接过来，分出一个塞给小黄。

后车门打开，路小威猫腰坐进来。

"来这么早，交班还有半个多钟头呢。"大刘说。

"想着早班就睡不踏实，醒得早就过来了。"路小威笑笑。

"干咱这一行得随时能醒随时能睡才行呀。"大刘咬下一块金黄色的葱油饼皮，满足地嚼着，还不忘伸出舌头舔掉嘴角的芝麻。

他瞧瞧小黄，又说："人得够皮实，心得够大。"

小黄低头吃饼。

"这家好吃，皮脆里韧，油不多不少。还有现磨豆浆。"路小威把豆浆拿给他们，然后问有没有新情况。

"许峰没回来过，他老婆也没出过门。"

路小威往车外探了探头，眺望目标屋外晾晒的衣物。

"昨天晚饭前米莲晾出来的，都是女人衣服。"小黄说。

"我来了你们就早点收工呗。"路小威缩回脑袋说。

"一班两个人，光你早到有什么用。来，你讲个故事给咱们解解乏。说自个儿碰到的吓人的事情，我们刚才一人讲了一个，挺提神。"大刘说。

"我这人胆子挺大的，没遇见过啥。"

"你胆大吗？"大刘看看路小威那张娃娃脸。

路小威笑笑，或许因为脸型，看起来总觉得腼腆。

"你是入行浅，否则胆子再大，也有寒心的时候。"大刘说。

前辈这么讲，路小威当然连声称是。

"非要说的话，倒有那么一件，里头被吓得最惨的不是我，是个货车司机。当时夜里两三点，那司机开夜路，看到前面晃悠悠骑过来一辆三轮车，安全起见就按了一声喇叭提醒。好家伙这一喇叭下去，车后头翻下来一个长发披脸的女人，跳到货车前面喊救命，大半夜的险些把司机吓出精神病。三轮车当时就跑了，女人到派出所里报案，我……"

笃笃笃，有人叩响了车窗。

"哟老大！

"老大，你咋来了？"

"都在干吗呢，才看见我，这能盯住些啥？"

几个人都有些尴尬，好在李节不为已甚，挥了挥手，说："行了，任务结束。"

"抓到许峰了？"路小威问。

"我是说监视任务结束，五天都等不到他人，多半是收到风声了，人手耗在这儿不是个事儿。"

"老大你专门来通知这个？一个电话不就行了？"

"我找他老婆聊一下，看能挖出点什么不。"

李节没走几步，路小威赶上来。

"老大我和你一块儿去，跟着学点。"

李节翻给他一个白眼："我怀疑你小子在拍马屁。"

· 2 · ·

　　早晨7点半，镇上已经鲜活起来了。一扇扇窗户推开，刷牙声、锅碗瓢盆声、笑骂打趣声从里面飘出来。还有各种各样的招呼声，如果是在街道上，那是邻居间的；如果是在屋子里，那是租客间的——不同的方言或者不同口音的普通话。8点之前，他们中的大多数人会从房子里走出来，去往附近的各家工厂上工，剩下女人和孩子度过他们自己的闲暇白日时光。这儿大概是上海本地人占比最少的地方之一了，因为近10年周边建起的许多工厂，本地人靠房租就可以拿到比从前种地多几倍的收入。

　　路小威落后李节半步，他们前方是一幢红瓦褐墙的农民房，四层楼里租着五户，安徽山东河南四川的都有。这片宅基地有小一亩，四层主楼外还建了副楼。副楼是间灰色平房，被一家人整租了，老公是浙江籍的电脑医生兼电器维修员许峰，江苏籍的太太不工作，名叫米莲。

　　屋前一片荒泥地，从前也许种过菜，还有个塌了一角的小木棚，经过的时候味道颇不好闻，应该养过鸡鸭。一个夹着包的男人从主楼里出来，迎面撞见李节和路小威，也不打招呼，径自从两人身边匆匆过去。

"是三楼的租客。"路小威对李节说，"但是这些天没怎么见到米莲和主楼里的租客互动，看上去不太来往。"

"镇子上像这种整租的不多，租金得贵一些。这要是心里有鬼，肯定不愿意和别人靠得太近。"李节说。

两个人走到副楼前，没有门铃，李节叩了几次门都没有回应。他瞧瞧路小威，路小威很肯定地说人在里面。

两个人绕着屋子走，旁边窗户开着，看进去像是客厅，靠窗一张方桌，米色桌布上摆了个梅瓶，里头插了花，红色的花配了几枝不知名的枝叶，似乎精心修剪过，客厅远角有沙发茶几和电视机柜，并没有人。走到副楼东头，窗户关着窗纱拉起，应该是卧室了，薄纱中间有空隙，看进去床上好像没人，但也看不太清楚。趴在别人家窗前太久总是不像样，两人便继续往屋后绕。厨房的窗户开着，远远就闻到一股香，灶台前一个女人用勺子从锅里舀着什么。屋里比外面高，她一勺把馄饨捞起来，看见窗户外面伸了个男人脑袋，吓了一跳。馄饨跌回锅里，溅起的滚水落进旁边的小火油锅里，嗞啦啦一阵响，她赶紧往后跳开。

"你们是谁？"她远远地问。

李节脸上也溅了几滴馄饨汤，咧着嘴抹掉，拿出警官证，从窗户伸进去。

"警察。找你了解些情况，麻烦开下门。"

米莲等油锅平了，先把馄饨盛出来，再往举在蒸腾白雾里好一会儿的手上瞅了一眼。

"不好意思哦，我来给你们开门。"

走回去的路上，路小威指着李节的脸说："老大，你额头都红了，烫到啦？"

"没事儿，这馄饨倒是够香。"

"怎么像是鸡汤香？"路小威抽着鼻头说。

屋子的门打开了，围着围兜戴着袖套的长发女子站在门前，双手无措地交握，对着两位警官说："是要跟你们走吗？"

"不用不用，屋里聊几句就行。"

米莲把两人领进屋，刚盛起的馄饨摆在餐桌上。她早饭正做到一半，问过两人不着急，就自去厨房把早饭继续做完。路小威眼尖，瞥见那碗馄饨的模样，汤上漂了一层亮晶晶的油，还撒了点点的葱花，实在是诱人极了。那股子香一整个屋子都能闻见，丝丝缕缕绕着鼻子打圈，要不是刚吃过饼垫了肚子，可真受不了。

"老大，这碗馄饨不得了啊。"他低声对李节说。

"怎么讲？"

"这味儿，还真就是老母鸡汤下的馄饨，奢侈。"他吞着口水说。

"瞧你这点出息。"李节批评完，也不禁咽了口口水。

嗞啦啦的油锅声从厨房里传过来，不知道米莲在烧什么。怎么会有人把早饭弄到这么复杂，一碗鸡汤馄饨还不够吗？

没多久米莲就端了个碟子从厨房里出来，里面是炸到焦黄的猪排和一片炸年糕。

路小威咂舌。

米莲看看桌上摆好的馄饨、猪排和年糕，又看看坐在沙发上的两个便衣，觉得有些难办。

"警察同志，你们吃过早饭了吗？"她只好问。

"吃过了。"那还能怎么回答？

"要不，你们先问，我过会儿再吃？"

那怎么行？馄饨皮要糊猪排要凉的，路小威想，但这儿轮不到他说话。

"您先吃，没事儿。这样，我们去外面抽支烟，一会儿再进来。"李节说。

两人出门又多走了几步，李节把烟分给路小威一支，点上抽一口，冲路小威扬扬下巴，说："有什么感觉？"

"好在是出来了，否则看着她吃太遭罪。老大你猜猜馄饨是啥馅儿的？"

"没发现你小子这么贫。"

"欸欸，这真是我最深的感受了啊。一个人给自己做这样的早餐，挺少见的。这算是个特异点，对吧？"

"这点特殊又能代表什么呢？"

"只有特别爱吃的人才会这样吧。"

"我看你也挺爱吃的，你会这样吗？"李节问。

路小威摇头："这也太麻烦了。嗯，所以不光是要爱吃，还得是对生活讲究的人才能这样。"

"你知道我的第一感觉是什么吗？"李节说，"我觉得像是一个特别贤惠的妻子给丈夫准备的早饭。"

"有道理啊，这么说来的话，她，她……"

路小威停了下来，烟夹在指间顾不上吸。他眼前浮现起米莲的模样，忽然间一拍巴掌，把烟都甩了出去。他连忙把烟捡回来，擦擦烟屁股塞进嘴里猛嗦一口，然后说："她化妆了。"

"化妆了？这我倒没注意，就觉得这女的怪好看的，只是有点憔悴。"

"很淡的妆，打了层粉底，也画了眉毛，比较自然的那种。还有口红，她抹口红了！"

"有吗？"李节狐疑地问。

路小威重重点头："有的，不是血血红的那种口红，接近正常嘴唇颜色，就是看起来更饱满有光泽。她这个算素颜妆，乍一看像是没化过，其实该有的都有。不过你说得对，她确实有点儿憔悴，这点淡妆遮不住，眼睛里也有红血丝，晚上没睡好的样子。"

"你小子倒挺会看女人。"

路小威嘿嘿笑了两声，说："老大，这么说她不会真是在等许峰吧，许峰和她约好了今天要回家吃早饭的吗？咱们不会是……不会是有点儿打草惊蛇了吧？"

"不会的，许峰这几天都没开过手机，米莲的手机也监控着，你们又一直在这儿蹲守，他们肯定没联系过。就算他们早先就约好了，也不可能精确到几点几分。如果这顿早饭是给许峰做的，怎么也得等他到家了才下馄饨吧，可我们进屋的时候米莲就已经在下了。这下好的馄饨，差几分钟就不好吃了，整了那么一顿精细早饭的人，可不会犯这样的错误。所以这饭一定是她自己吃的。"

"可又是馄饨，又是猪排的，吃完她这口红不就白画了吗？"

"女人嘛，只要好看不怕麻烦的。"李节说，"不过她这妆算是化给谁看的呢？"

"会不会她觉得许峰随时会回来，但又不知道到底什么时候回来，所以一直化着妆？"路小威说。

"你老婆在家一直带着妆？"

"老大，我没老婆……"

"我和你说这老婆和女朋友可不一样。你见女朋友都是在外面，嗯你没和女朋友住一起吧？"

路小威想说自己没女朋友，但最终只是摇了摇头。

"对啊，你在外面约会女朋友的时候她都是化好了妆的，可是女人在家里又不会化妆，但凡脸上多点什么也只可能是面膜。"

"也有一种可能，就是她始终要把自己最美的一面给老公看，所以在等着老公的时候，哪怕在家里也一直带着妆。哈哈老大你这是什么表情，这是羡慕吗？嫂子她嘿嘿……"

"我没老婆。"

没老婆先前说得这么热闹？路小威在心里嘀咕。

"但我有过老婆。"

路小威不知该怎么接，索性不接。

"米莲这样算是梦想老婆了吧，"路小威说，"许峰舍得扔在家里不闻不问？我看他们两个多半还是有约定的，说不定再蹲个几天就能逮到人了呢。"

"这可是杀人案子，逮到就是死缓起，还忍不了这几天？唉，之前去挂坡村测 DNA 的那组人太不小心，肯定是泄露了。"李节猛吸了最后一口烟，把烟蒂扔在地上踩灭。

"如果米莲真觉得许峰随时会回来，那她应该是不知情的吧？"

"一般来说，不知情是大概率。被害人也是个姑娘，年纪轻轻被掐死了，米莲要是知道了能不怕？还能这样素手调羹？可是看她这个憔悴模样，是不是在为许峰担心？那样的话她会不会知道些什么呢？就算她不知情，也不代表不能提供线索。而且干我们这一行，往往就是大海里捞针，很多时候看着没什么线索，伸手搅一搅，指不定能蹦出个啥来。"

"老大，这些话，该不是你入行的时候，老前辈和你说的吧？那个时候没有天眼监控，也没有 DNA 鉴定吧？现在破案子，还真就不是大海捞针了呢。"

路小威笑嘻嘻地和李节犟嘴，后脑勺挨了一巴掌。

"道理就是这个道理，技术手段不是万能的。走了，进去了。"

米莲已经吃完早饭，她请两位警官坐双人沙发，先前他们就坐在那儿，可这次李节却坚决不同意，硬是让米莲坐沙发。客厅空间有限，李节向主人打过招呼，挪开小茶几，搬来两张餐椅和路小威一起坐到米莲对面，彼此相距不到一米——对陌生人而言是极具压迫感的距离。沙发宽大柔软，坐在沙发上的人却被逼迫得不能放松。无所适从之下，有什么问题也容易暴露出来。

路小威坐在餐椅上，发现这椅子比沙发高得多，对着米莲颇有些居高临下之感，心想姜还是老的辣。

米莲屁股沾一沾沙发又站起来，说要去给他们泡茶。

"不用了，我们也不是来做客的。"

米莲的紧张溢于言表，但目前这代表不了什么，老公至少5天没回家，大清早被警察找上门，紧张是正常反应。

"其实我们要找的是许峰。他是你丈夫吧？"

米莲点点头。

"他今天什么时候回来？"李节明知故问。

"我不知道他今天回不回来，他走了好些天了。"

"哪天走的？走的时候说什么了？这些天你们联系过吗？"

米莲坐得毕恭毕敬，双手十指紧扣，李节问什么她就答什么。她说许峰两周多前走的，说要出个长差，什么时候回来不一定。其间他们没有联系过，起先是许峰不接电话，后来是打不通电话。

"据我们了解，许峰是个电器维修员，有时候也修电脑，对吧？"李节说的时候身体略略前倾，和米莲又近了几分。

"他的客户就是附近居民，对他来说，超过10公里就算长差了吧，干什么活要出去那么多天，你不奇怪吗？"

没等米莲回答，李节又说："我要是出差，我老婆一天能打我三个电话。"

李节明显感觉到了路小威的侧目，但他毫不在乎地往下说："许峰离家那么多天，居然电话还联系不上了，你不觉得不正常吗？"

把这些问题砸出去的时候，李节紧紧盯着米莲，见她脸上勉强维持的镇定开始动摇，眉宇间的挣扎越来越明显，便又加了一句。

"到现在他电话索性关机了，作为妻子，你不担心你丈夫吗？"

这句话没问完，米莲的眼泪就流了下来。

"担心啊，怎么能不担心呢。我也想找到他，我也想他快点回来啊。"米莲垂下头，用手背拭去泪水。

李节有些失望。他觉得只差一口气了，但居然没有击破米莲的心防。他敢打赌面前这位不到 30 岁的美丽女子心里是藏着东西的，她甚至都没有回应许峰出差的不合理之处。女人的韧性就是比男人强，从哭泣到彻底崩溃失守之间的距离，比男人要远得多。不过这只是开场，他还没拿出真家伙呢。

"你知道我们为什么要找许峰吗？"

米莲的身体像是打开了一个开关，饱含着某种情绪的泪水不停地从眼眶里分泌出来，缓慢而坚定。她没有抬头看李节，保持着擦泪的动作，噙着嘴角，摇了摇头。

李节取出一张对折的 A4 纸，递给米莲。

"你看看，认得吗？"

茶几上有纸巾盒，路小威抽了几张递给米莲。米莲说了声谢谢，擦过手和脸，这才把 A4 纸接过来打开。

这是一幅打印出来的长发女子肖像，介于素描和照片之间，也许是画完再用电脑加工处理过的。画的是女子正面，鹅蛋脸大眼睛小翘鼻，应该是个美人吧，却画得工整而无神。无神是正常的，因为没人见过她活着的样子，如果画出神韵，那就失之主观了。

肖像从米莲手中跌落，她重新捡起来，放在面前端详。她看了好一会儿，然后抖了抖纸，像是上面有灰似的，递还给李节。

"不认得，没见过。"

如果真的完全陌生，又或者是极熟悉的人，那么扫一眼就知道了，只有似曾相识，才需要认真分辨。李节把这点记在心里，此刻暂且放一放。

李节没有接画，摆摆手说："这个放在你这里吧，如果你能想起来什么，哪怕是一点点印象，也请告诉我们。目前我们对她了解得太少了，我们知道的，是她穿着一身红衣，被人掐死后埋在坑里。"

米莲明显地抖了一下。

然而李节的话还没有说完。

"相信她在被害前进行了一定程度的反抗，因为我们在她的指甲缝里提取到了另一个人的 DNA。"

他再一次把身体狠狠前倾，说："是你丈夫的 DNA，许峰的DNA。现在你知道，我们为什么要找他了。"

李节的话像一记凶猛的勾拳，米莲情不自禁地向后仰。自然是无处可逃的，她坐在沙发外沿，靠背离得太远，连依靠也寻不到一个。

"怎么，这，许峰……"米莲发出一连串细碎的无意义的呢喃，她举起手挡在面前，腰塌了下来，仿佛要把自己蜷缩起来。

其实李节没说实话，到目前为止，还不能说这就一定是许峰的DNA。警方提取到了不属于被害人的皮肤组织，这必然是与凶手搏斗时挠下的。正巧有一个因盗窃被捕的犯人，验完 DNA 后发现和凶手有着极其相近的 Y 染色体，也就是说从生物学角度，这两个人在比较相近的代系中有共同的父系祖先，是同姓同族。警方把这一支许姓家族上溯三代全捋了一遍，所有有犯案嫌疑的人都测了 DNA，一一排除，现在只差许峰了。而且，被害人死在上海，相同时间段，许峰也在上海，所以多半就是他了。但没测过就是没测过，逻辑推断不能代替事实证据，要是在法庭上这样说会被对方律师驳得体无完肤。可现在又不是上法庭，为了给米莲足够的压力，李节就这么说了。

"许峰这个出差很反常，我希望你不要包庇他，把所有的情况都和我们，和公安机关坦白清楚。"

李节以为这下肯定可以击破米莲的心防，让她交代出一些有用的线索，却没想到只猜中了一半。许峰是谋杀犯这件事对她的打击是显而易见的，她从震惊中挣扎出来以后，却还是坚持说自己并没有包庇许峰，也没有许峰的行踪消息。许峰出差显然不合理，他没解释，米莲也没有追问，背后的原因，却是这对夫妻最近正处在特殊状态中。

"我知道他就是随便找了个理由，但是我不敢多问。"

"你明明知道他外面有女人，这个出差很可能就是……都不问？"

"我怕一问，把事情挑明了，他索性就不回来了。"

"那你结这个婚图啥？"李节没好气地说了一句。也没法儿再多说什么，他不是来解决家庭矛盾的，也不负责疏导女性心理。说到底，他并不是无法理解米莲，在男女关系中这种鸵鸟心态很常见：明明已经失去，却还要假装一切正常来拼命维系关系。他只是气米莲出于这样的原因，无法给警方提供线索。

"你要知道，如果你们婚姻中真的存在这样一个第三者，我们通过调取许峰的通信记录，是很容易把这个人查出来的。希望这不是你为了包庇许峰而杜撰的。"

米莲摇摇头，说："你们去查吧。"

李节却不甘心就此止步。鸵鸟心态固然常见，可是一个妻子明知道丈夫在和其他女人鬼混，还每天把自己精心打扮起来等丈夫回家，这份委屈受得也未免太大，简直是斯德哥尔摩综合征了。他还有一招可以试试，不过在使出来之前，最好把许峰在米莲心里的形象摧毁得更干净些。得让她知道受害人有多惨，知道她的枕边人有多凶残。当然这需要透露更多的案件细节，但这种"小错误"李节也不止犯过一次两次了。

"其实我给你看的画像也未必很准确，毕竟是通过头骨复原的五官。你是不知道，尸体被台风从土里翻出来的时候样子有多吓人。"

"台风？"

"是啊，一棵树被台风连根拔出来，结果底下有具尸体。"

李节开始描述尸体腐烂后的惨状，说因为没有查明女孩身份，她的父母家人肯定还在苦等她归来，说她骨龄测出来只有 20 岁，还没体会世界的美好就被许峰扼杀。米莲低着头沉默，她甚至有些呆滞，一定是被震慑到了，李节这么认为。他觉得是时候放大招了，然而突然之间，米莲放声痛哭。

米莲是在一瞬间涕泪横流的，她憋了很长时间，此时彻底崩塌，不顾忌所有的形象。她甚至都没有把脸遮起来，双手向前微微伸出，十指撑开，想要在虚幻中抓住什么，咧开嘴用最大的力气号哭。这哭声撕心裂肺，哭得简直要把身体里所有东西都吐出来，把一切都掏空掏干。

李节只见过有人死了至亲时才这样哭，那是万念俱灰，哪怕世界倾覆于她都无所谓了。他不禁回想自己刚才说过的话，到底是哪一句把米莲击溃到这种程度的？

米莲已经很久没有倒头就着、睁眼天亮的日子了，她总是在天色迷蒙时醒来，离睡下去并不太久。许峰还在的时候，她醒了也不动，甚至不睁眼睛，只是听着自己的心跳和枕边的呼吸，那呼吸常常过于轻柔，这让米莲知道，他也是醒着的。两个人谁都不说话，直至窗外鸟雀声渐起。许峰走了以后，米莲一个人在床上熬，觉得时间漫长得毫无指望，只好起来，开始一天。

她对着镜子化一个多小时的妆，脑子里什么都不想，木木地一寸一寸打磨自己。梳头时她偶尔会觉悟，原来梳着的不是自己的头发，是接起的别人的青丝……假装那是真的。她把长发梳成马尾，别一个细巧的蝴蝶簪，穿起粉色的针织衫配过膝裙，出门蹬8厘米高的细高跟鞋，一边放张国荣的歌一边重读三毛的书，用美宝莲亚光06色号的口红，拥抱时吻他左脸颊……所有的一切重归旧时规制，假装她不曾有过自己的想法，不曾改变过，不曾有过那个夜晚。

可是他终究还是走了。

"我要出个差。"那天早晨他说。

米莲僵在那里，她一直不敢去想会有这一天，但当它到来的时候却像面对一个等待已久的噩耗，无力挣扎。那晚她在坑外说，可不可以重新开始，可不可以假装一切都没有发生过？许峰答应她了，坑里躺着的那个答应了吗？

"几天，也可能几周。"许峰接着说。

"会回来吗？"米莲原本一句话都说不出来，坐在床沿目送许峰离开，忽然又燃起希望。

"嗯。"

曾经，米莲在家是不化妆的，许峰走后，她就开始化妆。看着镜子里的自己被各种各样的物质覆盖，从而获得一种虚幻之美，一种明知是伪装的期待。米莲当然希望自己更美丽，可化妆并不能让她有自信，她会这么做，更多是因为精致妆容很花时间。

一个人在家，浸没在无边无际的时间里。米莲必须填满每个时间角落，一旦空出一丝一毫，她就禁不住要去思考：那个女人是谁？许峰为什么要杀她？许峰干什么去了？许峰真的会回来吗？这个家还有未来吗？不，不不，完全不可以去想这些。

米莲大概会在六七点的时候化好妆，然后花上一两个小时去做早饭，吃不完就倒掉，不留到下一顿。吃完饭，她从厨房开始做所有的清洁，然后买菜，做午饭。吃完得要下午1点了，再次清理厨房，晾洗衣服，插花，读书，修指甲或做其他杂事，然后做晚饭。在这期间如果困了，就去床上昏睡，不脱衣服，直挺挺往被子上一倒，让柔软包裹自己一小时。天黑以后是最难熬的时间，夜晚会让她想到许多东西，她强迫自己待在电视前面，免得到处找酒喝。

这天早上米莲5点半炖上鸡汤开始化妆，7点进厨房把猪排先锤后腌，剁完馅儿包馄饨，再把鸡捞出来把馄饨下进锅里。做这一连串事情的时候她照旧心不在焉，所以对她来说，李节是一瞬间出现在窗口的。她吓了一跳，但这倒像是身体做出的自然反应，没真的吓进心里去，因为她的魂本来就不在。直到一张证件伸进窗户，那个胡子拉碴的中年男人说他是警察。

那晚之后，米莲当然不可能没想过这种情况，但她不会细想，临到门前就绕开；倒是和许峰相关的事情，尽管米莲也不敢想，每次只是蜻蜓点水，可是点一下点一下，心湖上涟漪不断。不是说许峰那些事儿更重要，恰恰相反，一个活生生的人死了，这是天大的事情，米莲压根儿不知道该如何去面对！这是在她认知之外的，哪怕在事情发生前的一分钟，她都想象不到自己将进入一场怎样的绝境。关于她和许峰，可以想的东西太多了，比如许峰的心为什么不在了，自己有哪些地方做错了，所以她要控制自己不去深想；可关于那个至今仍不知姓名的女人的死，说得更赤裸一点，关于谋杀，她是无法可想，那是一个不可触摸的黑洞。

然而在这个早晨，在鸡汤馄饨的雾霭中，黑洞被一张警官证推到了她的眼前。米莲无路可逃，就像是那个夜晚，同样没有任何预兆，转瞬间被逼入绝境。是的，她又想到了那个夜晚，她甚至看见了，在白雾中浮现出来了，那垂下床沿的头发，那苍白的面孔，那双睁开了的眼睛。她忽然感到一阵恶心，深深吸气，低下头开始盛起馄饨。等一碗馄饨出锅，米莲掩饰好表情，才能和警察答话，把他们请进屋里。

尽管告诉了自己要镇定，但一开门，米莲还是觉得手脚都没处放，掌心都是细汗。她借着做早饭的理由逃回厨房，想有个对策，脑子里却一团乱麻，回过神才发现猪排炸过了头。好在两位警官给了她独自吃早饭的时间，其实是一口都吃不下去，但总得要有力气应付这个局面。她强迫自己嚼了三个馄饨，咬了两口年糕，猪排是实在吃不动了。她本还有一些渺茫的指望，可是警察劈头就问许峰的下落。

米莲对着警察撒不了谎，心跳得厉害。她勉强招架着，许峰的确说自己去出差，她的确不知道许峰什么时候回，也的确联系不上许峰，都是真话。当然，有些事情她不会讲。李警官问担不担心许峰，米莲担心的可不只是许峰，她的心头压了一座山。她并不是因为忧心而流泪的，也不觉得自己在哭，她只是一颗被压出了汁液的烂果子。

然后李警官就递过来一张纸。

米莲本不知道纸上是什么，一打开就像被电到。一幅长发女人的肖像。这还没什么，但她拿反了。她看见的是一张倒着的女人的脸。

画掉在地上，她弯腰去捡，趁警察看不见的时候大口喘气。然后她把画举在面前，挡住自己的脸，挡住两位警官的视线。画得和真人并不完全一致，但米莲当然知道这是谁。米莲觉得自己面对的境况真是残酷之极，那晚的经历不可直视，但她现在不得不把这不可直视之物举着，离鼻尖几厘米远，一切的细节都清清楚楚展现出来了：黑色的头发，惨白的脸，尖锐的吸气声，耳边的求救声……她承受不住，觉得下一刻举着画的手就要发起抖来了，连忙甩甩纸遮掩过去，把画还回，两只手塞到大腿下面，说不认得画中人。

接下来的时间更是煎熬，她听着警察重复着她知道的事情：红色寿衣、掐死、埋尸坑，然后她听见了一个指向许峰的铁证——DNA。

我不想听这些了，米莲想，我想昏睡过去，想喝醉，或者索性把我抓走枪毙掉，别叫我再面对这些。

但是她一定要说些什么，否则怎么解释许峰的突然离开？所以她说了怀疑许峰有小三的事。反正画像都有了，DNA 也验出来了，警察迟早会查到她的身份，她和许峰的关系瞒不住，米莲半放弃地想。或许两个人不是情人那么简单，否则许峰为什么要杀她？总之警察会查出来的，都交给警察吧。

然而两名警官依然没有要走的意思。我真的不知道许峰在哪里，这句话米莲说了好几遍，似乎警察并不很确信。让这一切赶紧过去吧，她在心里祈祷着。忽然，她听见了一个奇怪的词。

台风？

刚才面前的李警官好像在说，尸体被台风从土里刮出来？

惊讶之间，她不禁问出声来。

"是啊，一棵树被台风连根拔出来，结果底下有具尸体。"

可是哪里来的台风?

现在是 5 月初,而上海每年要到 7 月份才会有台风。

米莲的世界静默下来。

……

……

……

米莲的心脏在收缩,整个人在收缩,她不是坐在沙发上,而是身处浩渺的空虚中。所有的声音暂时消失了,她往某个方向急跌,在那儿有一个念头,关乎一个真相,前一刻似乎还处于不可抵达的另一端,突然之间闪现到面前,把她整个心灵撑得满满当当,没有任何一个角落能够逃脱。

轰然炸响,那是她心脏瞬间泵出的血液,是她难以置信的情感,是她被粉碎的理智,一起拍击在脸上。

不是今年!

而那个夜晚只过去了一个多月,日子她记得清清楚楚——3 月16 日凌晨。

那张肖像就放在米莲身侧的沙发上,画中人与记忆里刻骨铭心的脸并不完全相同。并非是面部复原的误差,而是这压根儿就不是同一个人!

她说服自己,假装一切都没有发生过,把那个夜晚抹去,让生活重新开始,重回旧时轨迹。她觉得许峰要杀人一定有他的理由,如果有罪孽,那么就两个人一起担着,死后一起下地狱吧。于是她不说不问不想,贪恋尘世时光,沉醉梦幻泡影。

然而许峰竟不是第一次，他早就杀掉了一个人。所有的自我欺骗在这刻被击得粉碎，一切努力和牺牲变得如此可笑，更可笑的是，她刚才竟然还觉得看画像是件很残酷的事。在米莲的心中，许峰的形象曾经是不可动摇的，是仰望之天是承载之地，所以哪怕发现他谋杀一个陌生女人，米莲也会想，也许是女人的错，那是一个恶人，许峰是不得已，被逼到了墙角吧。可是他还不得已杀了另一个人吗？两个都是那么年轻的女孩子！

一个多月来支撑着米莲的——对自己和对丈夫的认知、给生活戴上的假面、对未来的幻想，甚至是对过往岁月的回忆，在此刻炸成一团飞灰。米莲忘了警察，忘了自己身处何方，崩溃痛哭。哭许峰，哭自己，哭这个世界。她到底活了些什么玩意儿啊。

两名警官有点被吓到，一个人把自己掏空似的哭，哪怕是他们也很少见到，简直五脏六腑都要翻出来了。李节犹豫了好几次，还是站起来轻轻拍米莲的背，帮她舒缓情绪。米莲把身子折在膝盖上对地干呕，大口喘息，耗尽了所有力气，动静终于慢慢小下来。路小威把一团纸巾塞到她手里，米莲握住纸巾，把脸在里面埋了一会儿，踉踉跄跄站起来去卫生间。

米莲再出来的时候面色惨白，妆当然是都不见了，鬓边的头发湿漉漉地贴着。

"还有什么问题吗？"她在沙发上坐下，往靠背上一倚，活死人似的问警察。那些情绪如洪流在她心头冲刷而过，带走生机和气力，留下鸿沟般的痕迹。她并不解释刚才的失控，随便警察怎么想吧。

两名警察互相看看，一直主导问话的李节率先站起来，说感谢你的配合，如果有许峰的消息要第一时间通知警方。他又问是否可以取走许峰常用的梳子和鞋做化验用，米莲同意了。她没有细想为什么警方确认了 DNA 还需要化验，此时一切于她都无意义，警察爱干什么就干什么吧。

米莲坐在沙发上一动都不想动，她给警察指了梳子和鞋，看着他们装进密封袋后告辞离开，甚至都没有礼貌性地送一送。

警察走时没带门，阳光从半开的房门照进来，在地上晒出惨淡的白影。米莲呆了很久，才慢慢站起来，拖着步子去把门关上。

她握住门把向回收，却没有拉动，有一股力在与她相持。她愣住，还没等她想明白，那力猛一拉，把门从她手中夺了过去，反方向拉得大开，露出站在后面的李节。

"不好意思还有一件事想问，"李节满脸笑容，一双眼睛却紧紧盯着米莲，"桂府你去过吗？"

"没有。"米莲摇头。

"徐汇滨江那儿的一个小区。许峰有提过那儿吗？"李节提醒她。

"我听都没听说过这个小区。"

李节点点头，说："那打扰了。"

"李警官。"这一次，却是米莲喊住了他。

李节回头，脸上露出期待的神情。

"你给我看的那个画像，那个女孩子，她是什么时候……遇害的？"

"应该在 2008 年的 6 月。"

9 年前，米莲想。那时，她还没遇见许峰。

米莲崩溃痛哭的时候，路小威一动都动不了。他像过电一样，指尖是麻的，脊背上的汗毛都竖了起来。这就对了，他想，这就是自己为什么会在这里。

8 年前的那个夜晚，18 岁的实习警路小威被报案的女孩紧紧抱着哭，尴尬得像只受惊的鹌鹑。当时他警校还没毕业，哪见过这场面，站在那儿僵成木头，任由警服上被蹭满了眼泪和鼻涕。这无着无落的哭声，穿透 8 年的时间，在这时重现。

米莲真的只是因为自己嫁给了一个杀人犯而哭吗？这哭来得突然，仿佛所有的情绪酝酿发酵过，再拧成一股爆发出来。这好一场哭之后，米莲没有做任何解释，似只是为哭而哭。8 年前那个不知名的女孩，在大哭一场后，也放弃了报案，就此消失在路小威面前。相似的哭声，相似的结束，好像庞大的能量宣泄过后，再也无力他顾。路小威知道这只是错觉，他能猜到 8 年前的报案女孩为什么最后放弃，而米莲则肯定有她另外的故事。之所以有这样的错觉，是因为这两个相隔 8 年的不同女子之间，有着神秘的共振。这感觉是没有逻辑的，但米莲的哭的确让路小威切身接触到了这种共振。作为刑警，路小威明白不能依赖直觉，他主动向李节申请，加入这起就算侦破了也是技侦拿首功的重启冷案，就是因为这个案子，和耿耿于怀了 8 年的夜半报案女孩之间，有着让他无法忽略的线索联系。

女孩当时是被货车司机送来派出所的，那阵子警力特别紧张，除非是什么重大案情，一般的打架斗殴或家庭纠纷，都是让他这个值了一个多月夜班的实习警顶在前面。那是二月份，女孩穿了件特别奇怪的大红色中式单衣，发着抖被司机扶进派出所，脸白得像一朵雨中的茉莉花。刚进接警室，女孩还是惊魂未定的样子，路小威怕吓到她，轻声细语问她发生了什么事，结果女孩一下子扑到他身上放声大哭。这一哭就是大半个小时，其间女孩对他的问题基本无法回答，在断续的接近自言自语的呢喃中，刨开"太可怕了""妈妈""想回家"这些无意义的话，他只听见"差点死掉了""他掐我"这两个可能涉及暴力刑事犯罪的信息。路小威推不开女孩，只好红着脸任她抱着，强作镇定问司机发生了什么。司机说三更半夜自己的车正开在路上，迎面三轮车的后厢翻下来这个女孩子求救，三轮车跑了，女孩求他陪来派出所。骑三轮的是个穿深色衣服的年轻男人，具体样子没看清楚。

司机还要赶路，在派出所待了半小时，留下联系方式就走了。女孩抽噎的频率慢慢降低，也已经不扑在路小威身上了。路小威以为女孩心情平复之后可以把事情说清楚，没想到女孩忽然说要走，不报案了。她特别坚决，不留名字不留电话，拒绝警车送她回家，却问路小威借了100块打车钱。此后，路小威再也没见过她。

哪怕路小威当年还是个没什么经验的警校生，也能明显感觉到，这个有着小鹿般无辜双眼的美丽女孩一定是遇上了极可怕的事情。她刚进派出所时的强烈恐惧感、劫后余生般的哭泣，给路小威留下了深刻印象，路小威甚至觉得，直到女孩离开派出所，她心中的恐惧都还没有驱除干净。

第二天路小威下午放班，没直接回家补觉，反而根据司机提供的地址，去了前夜救下女孩的地点。他并不指望能发现什么，纯粹是因为女孩的模样在眼前萦绕不去，心头不安，想要做些什么。

那是一段双向单车道公路，事发时货车由南往北行驶，三轮车对向而来。路小威沿着三轮车的方向走过事发地，再往前是个十字路口，过路口道左一片荒地，几个小孩大呼小叫地追逐玩耍。应该是某种枪战把戏，三个男孩拿着水枪对着一丛灌木集火，然后里头跳出一个男孩反击起来。路小威几乎以为自己看错了，那点灌木分明藏不下这个男孩。他走得近些，这才发现灌木后面有一个土迹新鲜的长方形大坑。那坑躺进一个人绰绰有余，甚至更大。他问了几个孩子，得知前两天他们来玩时还没有这个坑。这个坑和前晚的事情有联系吗？路小威不知道，但总是忍不住打着寒战把它们连在一起想。不过除此之外，再没有其他发现了。过了几个月，路小威参加一个葬礼，当他对着棺木鞠躬时，突然意识到三姑婆穿着的寿衣和女孩那晚的红衣是如此相似，再一次毛骨悚然。

路小威忘不掉那个茉莉花般苍白的女孩。虽然她穿着红衣服，但在路小威的心中，她却是白色的，一种透明的、惨淡的、颤抖的、褪色的白。她遭遇了什么，是谁要伤害她，后来怎么样了？曾经路小威不明白她为什么报案报到一半突然决定放弃，直到那年冬天，他在另一间派出所实习，和前辈民警聊起，对方朝他笑笑,说自己也遇见过。

"半夜两点多,一个女的跑派出所报案,说有人掐她脖子,可能是要抢她钱吧。给她做笔录吧,问她具体情况,叫什么名字、什么工作、对方是谁、案发经过等等,一概支支吾吾讲不清楚,然后忽然说算了算了不报案了,就这么走了。"

路小威听愣了,这和茉莉女孩有着相当高的一致性,连忙问女孩长什么模样。那位前辈说你想见她啊,那简单,正好第二天有行动,到时候你跟着。第二天派出所出了三辆车在辖区内扫黄,端掉一串发廊,前辈把其中一个发廊妹指给路小威看。

"那晚就是她了。"

不是路小威的茉莉女孩。

"那天晚上,她多半是碰到黑吃黑的嫖客了,刚开始被吓到,跑来派出所报案,等到心情平静下来,又被我问得细了,才想起来自己干的也不是合法生意,别报案报到自己也被抓进来,所以就跑咯。我看你碰到的,多半也是类似情况吧。"

"那天晚上她穿的什么衣服?"

"这哪想得起来。"

"红衣服?"

前辈耸耸肩。

如果真是穿了寿衣似的红衣服,前辈一定不会忘记的,路小威想。他估计这女孩和茉莉女孩碰到的不是同样的状况,但还是想问问她。女孩填的名字是冯飘飘,才22岁的年纪就一脸老江湖相,斜着眼睛不配合,说不记得了。这次没抓到她现行,她也知道在派出所里关不了多久，顶多是遣送回原籍，多半还是关一两天就放了，压根儿不怵。

茉莉女孩可能是卖淫小姐，这个结论并没有让路小威产生幻灭感。在基层派出所里轮转了这么些日子，他早已经明白，每个人都有着自己的苦难，光鲜者有自己的卑微处，卑微者也会有自己的坚持与光彩。茉莉女孩的灰色身份，让她连警察的保护都不敢奢求，这是何等的无助。

后来路小威进市刑队成了一名刑警，接触了大大小小许多案子，有的凶恶可怖，有的令人唏嘘。相比之下，夜半的茉莉女孩似乎算不得什么，但那是路小威始终忘不掉的遗憾。他甚至好几次梦见他没有放任茉莉女孩离开，而是把她留了下来，让她说出了自己的遭遇……遭遇了什么，他醒来却总是记不得。

不久前，七一三埋尸案的嫌疑人 DNA 突然有了新进展，案件重启，路小威也接触到了七一三案的情况。当他看到被害人系被掐死、被埋在挖得颇方正的大坑中、发现时身着红衣这几条案件细节时，心里被重重一击。再看案发时间是 2008 年的 7 月 13 日，死亡时间推定为同年的 6 月 25 日，才放下心来。这是茉莉女孩出现的半年前，死的是另一个女孩。

路小威找到李节要求加入专案组的时候，并没有提茉莉女孩的事情。茉莉女孩已经找不到了，甚至第二天发现的大坑，都没有切实关联的证据。当时没立案，也就不存在所谓并案调查的可能性，真要一本正经拿出来和同事讨论，路小威自己都会觉得过于幼稚。这是他自己心底的记挂，每个警察在退休的时候，都会有那么几桩类似的案子，如果有拨开迷雾的机会，哪怕只有万分之一的可能性，他都不会错过。

米莲痛哭的时候，路小威其实不知道自己的战栗感到底从何而来。这已经是第二次了，第一次是他监控米莲，看清楚米莲长相的时候。他可以肯定此前并没有见过米莲，就算曾经见过，也不该是这种过电炸毛的感觉。他瞥见米莲宽袖下面手臂的结痂伤痕，像是擦伤。有点奇怪，但也和战栗感无关，也许是因为线索还没多到让潜意识浮现的程度吧。

跟着李节真是能学到不少，太贼了，尤其是他发现场面失控后，把要问的关键问题生生压住，离开后不关门，制造出一个突袭的机会，重新拿回主动权后再发问。

只不过……

"我看她是真不知道桂府的事情。"路小威说。他知道李节为什么要问这个问题。技侦调取了许峰的行动轨迹，在他还使用手机的最后一段时间，尤其是最后一周——差不多就是米莲口中"出差"的第一周，他经常在这个地方活动。

李节点点头："看来是不知道。好在拿到了梳子和鞋，如果能提取出许峰的生物样本比对，也不算白跑这一回。"

"老大，你觉得米莲这人，还有什么疑点吗？"

李节挠了挠下巴。

"她像是藏着点啥，但未必和案子有关系。"

"我还是想再盯盯她。"

"也行。"李节琢磨了一下说，"不过除非有切实进展，精力分配上别和主要任务冲突，最好多用业余时间。"

"没问题。"

回城的路上，路小威还在脑子里一遍遍嚼着今天和米莲的接触。自己的悸动其实在米莲哭泣前就有预兆，具体是什么时候呢？

是那幅画像，米莲接过去，然后没拿稳，那页纸飘飘荡荡，落在地上。

无名女尸、米莲，还有茉莉女孩，这三个人之间，有什么关联吗？

路小威真想把自己的脑袋剖开，看看在潜意识里咕嘟咕嘟翻腾个不停的，到底是什么东西。

· 3 · ·

　　蜷得久了，米莲把腿松开，慢慢翻了个身。

　　头疼得很，睁开眼，房间里到处是光。米莲赶紧把眼睛闭上，但是没用，眼前换成了一片妖艳的红。她想去拉上窗帘，恍惚一阵，决定还是再喝口酒，在床头柜上摸了两把，拿起酒瓶凑到嘴边，才意识到是空的，想放回去，瓶子却掉到床下，和另一个空瓶子撞在了一起。

　　家里没酒了，米莲想。不对，还有的，厨房里有做菜用的料酒。管它是什么酒，能让她什么都不用想就行。出于对生命的指望，之前她还戒了阵子酒，太好笑了。米莲爬下床，踉跄撞出卧室，经过客厅的时候，在沙发上扶了一把，扫见那张肖像画。是昨天的事，还是前天的事？她拒绝细想，跌跌撞撞闯进厨房，拽开好几扇橱门，才看见那半瓶黄酒，拧开盖往嘴里倒，酒液在喉咙口打着转却咽不下去。米莲把瓶子咣当往台面上一放，扒着水槽吐了起来。

　　其实吐不出多少东西，只是干呕。米莲喘着粗气，接了水扑在脸上，湿漉漉把脸抬起来的时候，瞥见台面上有移动的黑点。那是蚂蚁，最常见的虫子，但却并不止一只，三三两两的。米莲顺着它们爬动的路径看到了窗台上，那儿不知什么时候摆了几颗枇杷——米莲花了点时间才认出来，因为表皮上满是蠕动的小黑点，也许有上百只蚂蚁。这才只是窗台上蚂蚁的一小部分，更多的围住了旁边的小塑料袋，里面像是兜了个葱油饼，现在被密密麻麻的蚂蚁围住，并且向窗外延伸出几道流动的黑线。

米莲一阵恶心，接了一大锅水泼出去把蚂蚁冲走，枇杷也被冲得只留了一颗在窗台上。做完这些，她的脑袋清醒了一点，开始想这是怎么回事。

剩下的那颗枇杷小小的个头，黄中带青，还没成熟到最佳状态，表皮微微发皱，摘下有些时候了，她猜是昨天或者前天，反正这两天她就没进过厨房，窗户一直开到现在。而那只被湿答答塑料袋裹着的葱油饼，虽然没有任何标识，但看起来觉得熟悉，应该就是前面路口左拐的早点摊子做的。那家刷进饼里的是自家熬的猪油，特别香，她和许峰都喜欢吃。至于枇杷，每年这个季节，许峰都会去摘一些，总是酸酸的，反倒是米莲正经买回来的枇杷，许峰并不怎么爱吃。

是的，她想是许峰回来过了。

米莲挨着碗橱慢慢坐下来。她想起许峰走时，她问他会回来吗，他说会。这就算回来了吗？不怪他，因为有警察。可是为什么会有警察，为什么会有 9 年前的那宗案子，许峰你……是谁啊？

　　是啊，许峰这个人，米莲现在已经不认得了。能想象吗，一个结婚6年的丈夫，一个被她当作支柱来依靠来崇拜的男人，忽然之间崩散成一团不可捉摸的烟雾了，连同系在他身上如金如石的情感，都化为了烟雾中一阵阵的嬉笑声。这不是一个妻子发现丈夫在家里和野女人滚床单的崩溃，不是发现了丈夫不为人知的另一面——每个人都是多面体，都有藏起来的另一面，就像那天晚上，米莲以为发现了许峰的另一面，但她竭力维持现状，因为她信赖这一面的许峰，她相信自己只是发现了阳光中巨石脚下的阴影。然而前天她知道了，没有巨石。

　　所以她不能醒着，否则她就会不停地想许峰，想6年2000多天5万小时亿万个瞬间里的许峰，每一个都是假的。

　　可是现在没有酒了。她想过死，也许唯有这样才能从生命的虚无感和命运的嘲弄声中摆脱，但是许峰又出现了，以一个葱油饼五颗枇杷几百只蚂蚁的方式出现了。橱柜的两个门把手戳在背上，像顶着一柄双筒猎枪，提醒她，许峰真真切切地存在着，只是她从未认得过。

　　一股强烈的不甘从心底里生发出来。我已经试着逃过了，米莲想，现在无路可逃、无处可躲，甚至容身之处都被拆了个精光，这辈子也就这样了吧……但我想知道，许峰，你到底是谁，你是个什么样的人，为什么要做那样的事，干什么要和我结6年的婚，许峰，你得让我死个明白！

　　米莲跑回房间找出手机打给许峰，还是关着机。她开始翻抽屉，翻许峰衣服的口袋，翻家里每一个角落，试着找出通向许峰真面目的线索，却一无所获。她想着是不是要去康桥那幢漂亮房子里看看，会有关于那个女孩子的身份线索留下来吗？但又想起那晚过后，许峰曾经和她说过，不必担心警察，他已经清理掉一切痕迹。

可警察还是来了，因为许峰在 9 年前杀掉的另一个人。前天清晨的一幕幕情景开始重新回到米莲的脑中，那张警官证、那幅肖像画、那场台风……米莲想到两个警察离开后又折回，现在想来，那个问题应该不同寻常。

是叫桂府吧，所以在警察掌握的线索里，许峰和这个地方有关系。

米莲的确不知道桂府，许峰从未提起过。如此说来，这是一条通往真实许峰的路。

往事可追否

· 1 · ·

黑暗里，前方一团巨大的光芒。许峰竟有些恍惚，他并没有真正进入到故事中去，只觉得眼前斑斓变幻，巨大的轰鸣自八方来，把他牢牢压在椅子上。

他看见无数辆汽车从天而降，倾泻在街道上，仿如末日神罚。

然而他却抽离了出来，仰起头。这是许峰在电影院里最喜欢做的事：看那一道光束从后而来，穿越黑沉沉的空间，打在最前面的幕布上，幻化出世界。

再没有比这更接近天堂之光了。

幕布世界飞快演进，冰面碎裂，隆起，青黑色潜艇破冰斜出，在浓烟中化作废铁，仿如十字架倒伏在白色荒原。

那么，这个世界快结束了，许峰想。

坐在他前面的女人慢慢把头靠在旁边男人的肩上。

她说了一句什么，男人回吻她的额角，她便咯咯咯地笑起来。

许峰强迫自己把视线移回幕布。

主演们在丰盛的餐桌边祈祷，举杯，镜头飞向天际线，欢乐的终曲随之奏响，引领着观众的心情升向天空。

"Things are gonna be different now."

许峰忽然想起了这个系列上一部电影的末尾台词。

"You aren't going to say goodbye?"

"It's never goodbye."

那时一位片中主演意外身故，所有的人都在哀悼。

许峰还记得电影的最后一幕，两辆车分道而驰时，歌声渐起。那歌声从心中传来，转瞬之际，就盖过了耳畔的音乐。

It's been a long day without you my friend

And I'll tell you all about it when I see you again

We've come a long way from where we began

Oh I'll tell you all about it when I see you again

欢声与哀声交错，今夕与往昔恍惚，刹那之间就打翻了许峰藏在心底的那杯酒，辛辣烈苦，诸味杂陈，轰然腾起一股业火，点着了全身每一簇神经每一缕毛细血管，烧了个通透。

许峰回过神来的时候，放映厅已经空了。他抹了把脸站起来，在清洁员凝望的目光中快步走了出去。

从散场口绕回商场，许峰扫视一圈，看见先前坐在他前排的男人正等在厕所通道口，这才放下心来。

这人面色白净、身材颀长，戴一副无框眼镜，看上去比许峰年轻几岁。他显然在等待女伴，却并不像别人那样低头划拉手机，而是怔怔望着商场里的来往人流放空。许峰知道，这散漫模样只是其人的一面，而在另一些时候，他会变得极其专注，仿佛他的散漫是为了专注蓄力。

许峰还知道他的名字——柯承泽，一个回国不久的艺术家。嗬，艺术家，许峰想到这三个字就忍不住在心里发出冷笑，一个不会产生真正社会价值的职业，至少他们中的绝大多数不产生，倒是能挣不少钱。然而他们最擅长的还不是挣钱，是利用冒着浪漫傻气的艺术外壳去吸引异性。

许峰远远注视着柯承泽，直到一个穿着鹅黄色连衣裙的身影在他旁边出现。许峰收敛目光，微微低下头。无论见多少次，无论过多少年，有人璀璨依然。

曾之琳，许峰在心底轻念她的名字。冷砺陡峭的心峡因这名字忽然蕴出温柔的雾霭，荡漾起粼粼的波光，每一褶里都闪动着如今再寻不回的旧日碎片。

曾之琳挽着柯承泽，搭着自动扶梯慢慢下降。许峰看着他们抵达低层，转向下一层扶梯，这才乘梯而下。扶梯降到一半的时候，那两个肩挨着肩的身影又出现在许峰的视线中，如此一层复一层地时隐时现，直至一楼。

前些年里，许峰还不曾离过曾之琳这么近。他总是在几十米外，在那个距离，他可以毫不遮掩——不低眉，不敛目，不假装成一个陌生的路人，张狂放肆地去看。那样的注视中，许峰甚至能感知到彼此的连接，那是从另一片心湖来的涓流，是微暖的，又是清凉的，让他平静。可现在他感觉不到了，也许是因为曾之琳身边多了一个人。

　　出了购物中心，柯承泽和曾之琳沿路往西走去。许峰便知道，这两人今天的约会非但没有结束，反倒是刚刚开始。这对身影在他凝望的视线中远去，由并肩的两人渐渐融成模糊的一体了。

　　许峰终于举步跟了上去。

　　他故意保持着这样的距离。他的情感是一条蜿蜒千里的暗河，先前电影院里过近的距离几乎要把隐秘打破，压缩在一隅的潜流冲突咆哮，想要冲出篱笼。现在，远处的背影若有若无，水流舒缓下来，重新纳入他的掌控。那身影仿佛只是曾之琳独自一人，那么多年，他们就是这么一前一后，走过漫漫长路。

　　许峰迤逦浮波而行，和曾之琳的往昔片段不停跃出，他沿途捡拾这时光之屑，又随手星点般散落。多么痛苦，多么迷醉。这些年他借假修真，直至再见到曾之琳，六载虚妄之梦，不敌淋漓人间一瞬。他庆幸自己的醒悟。

　　载沉载浮间，一辆警车缓缓驶来。没有拉警笛，只是闪着顶灯，比正常的行驶速度慢了一半，仿佛随时准备停下。许峰并没有特别紧张，因为他已经足够小心，才得知了老家的一点点风吹草动，就断然扔掉手机，停止和亲朋的所有联系。也许警察终有一天会抓到他，但此刻他总还有一些时间，赶得及找个妥善的法子把柯承泽杀掉。

　　警车没有停下，与许峰错身而过。许峰的注意力重新回到远处，却发现曾之琳和柯承泽已经完全消失在视线中了。

　　许峰并不着急，还是保持着原来的步速，柯承泽的住所就在不远处，他们不会有第二个去处。

　　10分钟后，许峰来到桂府的小区入口。

　　徐汇滨江是上海世博会后新兴的城市区域，商业体、办公楼宇、艺术中心沿江而设，其中不乏名师杰作，形成了与上海别处不同的开阔景致。桂府是附近最高档的小区之一，每平方米的房价高达十多万，其中大多数住户都拥有正对黄浦江的客厅，清晨或日暮，从客厅眺望黄浦江两岸，能感受到城市脉搏一张一缩的无穷魅力。

　　不过这些对许峰并无意义，因为他对这座被称为魔都的城市没有感情，既不熟悉她的过去，也对她的当下与未来毫无兴趣。每一次他深入城市腹心，看见密密麻麻的与郊县妆容打扮迥异的时尚男女，看见丛林般的高楼和蚁群般的车流，就觉得呼吸到的不是PM2.5超标的空气，而是混浊而张狂的欲望。他就像面对陌生领地的野兽，如无必要，绝不进入城市中心。

　　然而这里有曾之琳。那是许峰心灵高地上洒落的辉光，为了见到她，穿越甬道时的黑暗和压抑又算得了什么呢。这么多年来，许峰如果进城，多半是为了曾之琳。

　　又走神了，许峰想。他从行道树的黑影里闪出来，却恰好挡了身后行人去路。许峰停下来，露出抱歉的笑容，想让对方先走，却发现那竟是柯承泽和曾之琳。

　　不知什么时候，他赶到了两人的前头。

　　热恋情侣的散步总是快不起来，今晚江上月色好，两人或许是折到了沿江步道去赏景，此时撞了个正着。

走在这侧的是曾之琳，许峰抱歉的笑容还来不及收起，她便投来目光。四目相接，许峰的心跳几乎停止。

曾之琳笑笑，走了过去。

许峰看着她和柯承泽走入小区，抬手摸了摸自己的络腮胡，心跳慢慢恢复正常。知道可能被警方盯上之后，他立刻剃光头发，留起胡子，还戴了副平光眼镜，看上去比实际年龄大了十几岁。

她没认出我，许峰想。很正常，他对自己说。幸好如此——然而他摸着自己的胸口，却无法感受到庆幸的情绪。她没认出我，他不禁又这样想了一遍。

柯承泽和曾之琳走入小区后很久，许峰才重新跟了上去，却在门口被保安拦住。

"先生你去哪一家？"保安盯着许峰问。

许峰一愣，随即反应过来，他在小区门口逗留了太久，显得可疑。

"我住这里。"他回答。

"住这里？"保安的笑容介于狐疑和冷笑之间。

"没见过你啊，你住几号几零几？"

这语气并不令人愉快，许峰冲他一挑眉毛："你是新来的吧？"

"我新来几年了。"保安收了狐疑，笑容变得纯粹。

另一个保安走过来，冲许峰点点头，对同事小声说了句。

"哎哟不好意思，我的班头上没见过你，搬过来不久吧？"他的笑容瘪进去。

许峰点了点头，穿过门岗。

"各么是租在这里，不是住在这里咯。"他听见身后的保安小声嘀咕。

许峰走入 6 号楼 B 座，坐在中岛的大堂管家抬了一眼，又垂下头。

许峰进电梯，刷过磁卡，按了 10 楼。这小区私密性做得不错，没有磁卡用不了电梯。

电梯平稳上行，到了 10 楼开门，许峰却有些犹豫，终究没有出电梯。又按了 22 层，没反应，重新用磁卡刷了一下，这次可以了。

柯承泽住在 22 层。

原本租个同小区的就行，但这儿空房率高，挂出来十几套房子，就有柯承泽楼下的，这就方便了许多。

电梯在 22 层打开，许峰走了出去。这儿一层一户，整个楼道空间都可供住户使用。他站在 22B 棕色的大门前听了一会儿，没什么声音，隔音不错。他知道这样会挡住猫眼的光，要是里面的人有心，贴着猫眼往外看的话……他们会吓坏的。别那么放肆，许峰对自己说。不是这样的，他随即意识到，楼道里的自动感应灯正亮着，如果他让开，猫眼里透了光，反而意味着外面有人。他往旁边挪了一步，小心地搬起鞋柜边的换鞋凳，换了个地方轻轻放下，然后脱鞋站了上去，够着了顶上的照明筒灯，旋下灯泡。楼道里五个顶灯灭了一个，光线稍暗。

连着灯泡拿下来的，还有塞在灯座里的一个小设备。那是许峰三天前改装的微型摄像头，为了避免风险他特意选了个不联网的，免得被柯承泽发现附近有个信号很强的不明信号源。随后他移开吊顶检修口的盖板，摸出藏在里面的原装灯泡，拧进灯座，灯又亮了。他把换鞋凳物归原处，乘电梯下到 10 楼，在租屋门上的密码锁里输入六位密码。

如果没有特意换过，小区每一家的大门都是这种密码锁。楼道里有一盏顶灯的位置很好，可以拍到密码键盘。希望柯承泽按密码的时候别把键盘挡死，许峰想着，把摄像存储器连上 USB 线，打开了电脑。

· 2 · · ·

李节路过专案室，看见路小威一个人杵在里面，进去照他后脑勺拍了一巴掌。

路小威"哎哟"一声跳起来。

"许峰的 DNA 比对刚出来了，你猜怎么着？"李节说。

"怎么着？"路小威摸着脑袋问。

"对上了，就是他。"

"好消息啊，那老大你打我干啥？"

"撸个猫嘛。其实你这长相适合接待窗口，一看就特别耐操，怎么弄都不会炸毛，有利警民感情促进。"

路小威一时无语。

"傻乎乎一大早就在这儿发呆，还是有啥新思路了？"

路小威把视线重新投向面前的白板，白板上是用磁铁钉着的不明死者的肖像。

"现在居然是凶手的身份比被害人的身份更早确定。这两年的破案手段进化真是快，和我读书时候学的案例都很不一样了，那会儿还在讲确定被害人身份是侦破凶案的关键。"

"现在也还是关键，像这个案子是少数情况。再说，这不还没破案嘛。"说到这里，李节的语气变得悻悻然。其实许峰的DNA比对成功并不算什么突破，意料中事，要是比对不符才叫奇怪。这家伙不知躲在哪个老鼠洞里，连着好多天了抓不到一点尾巴。这意味着他不能用手机，不能刷银行卡或用ATM取钱，也不能坐飞机火车长途客车。这么一宗由DNA线索重启的冷案，查到现在的程度，人人都以为离抓到凶手只差一步，偏偏这最后一步迟迟迈不出去，李节也是颇有压力的。接下来就看通缉令发出之后，会不会有新线索。

"案子已经过了快10年，许峰还这么小心谨慎，而且可以做到在我们整个的监控体系中消失，反侦查能力很强。"李节也把视线投向贴在白板上的被害人肖像，"我总觉得，他身上没准不止这一个案子。"

路小威心中一紧。他想到了茉莉女孩，同样的红衣，同样宽大方正的埋尸坑，李节的担心，正是他主动申请入组的原因。

"其实，刚才我是在想，咱们都已经查了整个08年全上海的失踪案，没有一个是能和她对上的。会不会这个被害人，她也是从事某种灰色职业的，家里到现在都不知道她已经死了？"

"也是？"

"呃，老大你要是现在有空的话，我和你说个事情。"

茉莉女孩和七一三埋尸案的关联性虽未得到证实，但也非不可告人的事情，既然话正好说到这儿，路小威就把茉莉女孩的事告诉了李节。

"这就是你的路碑吗？"李节听罢却说了句看似无关的话。

"什么路碑？"路小威不解其意。

"我忘了是在哪本日本小说里看见的比喻了，也没准是漫画，说起来是有点儿中二。你开过国道的吧，路边有时会看到小碑，写着'312'之类的，提醒我们正走在怎样的道路上。"

李节自己点了支烟，也给路小威发了一根，随手拉开椅子坐下来。他挺喜欢路小威，否则不会在案子外说这些走心的话。别看路小威爱笑，那就是个掩饰，这小子其实心思重，是块刑警料子，"适合窗口"云云只是戏言。

"警察这条路是不好走的，见得太多了，有时候会觉得没有什么路，一脚一脚都是泥，迈不动腿，有时候呢又会觉得路太多，容易走偏。小时候，刚进警队的时候，我们都还记得是为什么来当警察，也不全是为了糊口吧，钱又不多。上道了以后，走得远了看得多了，会忘记的，但有时候又会想起来，那肯定就是碰到什么事了。"

他点点路小威，说："你得把这个女孩儿记着，你没帮到她，但你可以帮到她的。你还记得她，你就还知道自己走的是什么路。"

"老大你也有这样的路碑吗？"

"这不是废话吗？每个人都有，没有怎么记路呢，那不浑浑噩噩过一辈子了？怎么，你想知道？"

路小威点头。

"请我喝酒呗，起码得是五粮液，你拿茅台来我给你多说点。"

"老大，就你那点酒量，我怕你还没把路碑讲完就辨不清路了。"

"你个小把戏!"李节一巴掌拍在路小威脑袋上，把他嘴里的烟都震掉了。

路小威把烟捡起来，掸掸灰重新叼在嘴里，说:"老大，你看这两件事情，真会有关系吗?"

"我希望它们没有关系。茉莉女孩在青浦，七一三是在奉贤，要真有关系的话，那恐怕就不单单只是这两件事情的问题了，还应该有第三件甚至第四件事。"

"可你刚才就在往这方面怀疑对不对?"

李节深深抽了一口，然后把还未完全燃尽的烟头捻灭。

"的确，很难不把两件事联系起来。你说的几点相似之中，掐死这个作案手法还算常见，给被害人换上红衣服和规整埋尸坑这两点，就非常罕见了。这都是不必要的动作，相信凶手这样做应该是有他个人的理由。你明白我说的吧?"

路小威点头。凶杀案里，凶手如果细心一点，为了隐瞒死者身份，往往会扒光死者的衣物，但再给她穿上别的衣服，就显得多此一举。而挖埋尸坑是个体力活，又要花上相当时间，其间如果被人注意到，解释起来很麻烦。挖得深可以理解，可挖得宽大且方正，没有现实利益，反要承担额外风险。七一三案的埋尸坑路小威只见过照片，茉莉女孩获救地点附近的新坑给他的印象更深刻，那个坑大到可以并排躺下两个人，这让路小威甚至怀疑，当天除茉莉女孩之外，原本是否还有第二个受害人。埋尸对于凶手来说，是非常严肃的事情，这些异常格外醒目。之所以会有这些非理性的行为，无疑只有一个答案——感性。出于某种情感原因，让凶手多此二举。

"如果茉莉女孩立案了，那么我会并案的，这就是我的答案。可是，没有案子，也找不到这个女孩了。"

路小威黯然低下头。

他的脑袋又被重重打了一下。

"不是你的错，而且我们已经有凶手了，抓到他就行。"

路小威龇牙咧嘴抬起头，李节已经走出了专案室。

他的视线又移到肖像上，心中却想到了米莲。为什么会想到米莲？路小威问自己，他想寻到自己无意识联想背后的缘由，却毫无抓手。明明是应该想到许峰才对，可跳出来的是米莲。他申请继续盯一盯米莲，也是出于这种说不清原因的狐疑。

路小威烦躁起来，盘算了一下手头的工作，决定去瞧一眼米莲。

到周浦的时候还不到 10 点，路小威把车停在曾经的监控位，眺望米莲的小屋。他的视力很不错，在这个位置上，可以透过客厅的窗户，把里面人的动作看个大概。只是他定定地瞧了快半小时，屋里啥动静都没有。

之前分组监控米莲的时候，米莲是忙碌且规律的，早中晚三顿饭，其间各种收拾打理，最多有时睡个午觉。像现在的时段，米莲应该在扫地拖地或者擦玻璃窗才对，半小时不出现在客厅的情况，特别罕见。说罕见，其实路小威也见过一次，就在前天。他是上午 10 点多到的，等了一个小时没见米莲活动，就靠近去，绕着房子走了一圈，透过卧室窗帘大大的缝隙，看见米莲缩在床上睡觉。他觉得是自己和李节的登门拜访打破了米莲的平静生活，任谁知道丈夫是个杀人犯，一时半会儿都缓不过劲来。

所以米莲或许直到现在都没缓过来？路小威这么想着，下了车，决定靠近观察。

卧室窗帘是拉开的，里面没人，厨房里也没人，路小威绕回大门，除了厕所，其他地方都看过了。他回到车上又等了半小时，然后打了个电话给技侦，拜托同事看一下米莲的手机位置。

10 分钟后，路小威得到了一个位置范围，竟然是在几十公里外的市区。米莲出这样一次远门并不寻常，路小威不禁期待起来。他把地址输入车载导航，电脑选出一条合适的路线，在屏幕上显示出来。路小威一眼扫过，这才意识到，要去的地方在徐汇滨江。心怦怦怦怦在跳动，他把终点处的地图放大，一个地标跳了出来——桂府。

时近中午，路小威从超市买了个面包，碰到红灯就啃两口。车子开到徐汇滨江的时候，他让技侦再查了一次，米莲没挪窝。他找了条小路靠边停车，给过来开罚单的交警出示了证件，下车开始搜寻米莲的踪迹。

其实路小威已经有了一个大概的判断。技侦根据手机信号给出的位置有一个误差范围，这个范围通常在二三十米，最多超不过 50 米。以此为中心画一个圈，既覆盖了桂府的三幢住宅楼，也包括了小区北面街道的一段。米莲的位置几个小时没有变化过，所以几乎可以确定她是在室内，多半就在那三幢住宅楼里。当然，也有小半的可能，她在沿街的某个商铺内，或者在那些商铺楼上的办公或住宅楼里。路小威的打算是，先在街上溜达一遍，如果没发现，就去问小区保安有没有见过米莲。他让同事传了米莲的照片过来——一张三年前的护照照片，可惜没有她的近期生活照。说起照片还有个奇怪事，照片上米莲的右唇边有一颗小痣，可那天见面时，路小威明明看到她是左唇边有一颗痣才对。怎么会换了位置，莫非是记岔了？一会儿他想再瞧一眼。

这是一条双向单车道的小路，路小威沿路由西向东缓步而行。路边的店家都是为周围小区居民服务的，如便利店、水果超市、咖啡馆、打印社等等，除了两家餐馆比较"深"，需要驻足细细打量，其他的一眼就可看清楚究竟。路小威一边左顾右盼，一边在心里想，不知桂府的保安是不是个细心的，能不能认出米莲？不知他是不是个大嘴巴？别碎嘴到处说，打草惊蛇。这事可不罕见，否则警察在许峰老家查 DNA 的事情，是怎么传到他耳朵里的？这么想来，或许别去问保安为好，就一直守到米莲的位置发生变化。只要动起来，位置可以锁定得更精确，而且人在小区里，就一条出路，守株待兔即可。只是米莲不是嫌犯，技侦不可能花那么多力气随时监控位置，路小威自己也没那份面子。

正转着各种念头，路小威忽然一个激灵，脸一别脚下一扭，打横穿到了马路对面，往前急急走了好一段路，这才慢慢停下来。

他瞧见米莲了。

　　如果他刚才不过马路，再往前走个十几步，就要和米莲擦身而过了。他可和米莲才见了没几天，撞上很难解释。倒也不是他走神，之前米莲被一株一人高的滴水观音挡在后面，等到视线让出来，距离就很近了。

　　这时路小威已经走到米莲的后方，又在马路对面，可以放心地转过身看具体情况。那是一家轻食餐厅，装修以水泥面为主，配以木头金属和玻璃，风格简约清爽，是典型的吃早午餐的西餐厅。米莲坐在餐厅外摆位，在她的对面坐着一个年轻男子。那人20多岁的模样，穿一件米白色衬衫，袖子随意挽起，戴了副无框眼镜，显然并非许峰。

　　路小威远远看了会儿。两人的桌上摆了咖啡，却似乎没有餐盘，相互间也无交流。米莲背对路小威，那男子埋头写着什么，一直没有抬头看米莲。

　　路小威重新过到马路这边，往餐厅走去。从这个方向经过米莲，只会留给她一个后脑勺，不虞被认出来。他拿出手机，装模作样地在屏幕上划拉着，其实却开了摄像，边走边拍。走得近了，路小威发现那男子居然是在画画，心中惊讶。一般人画画，不得拿个画板，画几笔看一眼对面的模特吗，怎么这人几乎不抬头？

　　他拍录像其实和以前私家侦探拍目标照片是一个意思，多留点影像资料，也许复看时能研究出点东西，算是个习惯性的备手。不过走到跟前的时候，总不能再把手机对着人家，那样角度就偏得太明显了。路小威收好手机，经过时瞥了一眼，这才发现桌上放着张打印出来的照片，那男人是照着照片画画，所以才不需抬头。正这么想着，男人偏偏就抬起头来，望向对面的米莲，把路小威吓了一跳。转眼之间他就从两人身边走过，不能再回头去看米莲的反应，似乎也没听见两人有对话。回想刚才桌上的照片，拍的正是米莲，这算是怎么个意思呢？路小威对艺术一窍不通，不解为何要这样画画。

最让路小威搞不明白的，是米莲为什么会出现在这里。如此宜人的春夏之交午后，坐在这样一个向东可以眺望到黄浦江对岸风光的漂亮餐厅外摆位里，对面有一位外形出众的男子在专注地为自己作画——对绝大多数女性来说，这是多么惬意美妙的时光。

但却绝不是米莲在此刻该拥有的！

路小威现在特别想正面看一看米莲，瞧瞧她到底是怎样的神态表情。

他走到十字路口左拐，车就停在那儿。他打开后备厢，拎出那双不知多久没洗的篮球鞋换上，在后座拿了牛仔外套穿好，又从驾驶位遮光板后面取出墨镜戴起来，往回走。他在离米莲不到10米的地方停下，点上一支烟，往梧桐树上一靠，对着米莲的方向，慢慢吐出第一口烟。

米莲正看着他，漆黑双瞳苍苍茫茫，卷起无边潮水。烟气横路，墨镜阻途，路小威双重披挂在身，却仍然在一瞬间沉溺其中。

她的脸色白得不似在人间，肌肤如纸，薄纸下却像是透明的，这让她在尘世中有一种出离感。她没有半点妆容，青丝披散下来，黑白两分间，只有唇色微红。如此的素洁，红尘滚滚到她这里，突然有一抹留白，有一线缺口。

　　她看着路小威，却又没在看着他。她的目光是投向整个浊世的，并无焦点。她似是迷茫的，又有一种断了所有欲望的抵定；她似是无所谓一切，又好像已有明了人生的决然。多么矛盾的感觉，无来由地，路小威心中涌出悲伤。

　　路小威挣脱出来的时候，手上的烟几乎燃到尽头。他狼狈地把烟一扔，逃也似的斜穿马路，疾步而去，把米莲抛在身后。他想自己愣神的模样一定很显眼，哪怕戴着墨镜也遮盖不了异常，不知怎么就恍惚了，时间被剪去一段。

　　米莲和上次见面太不一样了啊，路小威脸上发烧地找理由。实在是太不专业了，还好没给李节看见这一幕。他走出去很远，在江边挣扎许久，觉得米莲刚才也不在一个正常状态，明显沉浸在自己的世界里，兴许并没有发现几步外的奇怪墨镜男。念及此，路小威硬着头皮，决定再回去看看情况。

　　路小威双手插进裤兜，装作一副闲散模样，往回溜达。这时候他又想起来米莲的痣，说实话先前没顾得上，现在回想，居然根本记不得痣在哪一边，那几分钟简直是干傻在那儿了。他甚至觉得刚才没看见痣。他是沿着桂府一侧走的，经过小区大门的时候，忽然一个激灵，转头盯了刚走进小区的人一眼。那分明就是坐在米莲对面画画的人呀！

　　他是一个人进的小区，米莲呢？路小威急冲十几步转过路口，眯起眼望向远处的餐厅外摆位，米莲也已经不在原处了。

　　路小威心中暗恨，怎么就这么寸，卡在这个时间点两个人分手了，还不是往一个方向走。米莲一定是反方向离开的，都看不见人影了，又或者上了辆出租车？

米莲的行踪终究是可以通过手机定位的，但给她画画的男子是谁？两个人在这个时间点凑到一块儿太奇怪了。相比米莲去哪儿，路小威此刻更想搞明白男子的身份。

路小威琢磨了一会儿，没去找小区门卫，反而再次走向那家轻食餐厅。他找到餐厅经理，出示了警官证。

"刚才坐那儿的两个人，是男的买的单吗？"他问。

"对的。"经理给出了意料中的回答。

"什么结账方式？"

"微信支付的。"

"我要调一下支付记录。"

路小威把调出来的记录传给技侦同事，请他们据此核查身份信息。技侦答应半小时内给初步结果，路小威索性点了份汉堡，边吃边等。

他选了男子的位置坐下，隐隐约约间，觉得对面并非空空如也。大概20分钟不到，警用手机就收到了一份资料包。

叫柯承泽啊，路小威一眼扫过资料包里的身份信息。这个人的常用手机，在近10天里，并无和米莲或许峰的联系记录。同时许峰和米莲也都不在他的微信好友名单里。

这就奇怪了，明明柯承泽才和米莲碰头，怎么可能没有事先联系过呢？也就是说，他们是用一种隐蔽的方式联系的？路小威兴奋起来。

资料里还包括了柯承泽近一个月的朋友圈动态，所有的点赞和回复都可以见到。朋友圈是近年来警方调查嫌疑人社交圈的重中之重，许多案子的突破口都在这里。

路小威的汉堡已经吃完了，他一手往嘴里送着薯条，一手划动着柯承泽的朋友圈截图。才往前翻了没几张，他就呆住了，薯条咬死在槽牙间忘了嚼动，鸡皮疙瘩在后背上炸开。

那是一张自拍图，画面上显然是一对情侣，男方自然是柯承泽，女方没见过。

然而，这个路小威可以确定自己从未见过的女人，给了他极大的震撼。

在此之前，路小威一直不明白，为什么自己会如此在意米莲。总有一种神秘的指引，会让他在看见米莲的时候，想起茉莉女孩，想起七一三案的被害者，甚至有时还会想起那个同事指给他看的发廊妹，但朦朦胧胧的联系到底是什么，他抓不住想不清。直到此刻，他看见柯承泽身边的这个女人。

她就像一篇目录，把原本看似无关的章节统合到了一起。

案子大了！现在，路小威有理由相信，受害人不止七一三案这一个。

她是谁？她是谁？我需要知道她的所有情况！路小威几乎要跳起来，在心里大叫着。

这并不是个秘密，用不了多久，他就会查到女人的名字——曾之琳。

·3· ·

　　米莲骑在小电驴上，觉得自己无比轻盈。风强一阵弱一阵，把电驴推得左摇右摆，米莲镇不住它，毕竟她是空心的了。

　　等发现自己开错的时候，米莲已经在一条小路上了。怎么从公路转来了这里，她一点印象都没有。她想自己太飘了，像盏蒲公英，被风吹得东游西荡。身心颓残无路可走，所以去哪里都无所谓了吗？米莲自嘲地笑一笑，调转车头。

　　天色晦暗，骤雨在即。米莲能感觉到云层中的狂暴乱流，还有那股酝酿着的雷与电的力量。这小路上四下无人，犹如一人行于荒原，她竟不觉得害怕，在以往来说真是不可思议。因为心中还有一线不甘，牵着风筝不被乱云卷去，也因为这一线不甘，人间再没什么可怕的了。

　　米莲猛然停了车。她明白自己为什么会飘到这儿来了，不仅仅因为风。

　　她来过的，不久之前。

　　她不记得是怎么来的了，但仍记得是怎么走的。那时晨曦初现，空气里还是泥和草的腥腐味，她坐在三轮车后板上，手边扶着铲子，许峰在前头骑，夫妻背对背。世界颠簸着在眼前远去，却又无穷无尽，稀薄的阳光落在手背上，冷而陌生。

现在，她又到了这里。

米莲缓慢地把头转向左侧。拨开茂盛的蒿草走向深处，那儿有一处坡地，往坡上去，到高处有一方新土，土里栽了一株枇杷树苗，还有……米莲停下脚步，她竟鬼使神差地往左边走了几步，是因为愧疚吗，还是与地下的人有了某种共情？

从米莲的驻足处望去，视线被草木阻隔，只能隐约看见后面一道缓坡升起。那目所不能及之地，却在心中浮现出来，清晰逼人。米莲听着自己的呼吸在头盔中回荡，随后心跳声也加入进来，再之后，她竟似听见了若有若无的歌声。那是熟悉的曲吧，在风中，在草后，在树梢，听不清旋律，却丝丝缕缕地缠绕过来。

荒野地里谁在唱歌？米莲把头盔摘下来，想要分辨清楚，这声音却消散不见了。她定一定神，大步走回去，跨上车驶回大路。

她一直不肯把头盔戴回去，那东西像个隔离世界的囚笼，而安全……她不再需要了。她骑了一会儿，把拎在手里的头盔往草丛一抛，电门拧到最大。风做出了某种呼应，骤然从空中降临，痛击在她脸上。这是天地对她的切割，虚幻感消退了，米莲用力感受着这具躯壳的荒芜，竟舒服了一些。

就这么骑了几公里，动力一下子衰弱，米莲这才发现电池灯已经闪了不知多久。又骑了一阵，电力彻底耗尽。出来前电量就不足，只是米莲没注意到。她扶着车站在路边，身后暴雨如注，雨云正移来，一辆中巴车从雨中冲出，她把小电驴一推，拦下中巴。中巴再次开动，米莲立在后窗畔，侧着头，定定地瞧着那道雨线。

如沸般蒸腾的雨幕缓缓推进，压过了倒伏的小电驴。

黄昏时分，米莲辗转抵达桂府。此处不下雨，层云低卷，不见夕阳。

她在手机里准备了一张许峰的照片，是去年在崇明岛游玩时拍的，最接近他的真实状态。她想拿着照片四处问问，也不指望立刻就得到消息，想必警方也做过了调查，没那么容易找到许峰。但米莲有时间，一天两天，一周两周，一个月两个月，直到找到这个男人为止。

米莲向门口的保安走去，勉强挤出一个笑容。保安也冲她笑笑，先开了口。

"有个快递，刚才大堂人走开了，放在我这里，你带上去吧？"

米莲呆了呆，那保安已经跑去门卫室拿了个小纸盒递给她。

纸盒塞到她身前，米莲下意识地去接，嘴里却说："这不是我的啊。"

"对，这个是你……"保安说到一半舌头打了个结，"那个……你男朋友的。"

在"男朋友"之前，保安先咕哝出了三个字，然后又吞了回去。

他好像说了"你先生"。

米莲被这三个含含混混的字打得脑袋一晕。

应该是他认错人了，不可能说的是许峰。许峰要是就住在这里，警察怎么会查不到？许峰就算住在这里，保安也不应该认得我的。

一瞬间理智给了米莲许多否定的理由，但她还是把纸盒接在手里。

"谢谢。"她低声对保安说。

纸盒上贴着快递的收件信息。

桂府 6 号楼 B 座 22B，柯承泽

米莲拿着纸盒走进小区，在岔路口看了眼指示牌，6 号楼往左。

6 号楼大堂中岛坐着个四五十岁的胖阿姨，正低头看手机。B 座电梯在左边，米莲走进去，却按不亮 22 楼。

"我去 22B，你帮我刷下电梯卡好吗？"米莲去找胖阿姨。

胖阿姨从中岛转出来，拿着卡给米莲刷过电梯，瞧了她好几眼，脸上有些疑惑，张着嘴似是想问什么。

"你……"她终于问出来的时候，电梯门合上了。

电梯门打开，米莲走出去。她打量了一下，想看看有没有 ABCD 的指示牌，没有找到。走廊空间不大，一头是窗户，另一头放着鞋柜，鞋柜边有一扇门。米莲这才意识到，这一层只有一户人家，22A 应该是要从 A 座的电梯上去吧。两梯一户，她想。从进入小区开始，保安的制服、门卫室的大小、小区步道的石材、大楼的外立面、坐在奢华大堂里的管家，所有这些都提示着她正在进入一个完全陌生的世界。只是这些对她来说已无所谓，所以她得以保持着镇定，但走过短短的走廊，站到这扇门前，米莲终于又一次感觉到了心脏的跳动。并无犹豫，她抬手按响门铃。

开门的男人不是许峰。米莲一颗心慢慢落回原处，她把手里的纸盒递过去。

"你的快递。"她说。

那男人露出惊讶的表情。

米莲转身就走，急急忙忙地按电梯。

"嗳。"男人在门口喊她。米莲应声扭头走了回来，他一时间有些蒙住，竟不知该说什么，却见米莲拿出手机展示给他。

"请问，你见过这个人吗？"

他瞧了两眼手机里的照片，然后摇头。

"叮"的一声，电梯到了。

"打扰您了。"

柯承泽一肚子话没来得及问，眼看着女人闪进了电梯。

米莲走到小区出口的时候，前面给她快递的保安正在门卫室里接电话。她拿着手机去问另一个保安，有没有见过许峰，得到了否定的回答。前一个保安接完电话，跑出来骂米莲。

"你又不住在这里，也不是访客，怎么就随随便便往里面跑？还拿业主快递，怎么有你这种人，你是想干吗？"

米莲任他骂，走出小区。

第二天上午，柯承泽下楼跑步，门卫再次和他道歉。

"昨天真是不好意思。"

柯承泽摆摆手说没关系。

"那个女的不知道是什么问题，前面我又看到她在附近晃。如果她再来找您的话，我们就报警。"保安一脸关心地说。

"不至于的。她又来了吗，在哪里？"

"我看她往那里走了。"保安立刻换了副表情，给他指了个方向。

这几天总遇见怪事啊，柯承泽想着，往保安指的方向走去。

柯承泽望见米莲的时候，她正拦下另一个晨跑者，给他看照片。柯承泽保持着距离，远远缀着，见米莲沿路问了几个人，停下来在人行道沿出神。

昨夜雨落尽，此刻的阳光格外明朗，米莲站在光影分界处，风从江上来，撞入小路，卷着她的长发猎猎飞扬。这一瞬间的风貌情致，本该让人心动，但柯承泽却觉得这女人薄如纸片，随时都会消逝在风中。那不是随风飘走的灵逸，而是颜色褪尽，乃至渐渐不得见于红尘中了。

柯承泽拿出手机拍下这一幕，扭头回家打印出来，盯着看了很久。昨天刚去静安寺求过家宅安宁，转眼遇见这样奇妙的波澜，算是一种怎样的回应呢？他感受着内心蓬勃而发的冲动，不再犹豫，把照片放进背包，重新出门。

店员把手机还给米莲，告诉她从未见过许峰。米莲推门而出，便看见昨天有过一面之缘的男人向她打招呼。

"又见面了。"

米莲不禁有些尴尬。

"昨天不好意思。"

柯承泽笑笑，他知道自己笑起来格外温和，眼角也会弯成让人信赖的弧度。他应该说"没关系"，但他没这么讲。

"那，能不能请你喝杯咖啡？"

"啊……我，我还有事情。"

"是在找昨天照片里的人吗？"

米莲点头。

"我后来回想，好像是有点印象，又吃不太准。"

"是吗？"米莲精神一振，拿出手机说，"那您再看看？"

柯承泽指指不远处的轻食餐厅："要不要坐下说？"

坐下来点了两杯咖啡，柯承泽才重新看过许峰的照片。

米莲急着等一个结果，柯承泽却不愿直接给。

"你要找的这位是……"

"是我老公。"米莲直截了当地回答。

现在可不是一百年前，要找人非得口口相询，一个妻子走到这一步，背后当然有故事。柯承泽打量对面的女子，见她坦然答了这句话，脸上反而浮起淡淡的笑容，这笑带着某种哀意，却有着决然的底色。柯承泽原本准备在肚里的几句惯常话，便说不出来了。

"我是个画家，我想给你画一幅画。你问的事情，画完了，"柯承泽说到这里，觉得喉头忽然干涩起来，"咳，画完了我告诉你。"

说出这句话后，他看向对面的女子，见她既无惊讶，也无恼怒，双眼如湖如海，静静回望，一时间心撼神摄。

"画完了告诉我。"她似是重复，似是反问。

柯承泽从未如此尴尬，硬挺着点了点头。

"就在这里画吗？"

"就在这里。"

"好。"

柯承泽如逢大赦，飞快从背包里取出一应画具。

"我就这么坐着吗？"

"你随意，怎么都行。"柯承泽说着，又把那张照片拿出来，摊在桌上。

米莲扫了照片一眼，有些意外，却懒得发问，把视线投向街道。对她来说，那是处空洞。这世界而今到处是空洞了，她随便寻一个钻进去，时间就流走了。

不知过了多久，米莲转回头，看了看对面男人的画板。那角度让她瞧不清全貌，只看得出是张素描，非常细致，画的似乎就是桌上的照片。

"为什么画照片呢？"米莲问。

柯承泽停下画笔，把画板倒转过来，展示给米莲看。

照片打印在 A4 大小的相片纸上，占了整张纸的三分之二。画纸的大小也与 A4 纸相仿，柯承泽只在正中的一小块里作画，面积仅比米莲的掌心大一圈。也并非照片的完全复写，而是取了一个倾斜的角度。由于画得逼真，给人的感觉仿佛是把原照片斜放后又拍了张照。目前这幅画已是完成了一多半的样子。

柯承泽把画板收回来，对米莲笑笑。

"照片是景物的复制，而绘画则需要选择看世界的角度。世界不是你看到的那样。你有一个世界，我有一个世界，所有人的世界加在一起，也不是真实的完整的世界。每一个画家的画，都是他选择的路，通向遥远的不可抵达的真实的世界。"

说到自己的领域，柯承泽终于不再像先前那样怯了。

世界不是你看到的那样，米莲在心里把这句话念了一遍。

"之前我下楼跑步，正好看到你，那时你给我一种非常非常特别的感觉，你和整个世界的关系和别人不一样，让我有创作的冲动。我画的不仅仅是照片上的你，也不仅仅是此刻坐在对面的你，而是我眼中的你。"柯承泽说。

"另外，说实话，你让我觉得很熟悉。你和我一个朋友很像，尤其是第一眼。"他说着指指米莲的上衣，"她也爱波点，也扎马尾，也常常别一个发卡，只是她喜欢蝴蝶发卡。"

许峰也给我买过一个蝴蝶发卡，米莲想。

"你们的鼻子、眼睛、额头，就是脸的上半部分，很像。所以昨天我看到你的时候，有点愣神。后来我还特意打电话问她有没有妹妹呢，哈。不过现在坐在对面细看，你们的感觉还是不一样，你有很特别的气质。"

"快画好了吗？"米莲问。

柯承泽愣了一下，然后说快了。

于是米莲又找了个"空洞"走进去。

"送给你。"柯承泽说。

米莲这才发现画正摆在面前，已经完成了。

"关于你先生的消息，对不起，我确实觉得脸看起来有点熟，但实在记不起在哪里见过。我是太想画这幅画，耽误你的这几个小时，希望可以用这幅画来补偿。如果想起来的话，我联系你好吗？"

柯承泽话还没有说完，米莲就已经站起来离开了，没有留一句话，仿佛这结果在她意料之中。柯承泽看着留在桌上的画，又望向米莲的背影，没想到这样的一幅画都不能多留她几分钟。

柯承泽把画收起来，招呼店主买单。他是真的想画这幅画，而坐两三个小时换这样一幅作品，怎么算都合适，可现在想来，他与米莲的世界并不相通。当然，他还不知道米莲的名字，他把画翻过来，签上名，想了想，写下作品名——对岸的长发女子。

曾之琳已经在马路对面看了两个人一会儿，见米莲离开，便跟了上去。昨天晚上电话里她就觉得柯承泽有些古怪，也许是自己敏感了，但在这么认真对待的一段感情里，她得确保把一切不良苗头早早掐灭。所以她今天没打招呼就直接过来了，进小区的时候和保安聊了几句，知道柯承泽上午出了两次门。热心的保安也指了方向，让她没费多少力气，就找到了两个人。

曾之琳把高跟鞋踩成了战靴，噔噔噔噔在街对面走，赶在米莲之前走到十字路口。米莲在路口停下，像是在等灯，又像在发愣。曾之琳回头瞧一眼柯承泽，见他已经走得远了，便打算穿过路口和米莲当面锣对面鼓，把事情摊明白。可这一转头间，米莲却不见了，再定睛一瞧，路边的垃圾桶后面，露出来一方衣角。

是心虚了在躲着我吗？曾之琳心里冷笑着，顶着红灯闯过了路口。她绕到垃圾桶后，红色高跟鞋杵到米莲跟前，嗒嗒在地面上磕了两下，眼前低头蹲着的女人便把头抬了起来。

保安倒是没有瞎说，还真是长得和自己有几分像，曾之琳居高临下地看着米莲，心里想。

刚才的事情，米莲觉得有点可笑，但也无所谓了。只是一起身就觉得晕眩，撑着走了几步，还是不得不蹲坐下来。她伸出手按着地面，希望从大地里汲取些力气，眼前却多了一双高跟鞋。

米莲抬起头，一张脸出现在她的世界里。她本觉得力气在不停地流淌出去，整个人松软得像面团，像一摊往下滴的流体，可这一刹那她全身都收紧了。大地没有给她力气，但新的力气却从身体某个角落里长出来，仿佛一种先于理智的灵觉在奔走在狂呼，必须榨干每一分每一寸的能量，来对抗突然降临的天敌。

这张脸在说着些什么，似乎就是画家口中那位和自己长得像的朋友吧。长得像吗？米莲有点眼花，世界在晃动着，始终看不清晰。也听不清楚她具体说的话，根本顾不上去听那些，可为什么顾不上呢？所有那些精力集中到哪里去了？自己到底在紧张什么，在慌乱什么？

米莲紧紧盯着眼前的脸，从这张脸出现的那一刻起，心底里有一个声音在让她逃跑，让她不要看，可她还是狠狠地死死地盯着瞧。她早已经无路可逃了。

现在她终于看清楚了。这的确是一张和自己相像的脸。

顶在最前面的，是和她一模一样的犹太鼻，上鼻梁有驼峰。眉毛和她一般浓密，因为扎马尾而显出了同样饱满宽阔的额头，镶钻蝴蝶发卡在发梢闪动。最无法忽略的是那一双特别的眼睛，内眼角纤长且微微上翘，最是摄魂。米莲也有几乎一样的眼角，那时她和许峰还没有结婚，许峰出钱让她去做了这个手术。她不喜欢自己的鼻子，本想一并磨平驼峰，但许峰说他喜欢。此刻从上空压来的那双眼睛，是天生的。

脸的下半部分就没有那么像了。米莲的嘴唇很薄，而她则有着丰润的上唇，唇色倒是和米莲爱用的相似。米莲时常会把上唇彩涂满，且往上多画一点，来显得上唇饱满。这自然也是许峰的喜好，米莲的绝大多数习惯，都来自许峰。

打灭米莲最后一丝幻想的，是对面这张脸的右嘴角，那儿有颗小痣。许峰说，这叫美人痣，她是美人，应该有这颗痣。这不用动手术，拿笔点一点就行了。米莲有时点在左边，但最常点在右边。许峰喜欢痣在右边，从未给过理由。

许峰喜欢。

至于系在她颈间的丝巾，图案是波点，这也是米莲衣橱里最常见的图案，而最先出现的那双红色高跟鞋，米莲的鞋柜里摆了三双。

世上没有这样的巧合。

所以这不是巧合。

因为这儿有她，所以许峰才曾出现在这里吧，哪怕警察正在找他。

那么多年，被丈夫照着另一个人精心装扮。

是……仿品呢。

许峰杀过人。她试图接受这件事，非常努力地——先是试着接受，进而试着忘记。因为爱。

但是许峰从来没有爱过自己。

米莲的视线越过上方的那张面孔，越过那只璀璨的蝴蝶，升向一线蔚蓝的天空。那夜在床下，听着许峰和陌生女人做爱，米莲觉得天翻地覆。转瞬女人死在面前，埋进土里，翻覆的天地简直是粉碎了。前几天警察上门，告诉她陈年大案，挖断了她的根。而现在，是天地不存了吗？不，从这个角度望上去，这蓝色的天空，是多么的高远呀。自己这颗天地间的渺小微尘，翻滚、悲嘶，历着苦难，能怎么样呢。

这几天，米莲都是飘飘荡荡从床上醒过来的，披了一张人皮，里头是空的，因着一线不甘，才牵着她来到这江畔。她心里只剩微末气力，如风中明灭不定的星火。可在瞧见了曾之琳的此刻，这微末的气力，竟一点点在壮大，而原来的一线不甘，熊熊燃烧起来，要将她薄薄的人皮烧得透亮，点成一把光炬。

在变成灰烬之前，她要走到许峰面前，亲口问他：

"为什么！"

曾之琳停了下来，她发现眼前这个与自己有几分相似的女人，并没有在听自己说话。这个人先是盯着自己看，然后慢慢向后缩成一团，最后又抬起头望向天空。

现在，这垃圾桶边的女人竟笑了起来。

不是那种歇斯底里的笑，而是先稍稍抿唇，再慢慢展露一个优美的嘴角弧线，微微露齿即止。

这笑容，为什么和自己惯常的笑如此相似？

这一刻，曾之琳生出一个错觉，仿佛看到镜中的照影正在向她微笑。

她毛骨悚然。

依 稀 少 年 郎

·　1　·　·

　　路小威的心跳一直恢复不了正常。

　　他终于找到了心底里地洞的盖子，如今地洞的入口开启，他还没来得及深入探索，从洞里弥散出的黑雾就已经把他团团笼罩住。这雾自然是看不见的，只存在于他心灵的周围，雾里藏着东西，一下一下捶在他心上，让他心慌。巨大的黑洞才露端倪，这将知未知却更让人恐惧，路小威把打印照片摊到李节面前的时候，手还禁不住地发抖。

　　路小威捏着三张打印纸，先摆出来两张。一张是米莲，一张是七一三案的受害人。

　　"李队，这两个人，你能看出什么来？"

　　米莲那张纸上打印了两张照片，一张证件照，一张并不特别清晰的侧面生活照，是路小威几小时前拍的。李节当面见过米莲，照片不够清楚也无妨。七一三案受害人的则还是那张素描。

　　照片上的两个人，李节都是熟悉的，只不过没这么放在一起比过。路小威满脸都写着"我葫芦里装了颗大药"，于是李节还是给了他个面子，耐下心端详。他的目光在两张纸上来回移动了十几次，胡子茬儿下的下巴都搓得发红了，忽然一伸手，从路小威手里夺过第三张纸，啪地拍在桌上，摆到前两张纸的下方。

这张照片上的人自然就是曾之琳，是从柯承泽的朋友圈截取的。照片是合影的一部分，把柯承泽给裁掉了。

第三张纸一加上去，李节就"咦"了一声。

他又多看了几眼，然后说："本来两张照片还看不出什么东西，三张照片一起，是不是……这三个人有点像啊。"

路小威一拍巴掌："就是这样！"

"其实还有一个半，但我没有照片。一个说的就是茉莉女孩。"

"还有半个？"

"茉莉女孩那事儿之后，我又见过一个发廊妹，听所里同事讲，也有过半夜报案的情况，但那个女孩的模样，我印象有点模糊了，也没直接接触过，算她半个。我见到米莲的时候，就觉得她和七一三案被害人，和茉莉女孩，还有发廊妹隐隐约约有点关联，所以我才对米莲特别在意，可是我又一直想不清楚这关联是什么，直到我看到她。"

路小威用手点着曾之琳。

"这女的叫曾之琳。老大，光凭前两张照片，和曾之琳一比，你就觉得像了对吧？你还没见过茉莉女孩和发廊妹，我一看到她的照片，全通了。"

路小威用手遮住素描图的上半部分。

"你看她的嘴型和下巴轮廓。"

他又遮去米莲的下半张脸。

"再看米莲从鼻子往上，是不是都和曾之琳像？茉莉女孩是额头和全脸轮廓像，发廊妹的眼睛很像。每个人，都有一些特征和曾之琳相似，其中米莲的相似程度最高。所以我看到米莲的时候，能够联想起茉莉女孩，但是想不透，就是因为还缺一个原版，光凭着这一个个相似的……相似的组件吧，联系不起来。一旦看到原版，这些人之间的联系就明确了！"

路小威把自己说得从后脖子到背脊麻了一大片，重重一捶桌子，以罕见的声量说："有一个人，长期以曾之琳为模版，寻找与她相貌近似的女孩，猎杀她们！"

李节腾地站起来，眯起眼盯着路小威，大声问："那米莲为什么没死？"

"因为米莲是许峰的老婆，许峰就是凶手，对许峰来说，米莲肯定有某种特殊性！"路小威大声回答。

"那曾之琳为什么没死？"李节继续追问。

"这正是我们现在要搞清楚的事情。"路小威的声音顿时弱了一截。

"但是我相信，曾之琳和许峰之间，必然存在某种深层联系。"他随即补充了一句。

李节叹了口气，把三张纸收拢在一起，在桌上敲一敲，递回给路小威。

"一切都是你的推断。没有证据支持，就没有连环案子，没有连环杀手。这是七一三案的专案组，所以也没有多的人手。"

李节别过脸横着眼睛，瞧着张口结舌的路小威，嘴里发出一声意义不明的哧笑，从他身边绕了过去。

路小威哎哟一声抱头叫起来，却是李节打后边照他后脑勺狠狠来了一巴掌。

"但是我支持你这小子的推断！"

路小威转过身，看见李节瞪着他的眼睛在放光，仿佛一头盯上了猎物的狼。

路小威知道又被耍了，心怦怦跳着，一张娃娃脸涨得通红。

"你跟下去，把案子给我彻底刨开了，瞧瞧里面到底埋了多少东西。现阶段看起来还用不到很多人手，老案子嘛时限也没多讲究，等到刨出真东西了，你小子就立功了，明白吗？要是你觉得自己不行趁早说。"

"行！"路小威闷声说。

"曾之琳、米莲，就算许峰现在躲掉了，你还是有两个突破口，两条线你都要盯紧，我让技侦多配合你。欸对了，你是怎么知道她叫曾之琳的？"

"米莲这两天在桂府有一个接触人叫柯承泽，我弄到了他的微信号，顺着朋友圈找到曾之琳的。她和柯承泽有朋友圈互动，所以摸到了她的微信号确定了身份。"

"查微信？技侦？走程序没？"

"呃……这个……"路小威往后一跳，躲过李节的巴掌，脚却钩在桌脚上，一屁股坐倒在地。

"补流程，我给你签字。"李节手插进裤袋，走出办公室，心里却在琢磨许峰。路小威的怀疑要是靠谱，那许峰的危险性就急剧升高了。米莲和曾之琳可以慢悠悠查，许峰不行，没准他还有新的犯罪目标。

许峰去哪儿了呢？那么久没有使用过手机，就像一滴水融入了大海。高科技切切实实地增强了警方的能力，可一旦失去了科技的加持，回到经典侦破，要在上海这座大城市里把许峰找出来，也太过大海捞针了。李节盘算着专案组有限的人手，想看看往哪儿砸最有可能获得突破。

路小威从地上爬起来。他揉揉屁股蛋子，又摸摸余痛未消的脑袋，忽然发现自己之前对未知黑洞的恐惧，已经完全消散了。

曾之琳名下的两个手机号，一个用得频繁些，一个用得少些。她用来和柯承泽联系的是后一部手机。路小威先拨她的常用手机号，没有被接听，然后再拨另一个，对方接了。

"你是谁，为什么有我两个号？"没等路小威开口，曾之琳就率先发问。

看起来曾之琳把这两部手机区分得很明确啊。路小威说了自己的身份，然后约曾之琳见面。

"方便问一下是什么事吗？"曾之琳的语气由刚转柔。

路小威讲得比较含糊，只说有个案子需要了解些情况。他既不想增加曾之琳的心理负担，也不想她事先提防，有些问题他想看看当场的真实反应。

两个人约在上海商城的一家咖啡馆见面。路小威晚上 8 点准时到了，等了半个多小时，曾之琳姗姗来迟。

即便已经有所准备，曾之琳推门而入时，路小威还是一阵恍惚，仿佛又见到了米莲。他愣愣地盯着曾之琳，看她站在门口，一边和服务员低声说话，视线一边在店内来回逡巡，哪怕双方目光交错，都没能及时招呼。曾之琳似乎习惯了别人的注视，所以一圈扫视过，发现再没有如路小威般的单独男客，这才把眼神投向路小威。路小威如梦初醒，抬手冲她摇了摇。

曾之琳走近坐下，扯了个交通问题当迟到理由。路小威注意到她嘴角的痣，想起米莲时有时无位置变换的痣，又是一怔。

曾之琳的脖颈往前轻探，微微抿唇，露出一个礼节性的浅笑，示意路小威先开口，却发现他没有反应。等了两秒钟，在气氛变得尴尬之前，曾之琳眨眨眼睛，问路小威：

"该怎么称呼呀？"

"路小威。"路小威赶紧取出警官证递过去。

曾之琳象征性地扫了一眼，把证还给路小威。她稍稍侧头，把脸庞在咖啡馆幻彩小吊灯的暖光里转了个角度，又露出一个和刚才相似的笑容。

路小威这次总算接收到她的信息，知道是要自己快点说明来意。他就是来问曾之琳和许峰关系的，还有她最近见没见过许峰，但怎么个问法，得讲究一点。他觉得两个人肯定是认识的，曾之琳却未必会承认。现在他不是在审犯人，对面这位肯见面就算是配合警方了，指望有问必答也未免太过天真。

茉莉女孩、发廊妹、七一三受害人、米莲、曾之琳，所有这些人排座次，曾之琳必定是最核心的那个，米莲仅次于她。所以，关于许峰，她无疑是有故事有秘密的，但谁会把秘密告诉一个初次见面的人呢？哪怕他是警察。路小威不奢求曾之琳真心话大放送，他只想用探针往旋涡中心刺一下，看看能带出什么来。

他决心学一次李节。

"不好意思啊，我先上个洗手间。"他说，然后离席而去。

李节在门外守米莲那次，给路小威印象很深，精髓就是趁其不备扔出关键问题。虽然米莲那次没有问出东西来，但招是好招。曾之琳迟到了半小时，而且看上去气场很足，不能让她处在这么主动的位置上。

路小威真跑去酒店大堂上了个厕所，然后坐在休息区沙发上杀时间。他看着客人在面前来来往往，不禁想起和前女友的最后一次见面。那也是在酒店大堂，当然不是这么豪华的酒店，是三星级的市局协议宾馆，就一张小破沙发，女友是大他三岁的南京法医，为案子来上海出一天差，挤了半小时给他。她说她快三十了，异地恋凑时间见面太累，不能再这么下去了。他们一直是心灵上无比契合的，所以他理解，他接受。

路小威努力从无奈感中摆脱出来，一看时间拔腿就跑，进咖啡馆望见曾之琳正低头刷手机。他绕了一圈，从侧面走到桌前，在她毫无防备的情况下，把薄薄几张纸伸到曾之琳的手机屏幕下方。

"想请你看看认不认识这几个人。"路小威把纸搁到了桌上。

曾之琳愕然看了路小威一眼，然后去看纸。

进入我的预设战场了，路小威想。

曾之琳笑了起来。

"这不是我吗？"

这是曾之琳发在自己朋友圈的一张照片，但她并没有质问路小威照片来源的意思。

当然是你，路小威想，为了让你放松一些。

他把这张纸掀开，露出了第二张。

第二张是米莲。

"这人长得和我好像啊。"曾之琳惊讶地说。

路小威特意选了两人看上去最像的照片，就是为了这个效果，但似乎也仅此而已。这该不会是我失散多年的姐妹吧？曾之琳玩笑着说。

路小威沉住气，把第二张掀起，翻出胜负手。

许峰。

他盯着曾之琳，曾之琳看着照片。她注视的时间比前两次长，然后抬起头说："这是？"

"不认识吗？是许峰啊。"

曾之琳蹙起眉毛，似在记忆里翻寻这个名字。

"是你同乡。"路小威给出关键提示。

"哦。"曾之琳应了一声。她放在桌上的手机此时闪动起来，进来一条微信。她对路小威说了声抱歉，点开手机。

被打断了。路小威略有些沮丧，甚至怀疑曾之琳是故意而为——在这种会暴露情绪的紧要关头看微信。按正常的谈话礼仪，如果没紧急情况是不该立刻去看微信的。

　　通过微信实名制，路小威确定了曾之琳的身份信息，但曾之琳不是涉案人，即便补过了核查手续，没有适当理由，技侦也不会帮他把曾之琳的社交网络翻个底儿掉，给点儿近日的微信朋友圈信息很够意思了。仅凭身份证号，在警方系统里能查到的东西有限，首先确认曾之琳没有案底，不是什么挂了号的敏感人物，剩下的就是出生时间地点和基本社保信息。在来之前，路小威用极有限的时间，把这些捋了一遍，最大的收获其实就来自身份证信息。

　　曾之琳和许峰同年、同乡。说得再细一点儿，两人是一个村子的，所以必然相识。而且从米莲的长相，再到其他那些女人的长相，即以许峰挑选猎物的标准来看，这两个人曾经的关系也很好推测，无非那几种模式，掰着手指头就能数过来。另外，曾之琳的社保连续 10 年交在上海，但始终是自己交的，也就是说从官方数据看，她一直是无业状态。路小威不觉得她是真无业，否则怎么在上海活下来的？她可是从未领过失业救济金，显见得是不缺那点儿钱。要么，她始终有人养着。

　　今天见面，从她的穿着和举止来看，曾之琳生活条件优渥是毫无疑问的。从山村里走出来，在 30 岁的年纪，如此风华盛放地坐在上海商城的咖啡馆里，背后一定经历了许多故事。这些故事是不是和许峰有关系？和米莲有关系？和茉莉女孩有关系？和死去的七一三案受害人有关系？所以，路小威才憋足了劲，从李节那儿偷师，想要挖点料出来。

　　曾之琳低头回了好几条微信，才把手机重新放回桌上。

"真是不好意思，您说。"她似乎已经忘记刚才说到了哪里。

路小威指指照片。

"许峰。"他提醒道。

"哦，"曾之琳恍然回神，然后说，"对，我以前的一个朋友，很久没联系了。"

她神态自若，路小威看不出一点端倪。该死的打岔，他在心里抱怨。

"多久没联系了，方便问吗？"

曾之琳耸耸肩："10 年？"

她像是随口说了一个数，然后补充说："我来上海也不止 10 年了。"

"来上海以后就没见过了？"

手机又亮了，曾之琳扫了一眼，这次没有理会。她像是有些心事，神思游移，停了一停，才想起来没有回答路小威，点头说"对啊"。

"那你回老家的时候，比如过年，也没见过他？"

"我蛮少回老家过年的。"曾之琳笑笑说。

路小威相信曾之琳说的是真的，但这就把路给堵死了。

"方便问一下你以前和许峰的具体关系吗？"

"就是普通朋友。怎么，他出什么事了吗？"

桌上的手机再一次亮起来，这次是来电。曾之琳说了声抱歉，走出咖啡馆去接电话。

这倒也给了路小威时间去琢磨，该怎么回答这个问题。今天能不能有所突破，就在这个问题上了。总要给曾之琳一点压力，她才会更配合吧。把许峰的凶案嫌犯身份丢出来，当然会造成巨大的压力，但曾之琳在整件事情里到底扮演着什么角色呢？如果一无所知，那倒好办，她肯定会把了解的许峰的情况都说出来，但就连用脚趾头想都觉得这不可能，所以问题在于她到底介入得有多深。初次见面，贸贸然地极限施压似乎不太合适，可要是一点点来的话……路小威却没有信心能看穿曾之琳。

半小时前，路小威还因为曾之琳和米莲的相似而恍神，但只坐下聊了这么几句话，他就已经觉出了两人的巨大不同。米莲给路小威的印象，和茉莉女孩非常相似，是一种单纯的美丽，也许茉莉女孩更纯净些，米莲更脆弱些，都是冷雨中枝头的一朵白色小花。但曾之琳这朵白花，细看进去，却会发现是白玉雕琢的，也许还镶了一圈细细的金边。她并不怕被人从枝头摘下，反倒早已经陈列在首饰盒里，或者被佩戴在胸襟上了。

裤兜里的手机振动起来，路小威取出来看，有好几条未读信息。趁着曾之琳还没回来，他一一点开。其中有一条是技侦发来的，路小威看了心里咯噔一下。有人走近，他把手机揣回兜里，是曾之琳回来了。

"真是不好意思，我有点急事得走了。"曾之琳没有坐下。

"啊，是吗？"路小威想我都还没说许峰的事情呢。刚才曾之琳表现得像是随口一问，并不真的关心许峰怎么了。

"要不我们回头找时间再约吧，许峰我真是太多年没有消息了。"曾之琳说完却没有立刻走，犹豫了一下，问，"路警官，刚才三张照片里中间那张和我挺像的，是谁呀？为什么给我看呢？"

"她是许峰的妻子，叫米莲。"

曾之琳点点头，拿起小坤包，却又坐了下来。

"如果有人跟踪我，能不能请你帮忙呢？"

"跟踪你，米莲吗？"路小威吃了一惊。

"我也说不准，最近有点儿心神不定的，背后总像是有双眼睛盯着似的。"曾之琳微微咬唇，露出几分柔弱。

"但是我知道，这种事情，除非造成人身伤害了，否则报警是不管的。"

"没问题。如果你觉得有人在跟踪你，打电话给我，我来看看情况。"

"太谢谢啦。那我先走了。"曾之琳展颜一笑，起身离开。

她并不排斥和警方接触啊，路小威心里转过这样的念头，然后拿起手机，拨了李节的电话。

本想着从曾之琳这里突破，但是计划赶不上变化，米莲那儿忽然响了个雷。

好事情。

"老大，技侦刚才给我消息，米莲突然坐火车去了宁海。

"对，下午她去虹桥站现买的票，这会儿已经出站了，我觉得目的地是许峰老家。我打算跟过去，和你报备一下。"

· 2 · ·

在吗？

……

什么时候回来上班？

……

你不挣钱啦?!!

……

在？

……

　　曾之琳看了一眼和小琳的微信，从大前天开始，她就再没回复过自己。这不正常，从来没这样过。

　　她从手机里翻出小琳的电话，拨过去，已关机。她摇摇头。

　　网约车到了，是一辆特斯拉。门童拉开车门，司机转头微笑。那是个留着雅痞小胡须的男人，不像专职司机，多半是无聊兼职来钓女人的。叫米莲啊，她没理司机的笑，在心里默念从路小威那儿得来的名字。车子拐到南京西路上，前方通畅，司机一脚油门，强大的推背感让曾之琳瞬间失重。失重的刹那曾之琳觉得一切都失控了，这些天接踵而至的一系列事情在她心里堆叠出隐约的不安，此刻这些不安彻底释放，在空中飞舞。曾之琳大概是叫出声来了，司机连忙减速，对她道歉。慢点开，她对司机说。

咖啡馆里她看到第二张照片的时候吓了一跳。从米莲的穿着和照片背景看，分明就是今天拍的，没想到她盯着米莲，却还有另一个盯着她们的人。曾之琳觉得自己应该是被看见了，否则为什么给她看照片呢？但路小威不挑明，她就装傻。不知道冲过去找米莲的那幕有没有被看见，过于失态了，简直白在上海待了这么些年。更可笑的是，她明明是去给米莲一个下马威，好把某些苗头掐灭在萌芽状态，结果反倒被米莲给唬住了。

至今想来，米莲那副模样仍然是很怪异的。柯承泽对她的兴趣除了和自己近似的长相，另一半估计就是这怪异触到了某根艺术神经吧。

当时她蹲着，她站着，居高临下把她挡在阴影里。她妆容精致，一身小10万的穿搭，红色的高跟鞋鞋尖正对她按着地面的双手——手惨白，薄肤透出青筋，牛仔裤和灰色T恤像淘宝货，一张清汤挂面的脸仰起来看她。她劈头盖面地呵斥，刻薄的话一句一句扔过去，她毫无反应，只把那张脸冲着她，脸仰得越来越高，然后露出笑容。

曾之琳的装甲被这笑一把剥下。

然后她听地上的人说，你认识许峰吧。那不是问，是在说一桩认定了的事情。什么许峰，谁？她下意识地回答。陌生人问，你叫什么名？她气势汹汹把"曾之琳"三个字说成炮弹砸过去。那人又问，你是宁海人吧？我听你刚才说骚撇。曾之琳眼一横说，骂你骚撇怎么啦？她看着女人扶着垃圾桶站起来，和自己面对面，这才意识到两个人离得实在太近了，她竟然感受到了一种压迫感。我就听许峰说过骚撇，他是宁海挂坡村的。曾之琳听了这句话，陈年旧事从泥尘里翻滚出来。她阴着脸，不打算回答，眼前的人却好像读了她的心，劈头一句丢过来：你也是挂坡村的？你认得许峰，你们都是挂坡村的吧？曾之琳心郁气促，扔下一句"神经病"，扭头就走。

曾之琳叫了柯承泽出来喝下午茶，假装什么事都没有发生过，一句不问。有时候不问比问更能达到效果，真要追个究竟，容易把事情弄拧巴了。她反省，不该这么沉不住气，实在是心里一直不安稳，压力憋久了，有个小口子就爆发出来。

近些日子她时常有被窥视的感觉。她享受被注目，但那和窥视不同，或者说，是一种绵长的来自隐秘角落的注目，她找不见源头。这让她的睡眠问题变得严重起来。她一度以为是自己太敏感了，因为她甚至觉得有人进过她的车子，储物屉里物件的次序不顺眼。为了安心，曾之琳去翻 24 小时行车记录仪，结果 180 小时的容量只录上了前 18 小时，也就是她前一天离开车的时候，再之前一片空白。柯承泽对机械类的事情在行一些，她打电话去问。这个我也搞不懂啊，柯承泽说，照理不会的，除非是新卡。曾之琳电话这头的脸当时就白了，取了储存卡打车去找柯承泽。两个人坐在一起研究，最初的那段画面看似没有异常，但是把声音放到最大，听见了清晰的关门声响。曾之琳几乎可以看见那个面目不清的黑影，他换掉了记录仪的储存卡，从侧面摄像头死角离开，要是再晚些天，储存卡存满开始循环覆盖，所有痕迹就都消失了。这甚至都不一定是卡第一次被换掉，或许已经有很长一段时间了，她在车里的一举一动，说的每一句话，都被行车记录仪录下，然后转移到另一个人手上。

柯承泽陪着她去派出所报警，但是没有人身财物损失，不能立案，警察让她自己小心，有情况再打110。曾之琳和柯承泽一起住了两天，她自己的事务还没有切割干净，总有些不方便柯承泽看见的微信要回，最终还是硬着头皮住了回去。那些天她一直在心里列名单，看自己到底是得罪了谁，但她向来长袖善舞，场面上周全，怎么想都不至于此。此后她再没真正发现过异常，但窥视感挥之不去，一颗心始终不落地，再加上突然冒出来的怪异女人，似乎原本掌控中的生活正在偏向另一条危险的轨道，所以才答应了和一个警察见面。说来好笑，不管她有多少藏在灰色地带的东西，某些时候，警察竟还是能带来安全感。

车子停在一幢商务办公楼门口，曾之琳下车的时候，司机搭讪不成的遗憾眼神追随着她。

上楼了。

曾之琳对一连串的催促回了条微信语音。

　　门口的保安冲她打招呼，她回之以微笑，却忽然又想到了米莲的笑。

　　简直是魔怔了，她想。

　　等电梯的时候，她对着电梯门的镜面补妆，后面来了两个满身酒气的中年人，四只眼睛在她脸上生了根。有那么一瞬间，曾之琳想换乘货梯，随即意识到这既无意义也得罪人。电梯到了，都去5楼，曾之琳站在一角，熬着黏糊糊的视线和自以为低声的耳语，终于把目光转过去，给了个微笑。电梯门开了，曾之琳帮他们挡着，请他们先行。电梯外是富丽堂皇的大堂，一排穿着旗袍的女孩鞠躬问好，其中一个走出来问两个男人房间号。曾之琳从他们身边走过，却听后面一个声音说。

　　"她，让她来我房间。"

　　"啊，不是，她……"

　　女孩在给他们解释，曾之琳停步转身，笑盈盈地说："大哥你们是V09吧？我先招呼一下客人，然后来给大哥敬酒。"

　　她穿过迎面走来的一串试房女孩，转到东侧回廊，在V03包房门口停下，却没有进去，而是找了个服务生，让他进房间喊人。

　　片刻后，一个圆圆脸的女孩从房里出来，看见曾之琳就像是看见了救星。曾之琳把她拉到走廊的角落，问她现在什么情况。

　　"琳姐，你再不出现我是真撑不住了。"

　　"你前面不是说都陪上了吗？"

　　"陪上的都给放倒啦。刘总他们玩游戏输了自己不喝酒，让女孩一杯一杯地喝，最早那批女孩全喝挂了，后来再叫了几个，眼看着又不行了。你说哪有这么玩的？前面有个女孩一看喝酒的架势，小费不要就跑了，刘总还一直问我她什么时候回来。这样灌酒谁受得了？等第二批喝挂了，他们要想再叫女孩，我怕都没人肯坐这间房。刘总的脸色有点不对头，但我也没招啊，我这都刚去吐过一回了。"

"他以前不这样啊。"

"哎哟我的琳姐，以前那是你在啊。上海那么多夜场，他们干什么非订这儿的房，还不是冲琳姐你的面。来一次你不在，来两次你不在，不能次次来你都不在啊。今天你要是再不来，我可真不知道怎么个收场法了。"

曾之琳叹了口气，说："花花呀，现在我是能来救个场，但我也和你交过底了，今年我打算退。年纪大了，酒喝不动了。"

"不让你走。"花花一把抱住曾之琳的胳膊。

"别给我借酒装疯，我又不会不管你，大客不都在往你手上交吗，但你得接得住。"

"本来我们组，大琳姐你加上小琳，我给打个下手，每天至少都七八间房。去年底开始你来得少了，好歹还有小琳，凭着她和你有七八分像，场面上又向来说是你妹妹，每天五六间房也不错。自打小琳忽然回了老家，也不知道什么时候回来，每天就算能有三间房，我一个人也顶不住啊。你说今天要是小琳在，这刘总估计也不会这样子。"

"小琳说她什么时候回来？"曾之琳皱着眉问。

"琳姐，你都不知道？"花花奇怪地问。

曾之琳摇头："这两天联系不上她，之前问她，也没给准信，就说家里有事。她得有一个多月没上班了吧？"

"3 月 15 到今天，快两个月了。她也是真的怪，本来 16 号她还订了间房，客人到了再问她，说已经回老家了。什么事不说，什么时候回来不说，给她发一堆微信才回一条，电话要么不接要么按掉。"

"我也一样。不过她开销惯了，没钱了总会回来。"曾之琳耸耸肩。

花花瞪大了眼睛："她不会敢按掉琳姐你的电话吧？"

"翅膀硬了呗。"

"她不能有这个胆子。琳姐，这阵子她接过你电话吗？"

曾之琳摇头。

"没道理啊，"花花的脸上露出古怪的表情，"其实我还很奇怪一点，从前她和我微信，向来是大段大段的语音，烦得我还得先转成文字再看，但是她忽然不见之后，回我微信从来都是文字。"

"她给我发微信倒一直是发文字的。"曾之琳不以为意。

"那是给琳姐你发啊，她多精的一个人。所以我说她没胆子按掉你电话才对。琳姐，我是说，从她不见之后，其实我们就没再听见过她自己说话了。"

曾之琳陡然一震，心底里的不安被这句话一下子点着了。还没等她把这意思琢磨明白，V03 包房的门被推开，刘总扯着嗓子一边嚷嚷一边走出来。

"花花，花花你人哪儿去了？哎哟哟，大琳你来啦！你知道我来多少次没见着你了吗，你不是在躲我吧？"

　　曾之琳收拾心情，让花花去照顾其他房间，对着刘总绽出微笑，走上去挽起他的胳膊。

　　"生了场病呢，但听花花说刘总你来了，这不就赶过来陪您了吗？"

　　"生病了，那今天的酒我帮你喝。"刘总环住曾之琳的腰，把她推进了房间。

· 3 · ·

　　三天前警察离开，米莲昏睡了两日两夜，昨天挣扎起来，回想经历种种，只觉得人间于她已成残纸，人生就在纸的破洞里漏尽。举目四望，这浮在深渊上的脆纸哗哗颤动，哪怕看似完好的地方，都不足以承载她一丝一毫的信任了。但是今天，她蹲坐在曾之琳的高跟鞋鞋尖之前，抬头仰望天空的时候，才恍然把这世界看清楚。深渊上空的迷雾散去了，原来这深渊壁立千仞，往上直升至无穷无尽的高处，人间这片残纸，本就是飘在渊底的。一只只魔鬼从壁窟里探出脑袋俯视她，肆意嘲弄，米莲竟不害怕了。向来就活在地狱里的人，值得怕谁呢？她只觉得荒唐。

　　明白了这一切的荒唐怪诞，世界的喧嚣吵闹就冷寂下来，一整座人间里，那些铸就了所有华彩的欲望，那些在生死间荡漾起伏的情绪，化作缓缓降落的火山灰，在地上铺成厚厚的死尘。米莲得以把世界看清楚，所有注目的地方，细微的褶皱展露出来，那是事物间的连接。所以她从曾之琳的口音想到了挂坡村，这个答案如此自然地在心里浮现，甚至并不需要得到曾之琳的确认。接下来，她就要带着这样的眼，带着这样的心，再于人间里行一小段路，去看一看一切何以至此。除此之外，她没有别种念想，哪怕是昨天下午她在医院里拿到那份检查报告，心中也并无常人该有的波澜。就这样吧，毕竟人间险恶，她想。

挂坡村是许峰的家乡，她竟从来都没有去过。

火车抵达宁海站时已入夜。米莲在车站附近寻了个酒店住下，约好一辆车明早 7 点半接她进村。

这一夜米莲睡得非常踏实，早上她在闹铃响前 10 分钟醒来，感觉到了久违的精力。她在餐厅吃了榨菜白粥，喝了豆浆，然后等司机抽完一支烟，载她前往挂坡村。

宁海是宁波市辖下的县级市，而挂坡村还要比宁海再低两个行政级别。车从酒店前的闹市开出去，道路慢慢变得宽畅，车流慢慢变得稀少。进山之后，路面再次收窄，满眼青翠，盘旋之际偶见远峰，米莲的心思也随这山路蜿蜒深入。她想，许峰就是从这里走出来的。

许峰很少提自己的家乡，结婚那么多年关于这个话题只有过一次详谈。那时网络盗墓小说盛行，他兴致勃勃地说起小时候也常常和伙伴顺着盗墓贼留下的盗洞去墓里探险，据说附近风水好，山里有不少古墓。

米莲从来是顺着许峰的，对他有所避讳的事情，不会追根问底。尤其是，米莲自己就很感激，许峰对她心底里那块地方的照顾。她想许峰不提的原因肯定和自己不一样，反正两个人一起生活，有些事情未来总会慢慢知道的，自己嫁的是许峰，不是许峰的家人，也不是许峰的家乡。

并没有慢慢知道，米莲看着窗外想，原来我是要用这种方式去知道的。

许峰的父亲10年前去世，后来母亲改嫁，这些年里许峰只回过两次挂坡村，其中一次是因为母亲病重想最后见他一面。不过后来他母亲并未去世，或许是儿子的探望给了她活着的力量吧。总之，米莲从未见到自己的公婆，许峰也从未见过她的家人。结婚第二年，许峰答应陪米莲回一趟家，见见岳父岳母，在火车上他焦躁不安，车到杭州，他竟反悔说不去了，独自跳下车回了上海，米莲的父母后来来上海时，他也避而不见。米莲与家人相处得相当糟糕，她以为许峰是因着这个不愿意见，现在她当然知道了，是因为曾之琳。

又是一个急弯，然后有一条岔道。米莲让司机拐上去，在一方空地停下。她踉踉跄跄下车，往草丛边一蹲，张开嘴哗哗地开始吐。早饭吐完还是恶心，酸液一股一股反出来，内脏都翻在嗓子眼了，眼泪更是止不住地流。她扶着肚子想，自己因为“30岁危机”而做的那些改变，新的造型、不同的装扮，甚至是那些从前不看的书……她以为这些可以增加魅力，可以更好地维系和许峰的感情，其实却一把扯掉了遮羞布。这么多年自己一直是被许峰当作曾之琳养着的啊，她自说自话地把自己变了个样，变得更像自己了，也就不像曾之琳了。她甚至可以体会到，当年许峰和她同乘回乡火车时的心情——火车每前进一公里，心中的撕扯就多一分，当他走入米莲家乡、见到米莲家人的那一刻，就再也无法自欺欺人。这毕竟是一具泥塑的像，经不起摔也淬不了火，想要让米莲以替代品的身份继续下去，许峰只能半途逃跑。至于始终不愿带米莲回挂坡村，也是一样的原因吧。

米莲扶着腰慢慢站起来，种种思绪在心头滑过，有些许不堪，有些许好笑。她回到车上，让司机继续开。

车子转到正路上，往前开了没多久，司机就听见后面的乘客发出了一声不明所以的哧笑，然后要求他再次停车。

"这儿没地方可以停。"司机说。

"刚才不有辆车靠边停着吗？就那么停。"

司机无奈，把车开出主路，开上缓坡停下。他不免在心里嘀咕起这个女乘客的古怪，说是刚才晕车没吐干净吧，这会儿停了车，她却并不下去，只是安坐着，不说也不动。

"要开窗吗，透口气？"

"不用。"

司机咂咂嘴，心里想着别耽误了一会儿约好的麻将局。他从后视镜里瞄那女人，却见她正斜望着某个方向。他把视线移过去，那是车辆的左前方，草、树、路、远山，看不明白有哪儿不同寻常。再瞅一眼后视镜，女人依旧定着眸子，显然对她来说，那边有一个明确的注目点。

司机忽然反应过来，她是在看左侧后镜。他脖子一转，视线还没移到侧后镜，就听见后车厢喀啦一响，车门猛地被推开，女人跳出去，几步下了缓坡，跑上了道路中央。在她正面，一辆小车迎头驶来。司机哎哟一声叫，开门冲出去，却见来车已经停了下来。他认得这车，就是先前停在路边的那辆帕萨特。

他的乘客走到帕萨特驾驶座旁，敲了敲玻璃。

"路警官，没认错吧，要干吗呢？"米莲问。

路小威有点尴尬。他一直跟着前车，拐过一道弯忽然不见了跟踪对象，靠边犹豫着是否要掉头找，发现车又开上来，就继续跟上，没想到被米莲大鸣大放地拦了下来。他反思自己太不注意，开了辆沪牌车就来了，跟车也太紧，但谁能想到米莲这么个本该没有任何反侦查经验的女人，竟然这么敏锐？

面对逼到眼前的质问，路小威心里懊恼，脸上挤出不忍直视的假笑，干咳一声说这么巧。巧吗？米莲反问他。并不是那种气势汹汹的口吻，只是日常说话的声调，但路小威却可以感觉到其固执到不可动摇的内核，就像薄薄水面下的一方礁石。他昨天见到米莲，就已经与初会时大不相同，而现在车窗外正看着他的米莲，又与昨天判若两人。她何以有如此的蜕变？

"咱们别停在路中间说话，危险。这样，我先靠边，我先靠边，我先靠边。"

米莲总算让开，路小威把车慢慢驶向路边，停在米莲车后不远处。好不容易有了这么点儿空余，他赶紧琢磨该怎么应付眼前的局面。然后他意识到，完全不必心虚，公安监控重大嫌犯的密切接触者，这不是天经地义的吗？既然被发现了，直接言明，然后该问问该跟跟，算是由暗处转为明处了呗。

路小威给自己打着气，却见米莲和她的司机说了几句话，拎着旅行包过来让他开后备厢。

路小威刚把心态调整好，又被动了。

"我去挂坡村，许峰的老家。路警官不用跟着了，一起吧。"

"哦，好的，好的。"

路小威重新开车上路，米莲一言不发，他也不知道该说什么，车里的空气几乎凝结，但这只是路小威个人的感觉，他从后视镜偷瞄米莲，她以手支颊，正望向窗外风景。然后她忽然转过头，从后视镜里对上了路小威的眼睛。

"不好意思，"她说，"想想也是你应该做的。"

"没关系没关系。"话又被她说掉了，路小威想。

"是觉得我还和许峰有联系？"

路小威的第一反应是打个马虎眼，但随即觉得面对这样的米莲，应该坦率一点。

"之前我们去你家拜访的时候，问过你桂府的事，你说没印象，可是昨天你去了那里。抱歉啊，这样的凶案，我们需要对相关人员进行必要布控的。"

"我想找到我丈夫，既然你们特意问我那个地方，他一定出现过吧。"

"那到这儿来呢？"

"也是为了找他。"

"许峰最近在挂坡村？"路小威精神一振。

"他过去在。我来这儿找过去的他，找那个我不认识的许峰。"

米莲笑笑，路小威直视前方弯道，没看见这个笑容。

"我要认识他。"米莲重新把视线投向窗外的那片青山。

路小威不太明白。或者说,他猜到几分米莲的意思,但不太敢相信。

多年的夫妻,哪怕是同床异梦,也在一起处了上千个日日夜夜,她对自己的老公这么陌生吗?换言之,她就这么无辜吗?

他是来跟踪米莲的,结果搞成这副样子,米莲的形象在心里一变再变。初见时米莲的那场痛哭,令他觉得面对着一张单纯的白纸,现在他要是还这么想,也不用当刑警了。短短几天,一个人怎么可能有如此巨大的改变呢?只能是自己刚开始看走眼了呗。此刻,米莲在路小威眼中的形象是神秘的,需要打起十二分的精神来应付。

米莲和曾之琳是通向许峰的两条连接线,许峰遁去无踪,路小威本来更期待在曾之琳身上找到突破口,米莲的突然异动让他改变了侧重。异常即线索,路小威始终记得李节说过的这句话。世界上所有事情都有其内在逻辑,所谓异常只是因为不解其逻辑,而一宗案件里所有的逻辑如果都理顺了,案子也就破了。现在米莲告诉他,她是来探索许峰内心的,路小威不理解这个逻辑。真这么单纯,为什么能发现他盯梢?得非常敏感才行吧。不过要说她心里有鬼的话,现在米莲就坐在后排,对警察也并不回避。

"这次你想去哪些地方看看,有想特意找的人吗?"

路小威的这个问题,有一半是想调节车里的气氛,毕竟导航显示离目的地还有半个多小时车程。没想到米莲回答说她不知道。

"到了再看吧,我也是第一次去。"

"怎么会，你们过年也不回去的吗？"路小威不禁问出了和昨晚见曾之琳时类似的话。

"他爸爸去世了，他说，那儿已经没有他的家了。"米莲想起许峰这样对她说的时候，会在后面加上一句"我的家在这里"。也许他说后面这句的时候，的确是认真而努力的吧。

"但你不好奇吗，你丈夫的老家是什么样子的？一次都不去，好像也说不过去啊。"

"现在好奇了。"

米莲的回答总是简短而平静，有种奇异的让人信任的力量。路小威尽量对这种信任感保持警惕，他仿佛听见了几声穿出浓雾的汽笛，那儿有一艘隐秘的巨轮在航行。

米莲确实已经平静下来。刚才她在心里问自己，为什么会把路小威拦下来？警察跟着又怎么了？对这样的事情，自己不应该已经无所谓了吗？她回想那一股无名火，还有从进山开始的烦闷，意识到毕竟还是近乡情怯了——近的是别人的乡，怯的是不堪之情。

她轻轻叹了口气。警察又在后视镜里看她，她收回手肘，靠在椅背上假寐。路面颠簸起来，公路等级明显下降，估计快到挂坡村了。

忽然，她听警察问了一句。

"曾之琳你认得吗？"

米莲一下子睁开眼睛，与路小威在后视镜中四目相对。

昨天见过一面，算是认得吗？只是，从这个名字延伸过来的千丝万缕的蛛线，这么多年不知不觉把她缠成了一个茧，到现在，她又能说不认得吗？

米莲没有答，路小威也没有再问。

挂坡村到了。

这是青山合抱中的一处低地，一条主路从村头通到村尾，几条支路与之相错，大致来说是个"丰"字布局。多数房子聚拢在平地，少数房子落在坡上，还有一些延伸到田间或林间，整个村落规模两三百户，不大。

在这儿长大的人，谁对谁都是知根知底的吧，米莲想。那么，要怎么开始呢？像在桂府那样，挨家挨户去问吗？

路小威把车停在村头空地上，树荫下有一局棋，对弈者纹丝不动，观棋的两个老头往这边瞧了几眼。路小威意识到就算没有在半路上被米莲发现，到了村里，他也很难隐藏意图。他拉起手刹，从后视镜里看看米莲，发现米莲也在看他。

"是我跟着不方便吗？"路小威明知故问。

"其实，你对这里要比我熟悉吧。如果许峰是嫌疑犯，得要调查他老家情况对吗？"

"我也是第一次来。当然，基本情况，是了解过一些。"

"如果我想和人聊聊许峰，想知道他在这儿生活时候的事情，找谁比较好？"

路小威不禁有些错愕。他以警察的身份来到这里，虽然还谈不上是在和嫌犯角力，但总归是抱着要从米莲身上挖出秘密的心情。尤其半途被米莲识破，更让他多加了几分小心。可现在，米莲竟然在寻求他的帮助，而且态度语气如此自然。

这又是一个异常之处，异常的坦率也是异常。不过这样一来，米莲挂坡村此行，就把主动权让到自己手上了。路小威心里虽然这样想，却并没有感受到任何主动权在握的踏实感。

"说到熟悉许峰，当然得是他妈妈。他妈妈叫曾仪，你知道的吧，人在村里，不过改嫁了。还有一个人据说和许峰关系不错，叫王龙。"

"我知道他，许峰有一次回乡，就是王龙结婚摆酒。"

"王龙在附近的度假酒店里上班，不知道今天在不在村里。"

路小威说的这两个人，米莲都知道，特别是曾仪，还有谁能比母亲更了解儿子呢？先前的犹疑，有一部分是因为曾仪早已改嫁，且与儿子之间生了隔阂，不知道会以什么态度待她。但借着和路小威的一问一答，米莲磨掉了那点犹疑彷徨，前头是山还是海，她都得走上去的。

"来了这里，总是要见见我婆婆。"米莲说着，开门下车。

她往树荫下去，想打听曾仪的住处，路小威却说可以帮她问。

路小威来之前，拜托李节和当地派出所通了个气，需要配合时可以派上用处。今天早上他接了个电话，就在被米莲拦下来之前，李节告诉他，遇事儿就去村口找支书。现在看起来，村支书估计就在树荫下那几个人里。

只是路小威没想到村支书是棋手中的一位。他不太懂象棋，但显然支书同志局面不妙，因为支书弃局不顾，高高兴兴地起身引他去找曾仪。

"不是我找。"路小威给解释了一下，"这是米莲，许峰的太太，第一次来村子。"

"许书记您好，麻烦您了。"米莲说。

书记和许峰同姓，彼此之间多半是同族同脉的。听到许峰的名字，他脸上的皱纹顿时深了三分，又多看了米莲一眼。

暗地里都在传许峰涉了大案，现在他老婆忽然回村，还陪着个警察，背后肯定有事儿。

曾仪家在挂坡村靠林的那一侧，房子是白墙黑瓦的二层楼房，村里的房子大多是这个式样，也许是统一建造的。前院门外坐着个银发老太，米莲以为这就是曾仪，许书记却高声对她讲，你新妇在里面吗？有人找啊。老太对书记咧嘴笑，书记靠近她又问了一遍。

"在呢在呢。"老太嗓门出奇洪亮，手往院里指指。

前院里堆了不少工艺品，以编织物为主，有竹篾席、竹笠、草帽等等。一摞半人高的草帽旁边，一位妇人手里的草帽正编到一半。她坐在小板凳上，微弓着腰，一只脚踮起，拿着草帽的手支在踮高的膝盖上，把草帽拿得离脸很近。听见动静，她停了手里的活，坐直身子，把眼镜往上推起，眯着眼朝院门口看。她花白头发，身形异常瘦小，肤色焦黄，还不如坐在门前的婆婆精神。

村支书介绍过米莲的身份就走了。路小威原本在院门外踟蹰，觉得需要给米莲一点空间，但是他随后醒悟过来，自己又把身份给搞混了，这会儿他是警察不是友人，再说他和米莲只有几面之缘，谈不上交情。他脸上一阵烧，觉得面皮发紧，赶紧抬腿跟进了院子。

路小威进院子的时候，曾仪已经站了起来，草帽扔在地上，两只手紧紧抓住米莲的手，仰着头凑近了瞧米莲。她对米莲说着些什么，但说的是本地话，语速很急，路小威一时分辨不清内容，只看见曾仪两只胳膊的筋肉在松弛苍黄的皮肤下一颤一颤。

米莲也听不太分明，许峰平日里不说宁海话。她感受着涌自枯瘦小手的情感，把身子稍稍弯下来，好让婆婆把自己看得更清楚些。

总算是看到你啦，谢谢你照顾我儿啊，你长得真俊，谢谢你来看我呀，让我看看你，让我好好看看你。大概是一些这样的话吧。扑面而来的满溢的情感让米莲觉得难熬，其中的大部分，或许正好是她听不分明的那一大部分，是冲着许峰去的，她只是在这里代为承接。她不知道该说什么，直到曾仪松开了一只手，拭去镜片下的眼泪，请她进屋去。

"真是不好意思，到家里来说话吧，进屋子，进屋里说。"

曾仪一只手还拉着米莲，米莲慢了一拍，她感觉到了，松开手，把声音降低了一些，用商量的语气小心地问："进屋可以吗？"

这句说得慢，路小威听明白了，却又不解其意。曾仪是主人，哪有主人问客人能不能进屋的？

自己的婆婆心真细啊，米莲想。因为她已经改嫁，她的家已经不是许峰的家了，所以担心儿媳有所顾忌。看起来，许峰是不愿意进这个屋子的吧。

"好呀。"米莲说。

没有人问路小威，但是路小威还是硬着头皮跟进了屋子，在心里斟酌了一下称呼，喊了一声"伯母好"。曾仪这才注意到他，问米莲是谁。路小威以为米莲会说是个朋友，但她简洁明了地回答道："警察。"

曾仪正在给米莲搬椅子，这时停了下来，一手扶着椅背，瞥了路小威一眼，又望向米莲。

"许峰他还好吗？"她惶然问。

然后她仿佛不想立刻得到答案，继续搬动椅子，用比之前加倍的速度和力气，把两张靠背椅拉到八仙桌前合适的位置。

"请坐，快，坐。"她屁股沾一沾椅子，又起来去倒水。

"我就是个司机啊，就是开车带米莲来的，我没什么事。"路小威把自己的椅子拉远了一点，以示自己无意加入谈话。

"许峰好着。"米莲不知道许峰好不好，但总归比自己好。而且要怎么对曾仪说呢？徒增烦恼与波折而已。她以后总会知道的，不必是现在。对于此时的米莲，做这一点点话语上的迂回，已经毫不困难。

路小威保持静默。

曾仪倒了水，坐到米莲面前。

"许峰就是不愿意回来。真是对不起，结婚这么多年，我第一次来。其实许峰也不愿意我来。"

"唉，唉。"曾仪轻轻叹了两口气，然后又去捉米莲的手，"你来了就好。看见你，我高兴的。"

她细细地看米莲，像是看不够，又像是看不清。

"你叫什么名呀？"曾仪问。

米莲有些意外，哪怕她从未来过，哪怕许峰和曾仪极少联系，但结婚 6 年了，曾仪都不知道儿媳的名字吗？

"我叫米莲。"

"要是你们结婚那会儿，在村子里办一场，该有多好呀。他就是不肯。"曾仪摇了摇米莲的手，松开。明明那是张硬背椅，她却好像陷了进去，慢慢缩到一个遥远的角落。

当然不肯，许峰怎么能让自己出现在挂坡村呢。

"我想听你说说他。他不和我讲过去的事情，但我想知道，毕竟我是他的妻子。我觉得，我对他了解得太少太少了。"

"他不是个爱说话的孩子，受了苦，也都是自己熬着。"

"他在村里过得不好吗？"

曾仪在角落里静静地待了一会儿，像是在回忆。

"不，他过得挺好。"她说。

然后，曾仪开始回忆儿子。

在路小威听来，那些回忆并无特别之处，懂事、知礼、书读得还行、对父母孝顺……这其中显然有水分，有记忆的美化，至少一个孝顺的儿子，不可能几年不看一次母亲，哪怕母亲已经改嫁。

许峰爹爱吃野味，许峰高二暑假进山打野猪，结果摔断了腿。说起这事，曾仪又抹了把眼泪。米莲说许峰是不是小时候受伤挺多，阴雨天他会骨头痛。曾仪抹干眼泪，说你第一次来，我领你村里转转吧。

曾仪引两人出门，和她婆婆打了个招呼。路小威偷偷问米莲，要是有特别想了解的方向，他可以帮着问一些问题。屋里的谈话在他看来毫无效率，那种没有引导的回忆漫谈，其实满足的是母亲对儿子的思念情绪。许峰的受伤也许还有些内情，但那得追问呀。他可不相信，米莲来挂坡村，只是为了听听许峰小时候是如何当一个追风少年的。

米莲拒绝了。

"这段路，我想自己走。"她说。

路小威脚下一缓，他琢磨米莲这话是不是双关。想归想，这段路他怎么都是要跟下去的。

曾仪瞥见路小威拖后，也把步子放慢了三分，和米莲前后脚时，悄声问："你们在上海过得怎么样呀？许峰他……现在好不好？他没事吧？"

米莲恍然，曾仪刚才说了那么些许峰的往事，怕是在心里一直煎熬着吧。她想知道许峰的近况，却因为路小威的警察身份，没敢问出来。

"我们这几年都住在上海的市郊，在周浦镇上租了个房子，许峰和您说过吗？"

曾仪摇头，急切地说："你和我讲讲他，好不好？"

米莲就把这些年的生活说了说，她注意到路小威在支着耳朵听，心里想，他能从这段假面人生里听出什么呢？

对米莲来说，今日之我已非昨日之我，所以她才愿意说昨日种种，因为那仿佛已经是别人的事情了。她甚至觉得置身于上帝视角，从天空中望下来，穿过云，穿过风，穿过一重一重的枝丫，两个面目模糊的女人在山谷小道上时隐时现，发出嗡嗡嗡的小虫子的鸣叫。

曾仪停下来看她。

"怎么了？"米莲问。

然后她尝到了唇边的咸味。原来自己在哭。

路小威望着米莲的侧脸，那儿泪水流淌，如珠般坠跌。她分明只是在述说平常无奇的事情。他不知道米莲到底想到了什么，体会不到她此刻的心情，更说不出安慰的话。他觉得很难过。

米莲闭上眼睛，双手夹拢在鼻梁两侧，呼吸在掌心孤单地起伏涨落。她将手向外抹开，指尖触着眼皮和眉骨，指根蹭着颧骨，掌腹擦过脸颊，湿漉漉一把甩过鬓角。

"走吧。"她仰起脸说。

此后的行程略显沉闷，曾仪在一些地方稍做停留，打捞出许峰的少许往事——浅溪畔、古树边、祠堂前，米莲只是听着，很少搭话。在曾仪把他们引向一个特殊的所在之前，他们在一幢房子前驻足。

现在是上午，村里有一半人家敞着门，剩下多是虚掩，再如何也不会落锁，除了这一家，门上拴了把大号挂锁。

"这是我……"曾仪停顿了一下，说，"这就是许峰家，现在空着。我没带钥匙，如果你想进去看看，我回家给你取钥匙来。"

再一次确认了许峰并未回村，路小威想。其实也不必看见这把锁，村支书和曾仪的反应已经足够说明问题了。村子就这么点大，许峰如果近期回来过，很难瞒住人。

这幢许家老宅的样式和村里别家的并无二致，看起来却陈旧许多，这是因为外墙涂料已经很久没有重新粉刷了，东边的檐口筑了个鸟巢，想必在看不见的角落里还有重重蛛网。米莲愣怔怔瞧了会儿，无法想象这里面是什么样子，眼前的破旧外壳里面，是黑洞洞的不可知之物。她到挂坡村来探索许峰的过去，想知道他到底是一个什么样的人，想知道自己何以至此。然而迄今为止，她所听到的还是原来那个许峰，那个曾经在浅溪畔古树边祠堂前徘徊的身影，和她刚才告诉曾仪的这些年的许峰是同一个人。那不是她要找的许峰，不是真正的许峰。如果曾仪取来钥匙，让她走入许家老宅，又会看到些什么呢？许峰用过的桌子、睡过的床、看过的书、画在墙角的身高刻线？那是一堆他褪下的壳，代表着一个个符合她过去完美想象的许峰，在椅子上在壁橱里在天花板上在窗帘后在床底下对着她露出微笑。

"不！"米莲叫起来。

她随即缓过神来，降低声调："不用麻烦回去拿了，这么在外面看一眼就行。"

曾仪陪着她看了一会儿，说："我想去看一眼他爹。你要一起去吗？"

米莲说好。

曾仪先回了趟家，拎了个装了香火纸钱的火盆出来，然后引他们走上一条上山的小径。

"许家老坟那块地，风水好得很，依山傍水抱明堂，说是可以福佑五代的。不过前些年大暴雨，那片被山洪冲过一次，多半是破了势。后来我梦到他爹和我说，住的地方破洞漏风了，但我也没办法。我不是他许家的人了，不能动他的坟啊。"

爬了半个小时的山路，最终上到一方较平缓的坡地。前一刻还是需要手足并用攀爬的林间小道，转眼骤然开阔。天气晴朗，阳光并未直射下来，坡上非阴非阳，却给人一种明快的温暖感觉。米莲四下眺望，见正面有一座青山为倚，左右有两峰呼应，可说是三山环抱，却没有见到水。

"那次山洪下来，带着泥石流，地势就变啦。原来那儿有道溪。"曾仪往前方一指，青草历历，溪道早已了无痕迹。

这样的风水宝地，当然不可能只有许氏一家之墓。缓坡上花草繁盛，一片一片的满天星间，藏着一簇一簇呈群落分布的墓碑，代表着不同家族的祖坟。

曾仪让两人跟着她的步子走，免得不小心踩到了别家的坟头。坡上也有地势的小小起伏，曾仪在一处相对低的地方停下，面前小坟包的墓碑上有鲜艳的漆字，应是今年新描红过。

许海军

1963.6—2006.10

许海军自然就是许峰的父亲，但他的名字不在墓碑的中心线上，而是中心偏左。偏右的位置空着，原本有刻字，现在已经被打磨掉了。

"13 年许峰回来过一次，你知道的吧。"曾仪说。

"听说那时候您得了重病。"

曾仪从火盆里拿出干布，开始擦拭墓碑。

"这块地是海军还活着的时候自己选的，碑也是他自己竖的，那会儿上面刻了我们两个人的名字。"曾仪背对着他们，一边擦一边说。

"13年我被医院下了病危通知，想走之前见见儿子。他回来了，和我现在那口子商量，我走了能不能埋回这里，和他爹海军一起。我男人当然不答应。不过我也没走成，活过来了。"

曾仪把墓碑上上下下抹完一遍，收起布，轻轻拍了拍碑头，像是和下面的人打了个招呼。

"听许峰提过几嘴，我公公他和您感情很好。"米莲说。

"是啊，所以他选坟很仔细，来来回回地看，最后挑了这块地方。他重阴宅，说这块地待着安稳。他的想法呢，就是不管活着还是死了，两口子都要舒舒服服在一起。"

曾仪叹了口气，开始把香和纸钱拿出来。

"现在海军等不到我了。许峰怕他爹孤单，他是个好孩子。"

她点了三支香，拜了拜插在土里，然后看看米莲，米莲便也取了香点燃。米莲拜的时候曾仪开始烧纸，一边烧一边念念有词。不像是在念经，似乎是在说着些什么家常话，但声调很低，又是本地方言，米莲听不明白内容。

路小威站得稍远，他看曾仪的情状，觉得分明对亡夫感情颇深，但被留在这世上的人，总归还是要往前走的，身边有伴会容易些吧。

在米莲想来，2013年许峰回乡是闹了点小风波的。挂坡村群山环绕远离城市，有着种种的乡俗旧习，要让一个改嫁的女子葬回原穴，对她后来的丈夫是一种侮辱，绝没有答应的可能。许峰对父亲感情极深，素来对母亲的改嫁耿耿于怀，既然父亲生前如此珍重地选了埋骨地，为了不让他泉下寂寞，希望再小，身为儿子的也要努力试一试吧。

死后的世界是什么样的啊？米莲对着焰光中飞快蜷缩的纸钱想。

纸钱渐渐烧尽，火盆里升起的烟也随之重了起来。曾仪已经看了米莲许久，忽然又开口问她：

"新妇啊，你说，你叫什么名呀？"

"我叫米莲，稻米的米，莲花的莲。"

"米莲，米莲。"曾仪反复地念着，像是在揣摩这个名字。

"你前面在家里说，许峰现在逢着阴雨天，还是会骨头痛的？"

米莲点头。

"那个可不是他打野猪摔的，是他06年受的伤。因为这伤，他从上海回家养了有一整年呢。"

"06年在上海受的伤？怎么伤的？"米莲有些吃惊。

"具体的情况，其实他也没和家里说得太清楚。怎么许峰没和你提过吗？"

"我以为他07年才到的上海。"

"他养好伤再去上海的时候，倒是07年。"

米莲是2011年认识许峰的，那个时候，许峰说他来上海4年。

"那许峰是哪年去上海的呀?"

"是 05 年,他高中毕业去的上海。"

为什么许峰会少说两年? 米莲想。把 4 年说成 5 年有时只是为了凑个整,但没有把 6 年说成 4 年的道理。或者说,这背后肯定有许峰的道理。

开始出现了吗,那个真正的许峰?

"那 05 年许峰到上海,做的什么工作呀?"米莲问。

"这些,他都没和你说过吗?"曾仪反问她。

"过去的事情,他的确说得少。"

路小威在旁边听着,很难想象这场对话居然发生在婆媳之间。她们说的话,对应到身份都有些奇怪。

火盆里的纸钱基本燃尽了,曾仪用脚把火盆推开,坐在坟前草地上的小雏菊间。

"其实我很喜欢来这里,只要不下雨,待着很舒服的。你要不要坐一会儿?"

"是很舒服,很少在墓地有这样的感觉。"米莲也坐了下来。

"风水好就是这样了。风水好的地方,人待着就是舒服的,不管活着还是死了。"曾仪朝米莲笑一笑。山风徐徐,草木的香气盈盈而起,太阳从薄薄的云气里移转出来,坡地慢慢变得更明亮了一些。曾仪被照在了亮头里,随后所有人都在里面了。这一刻,米莲觉得曾仪从那个在院子里编织草帽的形象中挣脱出来,生活的罗网消失了,她半倚着坟头,厚玻璃镜片后的眼睛稍稍眯起来,像是在展望那一片蕴在花草山云之间的光。

在米莲以为婆婆就要这样歇下去的时候，曾仪却开始讲述所历的磨难，她的磨难、许海军的磨难，也是许峰的磨难。米莲有一种错觉，她所听到的东西，仿佛是曾仪和许海军共同讲述的。在此时的坡地上，在光暗生死之间的微风里，这些磨难变得轻重适宜。

山里的孩子都想往外面的世界跑。读到高中毕业，许峰和许多同村同乡的孩子一起，外出打工挣钱。恋家的孩子去了宁波，更多的则去上海找机会。许峰在金山找到了一份食品厂的包装工作，是流水线上的一环，隔几天给家里来个电话，说说在上海的生活。其实也没什么好说的，一则没啥生活，二则金山离真正的上海也远，三则这个年纪的男孩都不愿意和父母说心事。次年春节许峰没有回家，而是选择待在流水线上挣节日加班费。开春之后，许峰和家里的电话越打越少，到 5 月头上，许峰的好朋友王龙给许家报了个信，说许峰在上海住医院了。

"我和海军一起去的上海，打电话他还不认，说不在上海。我说妈都到住院楼下面了，你不说我就一张床一张床地看过来。他是被人打的，伤太重了，脑震荡，脾脏和肾脏有出血，左边胳膊和肩膀、右腿，还有三根肋骨都断了，上了两块钢板。我们到的时候，医院说脾脏的伤还要观察两天，如果情况不好就要开刀。许峰说不开刀。他知道咱家拿不出开刀的钱。的确是拿不出，他没有上海医保，在上海治病太贵了，我们把他带回来治，他在家里躺了一年。"

"他被谁打成这样？"

"他不肯说。因为什么事情起的冲突，也不肯说。"

路小威觉得曾仪没说实话。儿子伤成这样，就算自己不肯说，父母会不调查吗？去问工作单位，去问王龙，总有法子打听到吧。

"那一年海军给孩子找了不少大夫，接骨的、调理身子的。原本我们就没家底，但就这么一个儿子，以后他的路还长，身体一定要养好。结果有一次陪孩子看病的时候，海军自己发高烧晕倒，以为是太累得的感冒。验血指标不正常，又抽了骨髓，原来是白血病。医院说得马上化疗，海军不要治。他是那年10月份走的。"

曾仪说到这里，偏过头去看墓碑上许海军的黑白照片，自然得仿佛他就坐在那里。

"许峰觉得，如果不是为了省钱给他治伤病，他爸不会这么快走。这不对。"曾仪对米莲笑笑，说，"你回去可别和他提。"

"嗯，我不提。"米莲淡淡地应着。

晒了一小会儿日头，三人回村。曾仪留他们午饭，米莲说还想去看看许峰的好友王龙，不知道他今天在不在。

"在呢，今天他休息。"曾仪说。

"您知道？"米莲挺意外。

"我知道，他玩牌呢，和我男人一起。"

米莲愣了愣，这才反应过来，曾仪说的"男人"显然是她现在的老公。

屋子门敞着，麻将牌的碰撞声在院子里就能听见。客厅放三张方桌，男女老少都有，满座。也许所有人都在猛烈地抽烟，总之开着门也让米莲觉得辣眼，甚至光线都被烟雾遮了去，10点多的好日头，进屋就成了阴天里的下午。

米莲和路小威站在门口，曾仪在靠西墙的那桌找到了她男人。男人把眼睛翻起来，说你怎么来了，曾仪说不找你，然后往他对家耳边嘀咕了两句。

"许峰的老婆？"王龙大声嚷嚷着往米莲的方向看过来，然后突然站了起来。

"小点儿声。"曾仪说。

屋里人早听见了，纷纷扭头去看米莲。

路小威瞥了眼米莲，见她顶着那么多道目光，神情不改。

王龙一边瞅着米莲，一边和曾仪说了几句，摇着头又坐了回去。

"他说这会儿下不了桌。"曾仪走回来说。

"要打到中午？"

"打一天呢。"

路小威心想不行再把村支书搬过来，却听米莲说："那我就在这儿和他说几句，行吗？"

曾仪去和王龙讲，然后朝米莲点点头。她给两人找来方凳，又捉住米莲的手，摇着说有空多来看看。之前曾仪一直有意无意地忽略着路小威，似乎这个沉默的青年代表着某种不祥，但临走前的最后一眼，她在路小威身上停留了足足一秒钟。路小威知道，她看的不是自己。

王龙气色不佳，眼窝深陷胡子拉碴，看上去像连打了一整夜牌。他把烟搁在近乎全满的烟灰缸沿，扣一张牌在掌心，拇指来回摩挲牌面。他的拇指留着长长的指甲，与牌面花纹刮蹭，喀啦啦喀啦啦，如此反复五六次，才把牌打在桌面上。

那是张二条。

然后他转头去看坐在旁边的米莲。

下家的老头发出哧笑声，吃了这一口牌。

"王龙哥，我是米莲。"米莲自我介绍道，"我是……"

不知道为什么，说到这里，她忽然卡壳。

"你是许峰老婆？"王龙问。他已经被曾仪介绍过了。

"真像啊。"他说。

"像谁？"米莲知道他在说什么，但还是问。

"像许峰初恋。"王龙说。

"曾之琳？"

"你知道她啊。"王龙摸了张牌。

米莲笑笑。

路小威很意外，米莲就这样轻易说出了这个名字。曾之琳是许峰的初恋，这倒是在他事先推想范围之内。

原来曾之琳是他的初恋，米莲还在心里体会这个消息。不能说在预料之内，因为她并没有认真去设想过各种可能性。她没有力气去猜测，她只是要弄清楚。现在，拼图补上了一块。因为没有结果的初恋，所以把另一个人变成了初恋的样子吗？不，一定还有没补上的碎片。

王龙还在刮蹭着掌心的牌，下家催他。

"摸不出就看一眼咯。"

王龙不理他。

"你得管曾仪叫妈吧,那你该叫我什么?"王龙对面的男人笑嘻嘻瞅着米莲,"叫我爸吧又不怎么对。"

看米莲不答,他也不在意,手指在麻将牌上笃笃敲着,又说:"你怎么自己一个人回来了,许峰呢?听说警察在找他哦。"

王龙嘴里啧啧嫌弃了几声,把手里的牌打出来。六条。

"碰。第二口咯。"下家说。

米莲感受着现场的气氛,知道不可能有先前和曾仪谈话时的放松状态。王龙鏖战正酣,哪里有和她扯闲篇的工夫。

"王龙哥,你是许峰最好的朋友,我想听你讲几句他和曾之琳的事。"

"青梅竹马呗,有啥好多讲的。"

"怎么分的手呢?"

米莲像许峰初恋。一扇门被这句话打开了,米莲没有不走进去的理由。她原本就是因为曾之琳才动了来这儿的念头。曾之琳和许峰,米莲想象他们之间的关系,那应该是一幅原始人刻在洞穴中的星图——古老、直接、紧密。而她自己,一颗从宇宙荒漠中误入星系的流星,到底位于星图中的什么位置?

"怎么分的手?哈,那得问曾之琳喽。"王龙这句话一说,牌桌上其他几人的表情都有了微妙的变化,仿佛王龙说出了一则大家心照不宣的逸闻。

"曾之琳做了什么对不起许峰的事情吗?"

"你打听这个……来,你再吃一口看看?"后半句话却是对下家说的。

　　终究是没有连吃三口。

　　"要是许峰没和你说，我和你讲也不太合适。"他对米莲说，"许峰怎么没回来，他好吗？"

　　米莲第二次被问到这个问题。不同的人问出来，是不同的口气。如果她想要从王龙这里得到些什么，就不能像刚才那样无视。

　　"许峰不见了，我不知道他去了哪里。"

　　对家哗啦把牌摊下来，和了。

　　王龙飞快地瞥了米莲一眼，然后开始砌牌。

　　"那你找他去啊，你来这儿干什么，你男人又不在这里。"他一边拿牌一边说。

　　"他要是在，也不会让我来这儿。你刚才说了，我很像一个人。我是个替代品，对吧王龙哥？"

　　米莲凑近王龙耳边说。

　　路小威听见了。

　　他是挨着米莲坐着的。这间客厅塞了十四个人，余下的空隙里满是烟气和推牌声，人与人之间的距离被硬生生推近，但路小威却始终觉得身边的女人神秘不可捉摸。

　　当一个人的形象被完全击碎，要重建就格外不易，尤其是信任感。米莲的行为轨迹突然变化后，她在警方眼中就不再是一个单纯的嫌犯妻子角色，而是和许峰、曾之琳一起，笼罩在迷雾中。也许她更靠近迷雾边缘一些，但轮廓依然模糊不清，让路小威心生警惕。

直到他听见了这句话。

米莲和曾之琳容貌相似这点，是近两天路小威想得最多的问题。他把自己代入许峰，想知道许峰这样做的原因。然而，他从来没有站到米莲的立场上去考虑过。

替代品。对啊，毫无疑问，米莲和茉莉女孩、和死去的七一三案受害人同样都是替代品啊。区别在于，其他人没有意识到这一点，而米莲见过曾之琳，她意识到了。

这太残忍了。既为夫妻，就会期待可以一同走过人生路，直至各自的尽头，最后又在同一块土地里相聚。以为是生命的伴侣，其实只是别人的影子，这样的打击，是否比丈夫是一个杀人犯更大？路小威这样想着的时候，情不自禁地一点点捏起了拳头。

他眼中米莲的形象再一次改变。

"做了这么多年的替代品，现在我想多知道一点被我替代的那个人的事情。王龙哥，你能不能帮我这个忙？"米莲问道。

路小威很想代替米莲来问这些问题。

"我不知道什么替代品不替代品的，不过也没什么不能说，他们两个，许峰和曾之琳本来是一对，村里都知道。他们一起去的上海，然后分手了。就这样，陈年旧事，没啥别的好说了。"

"喂，你相公了。"下家提醒他。

王龙数了下牌，果然多了一张，不禁呆住。

"一去上海就分手了，你知道是因为什么吗？"米莲问他。

王龙多了一张牌，这一局只能当一个看客，沉默着摸牌扔牌，不答话。

"你是许峰最好的朋友,他这些年就回来过两次,其中一次是你结婚。他和青梅竹马怎么分的手,肯定会和你说。"

米莲盯着这件事问,路小威也觉得,这是一个关键点。

"怎么分的手,现在说还有意义吗?"

"有,你就当……就当帮我活个明白。"

王龙听了这句话,转头去看米莲,正撞上她的眼睛。他随手弃了一张牌,结果下家和了。

"阿龙啊,咋啦,见着你许峰哥老婆这么分心啊?"下家笑嘻嘻说。

"我看你今天要霉啦!"对家指着王龙的鼻子说。

曾仪为什么会改嫁给这么个人?路小威想。

牌局当然是有彩头的。王龙付了钱,沉着脸重新砌牌,不再理会米莲。

"行了行了别打了。"村支书忽然从外面进来,挥舞着双手做驱赶状。

"今天到这儿就行了。哎哟怎么你们还来上钱了,这是赌博知道不?都收起来收起来。"

"又有人来检查?真闲得慌。"有人抱怨。

"散了散了。"支书只是这么说。

路小威回过味来,这怕不是因为自己吧?多半是曾仪碰到支书,说领了米莲来这儿。桌上的彩头往严重里说算赌博,米莲无所谓,但支书知道自己的身份是警察,还是从上海来的外乡警察,这点违规的事情虽然不大,还是收着点妥当。

各桌应声散去，王龙往院外走，米莲一直跟在旁边。王龙在一棵树旁停下来，摸出一支烟，又去摸火机。路小威塞了个火机给米莲，米莲帮王龙点上烟。

这人其实心软，路小威想，口风也不很紧，多半警察验 DNA 的事情，就是他告诉许峰的吧。

"许峰刚去上海的时候，有一阵子总给我打电话。所以他们两个的事情，我是知道一点。"王龙嗫了几口烟，终于开口。

高中毕业后，没考上大学的同乡外出闯荡，许峰、曾之琳结伴去上海，王龙则选择在家乡附近发展。去上海的当然不止他们两个，初到贵地，抱团取暖，许峰及不少老乡都在同一个流水线上找了工作，曾之琳和几个女同学进了同在金山的服装厂。多数人都住工厂的集体宿舍，许峰和曾之琳却花钱租下个小屋住到了一起，原因自然不言而喻。

照理说，许峰和曾之琳该有一段蜜里调油的甜蜜期，实际上，这甜蜜期却比任何人想象的都短许多。

问题出在曾之琳。尽管王龙和许峰时有联系，但最初他只感觉许峰在谈起曾之琳时开始变得不自然，猜测两个人关系紧张。许峰不是那种会聊一堆私事的人，用王龙的话说，肚子里十句话顶多秃噜出半句，打小因着这性子没交上几个朋友，王龙多少有点忧他。这和曾仪的描述不太一样，但妈看自己家儿子，视角原就不同。可后来事情发展到内向如许峰也熬不住了，打电话对王龙发泄情绪，王龙才知道了实情。

"05 年那会儿，我累死累活干一个月，也就挣大几百块钱，许

峰他们在上海，比我多挣个一两百的了不起了。小时候不觉得钱
有多重要，在山里大家都穷，可是进了城，灯红酒绿的，就知道
什么是钱了。嘿，那时候我和许峰都一个想法，多挣点钱好讨老
婆，好像赚钱就是男人的事儿似的。其实钱可不分男女，是人就
喜欢，对吧？曾之琳呢，本来赚的没有许峰多，但是她漂亮啊，
别说在我们村，就是在我们高中，那也是校花。"

　　说到曾之琳的容貌，王龙对米莲笑了笑，深深吸一口烟，徐徐
吐出来。

　　"听说是一家厂里的同事吧，给她介绍了个兼职，肯定是吃了
回扣的。一个晚上，喝点酒、唱唱歌、说说话，挣 100 块钱。一
个星期快能顶上白天一个月，你说这钱好不好赚？"

　　"你是说，她……"米莲试探着问。

　　"夜总会里陪酒，你懂的，对吧？ 100 块钱嘛就只是台费，如
果客人高兴了，没准给多点。客人都是男人，让男人高兴，对曾
之琳来说其实简单得很，但是让许峰怎么想？每天深更半夜女朋
友醉醺醺回来，而且那可都是陪……"

　　王龙说到这里忽然停住了。他摇摇头，把烟蒂在树皮上捻灭，
扔在地上。

　　"具体不说了，没什么好说的。干那一行的嘛，怎么能正经谈
朋友呢？许峰用情太深了，他想把曾之琳给劝回来，劝一次吵一
次，劝一次吵一次。结果呢，曾之琳倒是不去原来那家上班了，
跳槽了，台费 200 块，然后白班就不上了。他打电话把这些事儿
告诉我的时候，两个人刚刚大吵过一次，曾之琳开始在外面找房

子，想要搬出去住了。我跟他说，算了，你们走不到一块儿去了，因为我听下来确实没希望，趁早抽身的好，但是许峰不甘心。他没明说，但我觉得他有个想法。我担心他干出什么事情来，我说你别冲动，别干蠢事。他说心里有数的，不会干蠢事，就想最后试试。"

"他试了什么？"米莲问。

王龙摇头："我不知道。再后面一次接他电话，是问我知不知道曾之琳在哪里。曾之琳突然搬出去了，他们好像又大吵了一架。许峰那个时候已经没路好走了，他好像是做了什么事情，但没起作用。也不是没起作用吧，反作用，彻底闹崩了。他联系不上曾之琳，他甚至都找去夜总会了，曾之琳不在那儿。他说特别后悔干了那事情，想要找到曾之琳给她道歉，但就是不告诉我干了啥。我给他出主意，我说我是你这边的朋友，曾之琳有事不会告诉我，你要去找曾之琳那些闺密，没准她们知道。"

"后来他找到曾之琳了吧。"

"后来？后来他就被人打了，在家躺了一年，当中他爹还得病死了。他变得特别闷，就算把伤养好了，人也和从前不一样了。而且从那会儿起，我再没听他提过曾之琳，所以我觉得，他被打这事情，和曾之琳是有关系的。可既然他不提了，我肯定不能再问，干什么要揭人伤疤呢。"

说完这些，王龙挥了挥手，以示再没有别的话好讲，然后转身快步离开。米莲望着他的背影，突然拔足追了上去。

"能告诉我曾家，曾之琳家怎么走吗？"

王龙给米莲指了路。

"到了那儿，你瞧见个特别新的房子，门口有铁秋千的，就是他们家了。曾之琳这些年没少给家里寄钱。"

"许峰这个朋友，人还真挺不错。"走去曾家的路上，路小威说。

米莲没出声，心里在想王龙最后的话。王龙说许峰被打和曾之琳肯定有关系，曾仪知道吗？知道的吧。曾仪没有提过哪怕一嘴曾之琳，想到前后种种情状，包括问了两次米莲的名字，她最初怕是把米莲认成了曾之琳吧，实在太像了。后来确认的确是不同的两个人，就更不能提曾之琳了，否则儿媳知道自己和丈夫初恋女友那么相似，是要难过的。

是要难过的，米莲想，真是个好婆婆。

曾家的房子不光新，还是三层楼高的，檐角雕了金蟾，醒目得很。院墙刷成米白色，朱红色大木门的门槛高高。从敞开的院门望进去，有水池有假山，竟是个苏式的小园子，和别家晒谷子种菜的农家院子截然不同。门外一边是菜地，另一边就是王龙说的铁秋千。其实那不是秋千，而是一种叫作"漫步机"的可以站在上面来回摆腿的健身器材，在上海的公园或者小区里挺常见，是给老年人保健用的。除此之外，还有扭腰器、大转轮等其他几种器材，形成了一块小小的健身活动区。

这片健身区出现在这里有些奇怪，照理它该设在村口的那片大空地上，又或者是村子里较中心的位置。所以答案只有一个，这是曾家自己出钱给村里修的福利设施，所以放在了自家门前。这些设施黯淡褪色、锈迹斑斑，显然少人使用、保养不佳，看来村里人并不爱受这份恩惠。

此刻，健身区并非空无一人。一位老人正坐在"铁秋千"上，手扶铁杆凝望某处。他梳着个大背头，头发乌黑，用发蜡抹得油亮，上身穿格子纹长袖针织衫，看起来面料很好，下身是条熨烫得有棱有角的灯芯绒裤子，脚上一双耐克休闲鞋。这是与村里其他人风格迥异的体面穿着，但所谓"人靠衣装"的老话此刻却失效了，老人那呆滞的一张脸——额上的皱纹、眉毛、眼睛、嘴角，所有无法精心修饰的部位，都像在水里泡发了三天似的松弛着。这是比垮塌更让人心悸的表情，因为垮塌也是一种情绪，多少还有着负面的能量，而老人的眼睛里甚至折射不出一点光亮。他盯着某个地方看，但又像是看哪里都可以，工工整整的壳子里面装着的，是一具毫无活力的肉躯。

从眉宇轮廓看，他应该是曾之琳的父亲。

米莲停步远望，风光的宅邸、锈蚀的乐园、茫然的老人。她能看到这儿与村里别处的割裂，能看到曾家重新融入挂坡村的努力与失败，以及造成这一切的风言风语。也许并不仅仅是风言风语，在老人苍颓的面容背后，她隐约看见了气质迥异的曾之琳。与昨天的那个曾之琳略有不同，那张在黄浦江畔俯视她的脸慢慢还原成曾经的模样，也许是……和许峰青梅竹马时的模样？是的，她免不了又看见了许峰。

那是一个她未曾见过的稚嫩的许峰，从她之前行经的各个角落里、从曾仪和王龙的话语里，甚至从曾之琳的虚幻的身影里汇聚而来，蒙着一层早晨的光亮和山野间青草的气息。在母亲的口中，他是顽皮的是纯朴的，在好友的口中，他是纯情的是执着的，他有过一段无疑是铭心刻骨的初恋，发源自江南秀美山水间的两小无猜，进入红尘后接受考验，在旋涡里挣扎，最终以回乡养病一年收场。他是如此的单纯善良，以至于对曾之琳的转变手足无措，竭尽全力想要把她拉回来，在巨大的绝望里对着隐约的光亮冲刺奔跑，最终倒在黑暗里。

终于认识了另一个许峰，米莲想。但是不够，在这个许峰和她的丈夫许峰之间，应该还隔着一个许峰。他承接着前后两端，以那次重伤为转化的契机，在康复和父亲去世时真正苏醒，一直活动到……她本来觉得一直到自己认识许峰，两人结婚，他才蜕变成了她熟悉的光明伟岸的男人，但忽然之间意识到并非这样，那片黑暗从多年前漫卷而来，何曾中断？在她婚后，第二个许峰依然存在着，只是成了底色，最黑最暗的底色。

路小威已经等了很久，米莲驻足凝望，似乎陷入了沉思。

"过去吗？"他忍不住开口催促。

"走吧。"米莲说。

路小威举步，却见米莲转身。

"你不去曾家了？"他赶回去问米莲。

"你看她爸爸坐在那儿的样子，能问出什么吗？"

"不试试怎么知道？"

"不想试。"

"为什么不想试呀？"路小威有点急了。一路相伴到现在，他是真的相信，米莲是来寻找许峰的过去的，显然她并不了解丈夫的一切。可是明明到现在才只摸到些基础，最关键的信息无疑是许峰受伤的原因以及伤愈后和曾之琳的后续关系。整个挂坡村，最可能了解这些的，除了曾仪王龙，就剩下曾之琳的父母了。

"因为……"米莲没有说下去，转头望了老人一眼，反问路小威，"刚才我婆婆为什么不在我面前提曾之琳？"

路小威愣了一下，不明白她在说什么。

"所以我也不愿意对着她的父母，问曾之琳的过去。"

路小威也回头看了一眼老人，似懂非懂。

"那你接下来呢，还想找谁？"

"再找一次王龙。我想问他，曾之琳的闺密都有谁。"

路小威一拍脑袋。

10多分钟后，两人踏上了归程，因为曾之琳当年最可能了解情况的闺密，此时并不在挂坡村。

· 4 · ·

　　许峰坐在沙发上，喝了口茶。这不是他惯喝的茶，他爱喝绿茶，比如龙井，但这一杯是岩茶。好的龙井入口可以在喉舌间氤氲出一股云气，得江南山水深处之意趣，这杯岩茶大约也不错，一口下去，茶气有棱有角地在嘴巴里滚过一遍。茶渣子浮在杯面上，被他一块儿喝进去，硌在嘴里的边边角角，他用舌头捋捋，嚼嚼咽下去。这得是要用壶泡的工夫茶，和绿茶泡法不一样，只是在别人家里，就别这么讲究了。

　　茶泡在一枚璀璨的玻璃杯里，雪花纹布满杯身，适合用手轻轻托着在射灯下旋转。不得不说这有些脂粉气，也许是曾之琳专用的？杯子搁在沙发前的玻璃茶几上，这么称呼茶几不准确——是一大块厚实的圆玻璃，中心点生出四根钢管，把台面固定在了岩石底座上。由于台面是透明的，所以更夺目的反而是下面的青石——就是许峰早年在山涧里见惯了的那种大石头，曲线柔和却并不规则。他从未想到在石头上安块玻璃会有这样的效果，简直像一件艺术品。许峰不禁记起了屋子主人的身份。哦对了，他也算个艺术家。

他又喝了一小口茶，感受陌生而强烈的口感对味觉的冲击，然后靠上柔软的沙发靠背，再度打量所处的环境。他知道自己时间充裕。曾之琳张罗到一家愿意代理柯承泽作品的画廊，画廊的公众号上发了文章，今天是柯承泽专展的预展日。预展上午 10 点半开始，半小时前，也就是 9 点 50 的样子，他从窗口看到柯承泽离开了小区，从任何角度考虑，作为主角的柯承泽都得在画廊待上至少一小时。许峰曾经想过出现在预展现场，作为一个有意向的买家与柯承泽聊几句，然后加上他的微信，这样可以对他的动向看得更清楚，或许还能作为同一小区的邻居互动一下。说实话这不算必要，只是有趣，但考虑到一定也在现场的曾之琳，这样的念头就只能想想而已。虽然已经证明过，即便面对面，曾之琳也没能认出自己，可许峰不想承受她投注过来的哪怕一丝一毫的目光——无论那目光是看着一个陌生人的，还是看着一个……许峰不让自己再想下去，站起来走向客厅的另一端。

那儿有一张顶着窗的大长桌，也许有三米长，堆了各种艺术相关的书籍、画册，还有一台打印机。打印机旁边散了一圈照片，都是人物照，一大张一大张的，不知道是柯承泽自己拍的，还是网上下载的。许峰没有动这些照片，怕无法正确复原照片的位置，他只是稍稍弯下腰，想看看这些照片有什么特别之处。照片拍的都是中景或远景，看不出稀奇来，也许是自己没有艺术细胞的缘故？许峰一张一张地看下来，忽然停下了目光。

那是一张旧照片，像素不高，拍的又是夜晚，模模糊糊辨不清细节。清冷孤寂的狭窄街道上，竖起的烟花筒正放出一小捧银火，由这银火而升腾起的大片烟雾，遮去了大半条街道。烟雾背后，一个小男孩站在路牙子上凝望。夜晚、烟花和雾霭一齐遮掩着男孩的面容，难见其神色，但不知怎的，许峰清楚地接收到了男孩传来的气息，那一瞬间他来到了街道上，面对独属他一人的灿烂，那就是他的整个世界。

许峰忽然打心眼里难受起来，他强迫自己移开视线，去看放在旁边的照片。旁边的那张照片却和烟花男孩几乎一样，再定睛一瞧，原来是一张未完成的素描，画的就是烟花男孩。把照片再画一遍有什么意义？许峰想。画这种没意义画作的人，死了也就死了吧，没什么可惜的。

只是怎么死好呢？

柯承泽和小琳不一样，和再之前的人也不一样，过往经验无法套用。许峰不是个身强力壮的人，哪怕是面对女人，哪怕是趁其不备，也曾经有人逃脱。没有经历过那个场面，不会想到一个瘦弱之躯在紧要关头可以迸发出多大的力量，在所有的技巧之上，你首先得有足够坚定的信念——致对方于死地的信念，才能与这种求生的挣扎抗衡。柯承泽单从体格来说就比许峰高大，发生正面冲突，许峰很可能不是对手，所以不能用从前的方式来进行生死的审判了。这未免遗憾，但最重要的终究是柯承泽死亡这件事的确定性。从前，如果真的失手，逃也就逃了，他会安慰自己说，多一个少一个的有什么呢？这世界上永远不缺罪人，但柯承泽不行，他连着曾之琳呢。

时间不多了，得快点选定一条路。时隔多年后，警方终于逼近，这本身并不让许峰意外。第一个逃脱者出现时，许峰就觉得危险临近，拖到如今已经够迟的了，只是不巧凑在了这个节骨眼。但紧迫感并不仅仅来自警方，曾之琳去夜总会越来越少，留给那个男人的时间越来越多，许峰怕她陷得太深——那样的话，失去柯承泽时她会很难过。她会忘不掉他的。

现在许峰对柯承泽的行踪了如指掌，又有了入户锁的密码，在这样的情况下，杀死一个人并不困难。比如说拿着一把尖刀，半夜开门进去，往床上一扎，但这并不保险，听说搞艺术的睡眠都不好，也许半夜 3 点他正在画画呢。

客厅的电视机柜上有台唱机，许峰从旁边的一叠黑胶唱片里选到一张《陪你倒数》。柯承泽也听张国荣吗？他把唱针轻轻摆上去，听张国荣唱起歌来。

当云飘浮半公分
是梦中的一生

和刚才那只杯子一样，这其实是曾之琳爱听的歌吧，许峰想。如醉如梦的旋律中，他继续琢磨自己的计划。

如果有可能的话，最好不要让警方注意到自己。倒不是说今日今时他还惜身，只是不想以这种方式进入曾之琳的视线。

那么，柯承泽就不能死于他杀。

自杀当然不现实，就只有意外了。

阳台没被封起来，可以高坠。他往客厅的红酒柜瞧了一眼，心想酒后高坠是标准的意外模式。那酒柜里存了几十瓶葡萄酒，最上格斜靠着一瓶启了封的，如果有安眠药现在就可以掺进去。只是一来手头没准备，二来他无法确定柯承泽饮酒的时间，再说万一到时候曾之琳也喝了怎么办？

得更稳妥。

许峰走向卧室，想再多看看柯承泽的生活细节。这时他发现卧室离厨房很近，如果能有一个办法保证柯承泽失去意识，煤气中毒或许是比高坠更不易引起警方怀疑的方式。

一条条通向死亡的路径在许峰心中盘旋。他忽地一怔，惊觉到自己在动着的是怎样一些念头。自己是个谋杀犯，他终于如此意识到了，那么多年来，他第一次有这样的自觉。

卧室的窗户开了条缝，本该无人的家中，有歌声沿着缝隙一滴一滴地渗出来。

> 冬天该很好，你若尚在场
> 天空多灰，我们亦放亮
> 一起坐坐谈谈来日动向

地　狱　几　景

· **1** · ·

　　空空荡荡的走廊里嗡嗡作响，米莲推开最近的一扇门，嗡嗡声立刻变作了巨大的轰鸣，让人下意识就想放慢脚步。

　　路小威确实慢了下来，米莲却步履不停。他赶紧跟进去，心里觉得自己和米莲简直像一对探案拍档，她主他次。这当然只是错觉。打着顺路送她回上海的名义，一路上他总想说些啥，但米莲不接话。导航到园区，他硬着头皮和米莲一起下车，米莲看看他，他解释说万一郑秀秀不配合，他亮出警察身份还可以起些作用。说完路小威就有点后悔，他觉得自己分明应该大大方方地说，警方需要通过郑秀秀对嫌犯许峰有更多了解。

　　屋子或者说车间并不大，几十平方米的空间里摆了六张台子，台前各站一个女工，正在熨烫衣服。每个人边上都有一个吊瓶架子，只是吊瓶比医院里的大了许多倍，几乎可以称得上是水桶，用于给蒸汽熨斗持续供水。巨大的声浪来自台下的鼓风机，待熨的衣服被牢牢吸在台面上。女工唰唰唰熨完，三两下叠到一边，又抖起件衣服，轰鸣声里一下吸落到台子上。白雾蒸腾，使得这小小的空间里有几分工业的美感。

"请问一下，我想找郑秀秀。"米莲问最近的一个女工。女工摘下耳机，她又问了一遍。

女工一扬熨斗："在前面缝纫间里头的办公室。"

离开挂坡村前，两人又去找了王龙。郑秀秀和王龙、曾之琳、许峰他们都是同乡，也是中学同学。她是曾之琳的闺密，这指的是当年，现在两人关系如何，王龙并不清楚。他没有郑秀秀的电话，却间接知道她的工作单位，听说郑秀秀10多年没有跳过槽，并且在厂里一路升到了不错的职位。郑秀秀是和许峰曾之琳同闯上海的那一批，她和曾之琳一起面试服装厂，也一起被录用，所以如果她没有换过工作，那么她就还在曾之琳曾经工作过的服装厂——位于上海青浦区的原金山昂盛衣纺厂。

出了熨烫间，米莲迈开腿往前走，路小威依旧跟班似的落后一个身位。他还不太能把前面的女人看懂，多数时候，她是不管不顾一竿子插到底地要把事情弄清楚。昨天冲去宁海是这样，今天冲回上海也是这样，一口气都不歇，一点筹谋准备都没有，只听见有郑秀秀这么个人就立刻赶来，不管会不会吃闭门羹，简直像辆沉默着疾行的土方车。可另一方面，她又有不愿意去打扰曾之琳父母的时候。

缝纫车间要大得多，几百平方米的空间里摆着上百台缝纫机，每一台都被踩得飞快，汇合成蚕房般的沙沙声，不过比起之前的熨烫间，要安静许多。缝纫机被明显分成了四个较集中的区块，也许代表着四条不同的流水线。缝纫工们埋头干活，有几个站着巡视的，估计是组长或者检验员吧。

所以，曾之琳就曾经是这儿埋着头的一员吗？米莲想。这样想的时候，她觉得自己和这里有一种难以解释的连接感。

郑秀秀应该就在车间东头的那排房间里。米莲和路小威贴着边绕过去，第一间开着门，门牌上写着"担当室"。

这是个只有几平方米的小房间，沿墙排满了文件柜，前后两张办公桌，一张空着，另一张后面坐着位 30 多岁的白领女性。两人并不清楚郑秀秀的长相，眼前这位生了一张国字脸，两道浓眉几乎连接在一起，即便打着粉底，给人的感觉也和"郑秀秀"这三个字相去甚远。见门口有人，她抬起头来，米莲正要向她打听郑秀秀，却见她眉毛上扬，神色愣怔，用手指着米莲连点好几下，从位子上站了起来。

"阿琳？"

虽然长相与名字完全不是一个风格，但眼前这位显然就是郑秀秀无疑了。她多半是许久没有见过曾之琳，把米莲错认了。

米莲的身体姿态短暂停顿了一下。她并没有被冒犯的感觉，反而有点想笑。并不是对谁的嘲笑，此刻她真觉得有趣，这样的感受令她觉得神奇。于是，她冲郑秀秀笑了笑。旁边的路小威觉得米莲忽然有了一种微妙奇异的变化，多了点儿熟悉又陌生的东西。

"多久没见了。"米莲说。

短短五个字，米莲说得很生涩。这么多年她一直被动地、不知不觉地扮演着曾之琳，而现在，既然有这样的因缘际会，她想试一试主动进入这个角色。

"是不是有 10 年了，那会儿都还没用上微信呢。你怎么……忽然……"郑秀秀一时不知道该怎么表达，不告而访是件很突兀的事情，哪怕曾经关系很好。

"忽然想回来看看，不欢迎？"米莲甚至有些快意，她觉得被曾之琳侵入了许多年的自己，此刻正在反过来侵入曾之琳的世界。

"哪有！"郑秀秀说，"快快，进来坐，就快下班了，一会儿咱们找个地方吃顿饭好好叙叙旧。"

"叙叙旧。这词用得好书面，果然做了担当不一样。"

路小威在旁边听着捏了一把汗，心里说你知道人家从前是怎么说话的吗。

郑秀秀笑笑，眼睛看向路小威。

"这是？"

米莲也转头去看路小威。

路小威意识到米莲这是让他自己来编瞎话。也太突然了，他心里吐槽，知道不能愣太久，又什么词都想不出来。

"我就是个陪着她的司机。"路小威脸都憋红了，却还是只说了这么一句。

郑秀秀眼睛在两个人身上打了个转，掩口而笑。

"陪着阿琳的司机呀，这说法可挺罕见，不过我明白啦。你们等一下啊，我先去隔壁搬把椅子过来。"

郑秀秀出去后，小小的办公室一时寂静无声。郑秀秀的解读让路小威的脸红到现在还退不了烧，想着解释一句吧，看看米莲的脸上却并无波澜。

"你这个主意挺好的。"最后他迸出这么一句。

郑秀秀搬来把折叠椅，然后用纸杯给两人泡袋泡茶。

"你这回来还能看见啥呀？"她一边泡茶一边说，"厂都搬了，规模也缩了。"

路小威心里一紧，却听米莲说："设备还是那些设备，不还得缝纫机踩出来吗？车间搬到哪里，大差不差的。"

"倒是，还是那个味儿。"郑秀秀笑起来，"有时候我看车间里那些低着头的女工啊，就觉得看到了当年的自己，好像还是当年的那些人，可一晃眼时间就过了。怎么样，这些年你好吗？"

"我啊……"米莲的语气低下去，她打开随身小包，从皮夹子里取出一张照片给郑秀秀看。

那是一张大红底的双人大头照。照片上的米莲，其实比此刻的她更像曾之琳。

"结婚啦。"郑秀秀尾音忽然哑了下来，因为她发现结婚照上的那个男人，并不是坐在她办公室里的这一个。

"你和许峰结婚了？"郑秀秀认出了照片上的人，露出了惊愕的神情，"那个时候你们可是闹得……"

她停下来瞧了一眼路小威，刚才以为搞清楚了情况，现在又弄不明白了。

路小威眼观鼻鼻观心，心里催着米莲赶紧顺杆子问下去。

"那时候闹挺凶，是吧？"米莲接了一句。

郑秀秀摇摇头："那可不光是闹挺凶啊，他居然一个电话打给你爸妈，真是做得出来啊。"

路小威心里一动。他想起王龙说过，许峰试图把曾之琳拉回
正途，说有个办法想要最后试一下，但不仅没能起作用，反导致
两个人彻底闹掰。这个所谓的办法，不会是打电话报告家长吧？
也许许峰实在走投无路，才干出这种既幼稚又极具摧毁性的事情。
这个电话一打，哪怕曾之琳真的回头，也不可能再和他重归于好。
不知道曾之琳父母当时是什么反应，一定是炸了锅吧。

郑秀秀没有再往下说："咳，不过这些都是从前的事情了。你
们能有个结果多好啊。这么说，后来你……"

她想到什么，又看看路小威，没问下去。

"我的事，他都知道。"

米莲这么一说，郑秀秀对面前两人的关系更疑惑了。这是公开
的追求者吗？可是钱包里还揣着结婚照呢，应该没离婚吧。不过
考虑到曾经的职业，或许她持更开放的男女关系？

"那个时候，许峰找不见我，到处打听，他也找你了吧？"米
莲问。

"唉，你说我能有什么办法嘛，他吃准我知道你去了哪里，白
天到厂子里来堵我，晚上去那儿堵我。"毕竟有一个路小威在，郑
秀秀没说出那三个字。

原来当年，郑秀秀也在夜总会里上过班。

"刚开始我是不想说的，我知道你在躲他。可是后来，许峰吧
你也知道，挺老实的一个人，但要是被逼急了……我是觉得他把
你看得比自己的命还重要。他最后一次来找我，说我要是不告诉
他，他就去楼顶往下跳。我只好和他说，你去了……"

郑秀秀说了一个名字，米莲没听过，但像是个夜总会。她看了路小威一眼，路小威在手机上打了几个字悄悄给她看。

从前一个顶级夜总会，淮海路附近。

"我不是马上就告诉你了吗？我让你小心点，不行就先别上班了。不是你说的，不怕他，让他来，结果就……"

郑秀秀不往下说了，显然那之后发生了不愉快的事情，反正彼此都知道，无须点破。

可米莲不知道，虽然她有所猜测，但还是得从郑秀秀这里得到证实。

"小时候都嘴硬，没想到他真能来。"她垫了句话。

"肯定来啊，我都知道，你最了解他还能想不到？其实，当时我真担心他走极端伤到你，结果他什么都没准备就直接往里冲，被打成了那样。那个时候我就想，他真的是喜欢你啊。但我以为他挨那顿打，你们肯定就彻底分了，也算个了断，没想到你们又在一起了。这世界上的事情呀，后来你们到底是怎么又在一块儿的？"

许峰那次受伤，果然和曾之琳有关系，路小威想。他拼了命要把自己的初恋拉回来，不光是拉回自己身边，也是拉回正道，最后却被毒打成那样，治病的过程中父亲还离世了，一连串打击下来，心里得有多恨呀！

米莲笑笑："我们是怎么在一块儿的，其实一句话就能说明白。可后来许峰养好伤，你就没再和他联系过吗？"

郑秀秀脸上的笑容顿时淡了三分："这话问的。我们之前那么好，联系说断也就断了，许峰原本我就不熟，怎么可能再有瓜葛，否则还能不知道你们结了婚？当然我也理解，我们的路不一样嘛，一样是被玲玲拉下水，我两三天不见得能坐上一次台，你一天能坐两三轮。最后呢我只好老老实实回来这儿，你跳到市中心的销金窟去挣大钱，不联系很正常的。我就是真的好奇，虽然我上你那种班的时间不长，又是在金山偏僻地方，但也是大开眼界了，转过眼看村里的那些男孩啊，太幼稚；你跑去上海最高级的场子，每天碰见的都是一晚上消费几万十几万的男人吧，到底怎么还能瞧上许峰的？尝腻了山珍海味，又觉得青菜萝卜好了？"

郑秀秀觉得对方刚才似乎在暗示她和许峰有些什么，一番话说得夹枪夹棒。

"我没上过你那种班。"米莲说。

郑秀秀一愣，脸色降到冰点。

"我也不是曾之琳。"

"你什么意思？"

"我是许峰的老婆，但我不是曾之琳。许峰找了个很像曾之琳的人当老婆。"米莲笑笑。扮演到后半程，她就已经索然无味，并且觉得自己无聊又可笑。

"打扰你，谢谢。"

米莲站起来往外走，路小威忙问她去哪里。

"累了，回家。我自己回，不用送了。"

"哎你等等，哎……"

他叫不应米莲，却不能跟着一走了之。这案子没准往后用得上郑秀秀，不能第一面就把人得罪狠了。他出示了警官证，解释说有个恶性案件，米莲也算受害人。路小威本来应该边边角角问得更周全详细一些，但他心神不定，补了几个问题就草草收尾，不过让场面略好看了一些而已。

他见米莲有好几次，说上话今天是第二次，但仿佛对她已经很熟悉。或许这种熟悉感有一部分来自对茉莉女孩的念念不忘。每当米莲向着目标疾步直趋，又或者在轿车后座、在山花墓岗上凝神不语时，路小威总觉得她有一种巨大的内在。

那单薄得近乎透明的身躯里，有暗火。

路小威想去了解这个内在，就像春天的水淌过未化的冰雪，总是不自禁地要把更多的热给她，好让她醒来一同流向远方。

"她藏在心里的东西，一定和许峰有关系，一定对破案有巨大帮助。得找个法子，让她肯说出来。"路小威对自己这样说。

路小威在楼下给李节打电话做了个简报，然后往停车场走，却见米莲正站在他的车边抽烟。

"你没走啊，那太好了，还是我送你回去吧。"

"我行李在你后备厢里。"米莲吐出一口烟说。

"你抽烟都不吸进去的吗？"路小威问。

米莲深吸了一口，然后呛咳起来。

"你平时不抽烟吧？"路小威看见米莲的手上攥着打火机和一包几乎全满的烟，像是刚买的。

"很久没抽了。"

　　米莲蹲下去把烟在地上摁灭，然后走去远处的垃圾桶扔掉。回来的时候，她两手空空。

　　"那就麻烦你了，路警官。"她对路小威说。

　　从青浦到周浦，最短的路得穿城而过，时间已经是下班晚高峰，路小威选择绕着城区走，还能快一些。米莲安静地待在后座，就如之前一样。

　　"前面我又多问了郑秀秀几句，我问她当年许峰一个电话去报告家长，曾之琳父母做何反应。你猜他们是什么反应？"路小威想把车内的气氛打破。

　　米莲没说话。

　　"结果曾之琳的父母居然是站在女儿这一边的，让他别管曾之琳的事情，别看见曾之琳挣钱就眼红，叫他不要纠缠曾之琳了。这本是许峰最后的希望了，他一定非常受打击。"

　　"曾之琳挣的这点钱，对家里一定很重要吧。"米莲说。她想起了几小时前看见的曾父的模样，孤零零守着一座华丽的废墟。当年许峰一个电话把女儿见不得光的事情直接捅穿给父母，尊严道德碾碎了放到天平上和金钱和生计做衡量。如今的一潭死水，也曾起过滔天巨浪啊。

　　"重要吗？女儿不干这一行家里活不下去了？"路小威显然不同意。

　　"你总是这么轻易地说别人的事吗？"米莲说，"你走不进别人的地狱里。"

　　"哪怕你已经在一座地狱里。"她用很轻很轻的声音自语。

"什么？"路小威没听清。

米莲沉默着把视线转向天光昏暗的车窗外。

别人的地狱。这个词在路小威的心里不停地打着转。

夜色缓缓降临到城市了，哪怕绕城而走，车流也越来越密集。白色的帕萨特被裹在其中，前后左右都是各种各样的车子、各种各样的人、各种各样的心思，斑斓、浑浊、喧嚣又无声地一点一点向前去。

"我说一个案子给你听。"行过半程，路小威忽然开口。

"案发地就是咱们刚去的青浦，09 年的事情。有个货车司机半夜两点多开在路上，对面来了辆三轮车。司机闪了闪灯按了两下喇叭提醒对面，没想到从三轮车后面翻起来一个长头发女人，穿一身大红色衣服，跳在路中间向司机挥手喊救命。"

路小威自顾自地，把茉莉女孩的事情说出来。

"那个坑是新挖的，很大，大到可以躺进去两个人。当时我就疑心，这个坑和女孩说的事情有关系，但我再也找不到她了。一直到今天，我都没再见过她。这成了我心里的一根刺，每一次想起，我都会问自己一遍，为什么考警校？为什么当警察？我只能祈祷，女孩没再碰到那个可怕的男人，她安全地生活在某处。可是，后来我知道了有一个七一三埋尸案，被害人也穿着红衣服，红色寿衣！她被埋进去的，也是一个方方正正的坑，一个可以埋进去两个人的大坑。那是另一个不幸的女孩。"

说到这里，路小威深深地吸了一口气。

"做一个警察，就得走到别人的地狱里去，拼了命也要走进去的。如果走不进去，我还当什么警察？"

米莲不语。

"你知道吗，我刚才说的案子，那两个女孩长得都很像你，也都很像……很像曾之琳。"

"那是哪年？"米莲把头抬起来，望着驾驶座上的路小威，"你在半夜碰到那个女孩，哪年？"

"09年。是你和许峰结婚前吧。"

"09年我不认识他。"

"不会只有这两个的，米莲。许峰不可能只试过这两次。你的丈夫，不管他曾经有过什么样的遭遇，最终他变成了一个可怕的人，一个把别人拉进地狱的人。有任何可以帮助我们找到他的线索，你一定要告诉我们。我知道对你来说这很难接受，毕竟朝夕相处过，但是DNA检测做不了假，而今天去挂坡村，去见郑秀秀，其实多少也补上了一点作案动机。"

"动机是什么呢，路警官？"

"当然和曾之琳有关系，和他被打有关系。他心里有仇恨，不过这个仇恨是怎么转移到被害人身上的，我还没有理清楚。"

"那他应该最恨曾之琳吧。"

"正常来说是这样，但杀人犯往往不能以正常论的。"其实米莲问的，也是路小威一直疑惑的问题，回答的声量不禁低了三分。

"也许曾之琳也一直在危险中，她只是……她只是在名单上比较靠后的位置呢？"路小威说。

米莲苦涩一笑。

"怎么会？不会的。"

路小威疑惑于米莲确信不疑的语气。

"为什么不会？"

"没什么，只是直觉。"

路小威苦笑："干我们这一行的，可不能只靠直觉。"

米莲此时正翻翻滚滚地在心里过着路小威之前说的事情——原来还有更多的受害者。每个人都像曾之琳，这么说起来，受害者越多，是否就代表他对曾之琳的感情越深呢？

海面下一股情绪涌上来，她忽然起心想要吓一吓曾之琳。

"这些年我知道许峰有一个最大的愿望，就是让他的父母合葬。你想到什么了吗，路警官？"米莲说。

"啊？"路小威不明所以。

这句话一说出来，米莲就感到自己可笑，再往下说的心思就淡了。面对路小威的追问没兴趣说破，只说你没想到就算了。路小威只好把这点记在心里，觉得米莲真是难以捉摸。

"你和许峰是 11 年结婚的吧，谈了多久恋爱呀？"他随口换了个简单的话题。

"几个月吧。"

米莲回答。刚才路小威在说夜半女孩时的异样感随着这个问题再次出现，她似乎要看见某个东西了。为什么这么困难？明明这几天，她看任何人任何事，都比从前清楚许多，答案往往在她认真思索前就在心头浮现；现在如此重要的事，明明就在眼前了，怎么还看不见？

"你们怎么认识的呀，方便说吗？"

"我们……"

米莲没有说下去。

路小威从后视镜里看她，见米莲正垂下头。

剩下的路程，不管路小威说什么，米莲都没再说过话。

车停到米莲租住的房子前，米莲开门下车。

"哎你的行李。"路小威开了后备厢，提着行李赶上去交给米莲。

米莲并不回头，也不停步，接了行李继续慢慢往那幢单独的屋子走。主楼的门开着，有人在里面和她打招呼，她仿佛没有听见。快到自家门口时，她被绊了一下，一跤扑在地上。路小威连忙赶过去，见她自己爬了起来，不掸灰，取钥匙开门。

"你没事吧？"路小威在后面喊着。他跑到门口，门砰的一声在面前关上了。

回局里的路上，路小威一直在想米莲这是怎么了，是不是和聊到的事情有关？他把先前的对话捋了一遍，觉得最可疑的还是许峰那个最大愿望。想让父母合葬，这能想到啥呢？

过完这最后一个红灯就到局里了，两只鸽子落在绿化带的矮枝上，又一起飞走，路小威抬眼望去，它们似乎飞去了高架桥下的某一道水泥梁。在天愿为比翼鸟，他忽然想到这句话。

白色帕萨特短促地响了一声喇叭，前车被赶得往前开了半米又急刹住——司机发现依然是红灯没变。

路小威收回砸在方向盘上的拳头。

明白了！

・　**2**　・　・

　　专案组投影幕布上投出许峰的光头照片。

　　"你说一个人有没有头发咋就区别这么大呢?"下面一个发量超群的刑警和他的秃头同事探讨着这个问题,然后收获一对非同凡响的白眼。

　　"人有没有头发不光有年龄视觉差,气质也会发生巨大变化。这个是技术部门根据许峰的头型做出的模拟图,应该说和真实情况非常接近。"

　　李节接着又放出蓄须模拟图。

　　"这是留小胡子、留山羊胡和留络腮胡的版本。我们还做了一个比较极端的无眉版。虽然把眉毛剃掉比较少见,但有没有眉毛对一个人外貌的视觉改变其实非常大。电子版照片稍后就会发送给你们。负责走访桂府的组,建议你们打几张出来,拿给人看起来比手机直观。"

　　其实走访桂府之前做过一轮,但当时用的是许峰的正常照片。等到许峰迟迟不冒头,警方意识到挂坡村的 DNA 调取走了风时,走访刚刚结束。昨天李节知道了茉莉女孩，突然发觉许峰可能涉及更多命案，危险性骤增，开始重新梳理脉络，这才觉察有漏洞——如果许峰有了警觉，很可能会乔装打扮，这样一来走访时使用的照片就不准确了，会漏掉线索。

"监控组辛苦一点，桂府小区内以及紧贴小区的四条路，总共十三个监控点，从当前时间点一直给我回看到许峰手机信号活动的那几天。我知道小区监控你们之前看过，但现在都照新形象重新筛一遍，不准打折扣。"

这是巨大的工作量，下面开始有交头接耳的嗡嗡声。

"有啥问题说响一点嘛，这么小声干什么？"李节说。

"老大，任务当然是肯定完成，不过你得给交个底啊。"

"交什么底？"

"这个案子本来就是冷案重启，之前咱们集中火力扎过一猛子，按照一般规律——我是说警力分配的规律哈，现在这个情况好像……"

"大刘，你有话直说，怎么比我还会打官腔？"李节笑他。

"老大，你是不是偷偷摸摸藏了啥消息，否则忽然这么大力往上扑，没道理啊。"

路小威这时候推门进来，在角落找了个位子坐下，盯着投影布上的照片出神。

"不是我藏消息。有新线索，但指向许峰的证据链尚不完备。路小威！"李节点名。

"啊？"

"你把女孩的事情说一下吧。"

让他在这个场合说，相当于是李节给做背书了，说明许峰多次作案这个推测得到了高度认同。路小威也不怯，因为今天一天内从挂坡村到青浦得到的线索，已经给他的推测做了强有力的补充。

路小威站起来，面皮微微泛红。他清了清嗓子，再次说起多年前的那个夜晚。

当他说到第二天发现的大坑时，同僚们又开始交头接耳，当他说到茉莉女孩的相貌和七一三案女孩及米莲相似，并且还有一个"原版"曾之琳时，嗡嗡声一下子放大了。然后他拿出昨天打印的那几张照片，所有人都围了过来。

真他妈的像！不停地有这样的评论声响起。

"08 年杀了一个，09 年逃了一个，11 年和米莲结婚。许峰这家伙绝不可能只杀过一个人。"大刘说。

所有刑警都赞同此判断，这也是李节忽然紧张起来，在缺乏足够证据的情况下再度调集警力攻坚的原因。茉莉女孩一案中，扼颈这个行凶手段、挖出方正大坑这个埋尸方式，再加上受害人被凶手换上了红衣服，这三点与七一三案高度吻合，说明凶手形成了一整套独有的作案方式。这种方式不可能一次形成，必然要通过两次甚至三次的成功犯罪才能建立，而茉莉女孩这样的未遂作案还不能算在其中。

当然，现在案子的根基还不稳。这不光指的是茉莉女孩没有立案，更是指茉莉女孩的长相只有路小威见过，她与其他几个人相似这点全凭路小威的个人回忆，否则李节就不会单单只在专案组里布置工作，早把案子捅上去了。

"许峰有个初恋这事情，你是怎么掌握的？"有人问。

路小威瞧瞧李节。

"说呗。"李节说。

路小威便说了他在业余时间对米莲的监控，如何顺藤摸到了柯承泽，摸到了曾之琳，又如何跟着米莲回了一次许峰的老家挂坡村。

许峰在桂府的行踪得到了一个完美的解释。路小威来得晚，没听到李节的新安排，但他的话恰好解答了大刘的疑惑——为啥李节要围绕桂府再动干戈？

如果从实习开始算，路小威进警局也有小十年了，但资历和在场的其他刑警比，仍然是嫩嫩的小字辈。这是他第一次被同行用这样的眼光打量，因为他不光以一己之力为调查受阻的重启冷案开辟了新战线，提供的线索也很可能会把许峰定义为一个连环杀人魔，那可就是恶劣程度截然不同的另一个案子了。这样一桩大案，目前直通凶犯的两大关系人——米莲和曾之琳，居然全都让他这么个小警察攥在手里。

"小路啊，你这可是要发。"

类似这样虽不至于阴阳怪气，但背地里情绪复杂的调侃，代表了在座一众资深刑警的普遍心态。

"什么发不发的？"路小威虽然面皮还红着，但不会被这种话将住，"我就是给案子做点基础工作，盯盯梢打打杂。"

嘘声四起。

"这是念念不忘，必有回响。要说发，也该他。"李节说。

"这是他运气好。要说钉子，谁心里没戳着几根？"大刘这话一说，在场沉默了好几个人。

李节敲敲桌子："回到这个案子啊。其实昨天路小威和我说他那根钉子的时候，我还拿不太准。做咱们这行都知道，这世界上的巧合说多不多说少也不少。今天他一趟宁海跑下来，巧合的可能性就大大降低了。我这里小范围说一下，案子的性质已经变了！所以，必须要不惜警力，让嫌犯尽快归案。

"先前，我们是通过 DNA，通过技术手段锁定的嫌犯，如果一切顺利，我们可以先逮住他，再让他从头交代梳理案情。现在许峰不露头，我们一方面继续在技术这头努力，比如回看桂府周边的监控。"

下面响起几声嘟囔，因为这个技术手段特别消耗人力，其实很不技术。

李节只当没听见，接着说："与此同时，我们要把许峰这个人摸透，他的背景、他的性格，再到他的动机，把他丰满起来。由此，尽可能地去回答两个问题，一个是他会躲去哪里，一个是他还有什么想干的事情。"

"就怕他还想干啥。"大刘说。

"我们现在是把他往'连环谋杀犯'这头定性，这就不能排除他继续作案的可能。目前发现的受害人都出现在他结婚前，也许他结婚后就停止杀人了，但谁说得准呢？就算他很多年没再杀人，现在事发了，等于给了一个强刺激，他会不会重启？这就需要我们把这个人梳透了。"

李节说到这里，却点了路小威的名："路小威，这个案子你肯定没少琢磨，你来讲，给许峰做个侧写。"

"好。"

路小威把眼睛闭了起来，但他在心湖中最先看到的，却是米莲的模样。他看着米莲，然后把许峰从湖水里一点点捞出来。起初那个人还不太清晰，披着波诡云谲的水光，缠着来自湖底的水草。那些水从他的脚底漫起，汩汩蜿蜒而来，爬上路小威的脚背，把两个人联通。许峰的脸从水纹后浮现，有了五官，有了眼睛，这眼慢慢睁开，望向路小威。

"他是个深情的人。"路小威睁开眼说。

"他在宁海的山里出生、长大，因为相对顺利且封闭的成长环境，至少在高三毕业离乡之前，许峰没有表现出迥异于常人的性格特征。他开朗活泼，但也有一个人独处思考的时候；他热爱冒险，面临险境时也会犹豫害怕；他朋友不多不少，真正交心的就那么几个。总之，他是个普普通通的山里孩子，唯一特殊之处就是有一个同村的漂亮女朋友曾之琳。

"许峰真正的改变，是从他离开家乡到上海打工开始的。他第一次离开父母独自生活，从山里来到了一线城市——虽然只是上海的郊区，但接触的不再是同乡同学和老师，而是工友。那时他身边最熟悉的人只剩下曾之琳，两个人会天然地更靠近，我相信他们迎来了一段蜜月期。

"随后，曾之琳被介绍去夜总会兼职陪酒，这极大地刺激了许峰，他对曾之琳的感情、他的道德观、他身为男友的尊严都令他无法接受。两个人为此多次争吵，但许峰无法劝阻，最后只能将情况告诉曾之琳的父母。这一行为非但没能令女友回头，反而使双方关系彻底破裂。曾之琳搬离同居处且与许峰断绝联系，消失在他视线内。苦苦寻找多日后，许峰发现曾之琳去了市中心一家高级夜总会上班。他冲进夜总会，与保安发生激烈冲突，被打成重伤，不得已回家休养。

"许峰经历了长达一年的疗伤恢复，不仅花光了家中积蓄，父亲也在陪他治病的过程中查出白血病，很快去世。几年之后，他的母亲改嫁，某个意义上说，他没有家了。所有这些，包括家庭的变故在内，许峰很可能把原因归于……"

说到这里，路小威停了下来，似乎对于接下来要说的话不太确定。

"按照正常逻辑，他应该把一切归因于曾之琳。许峰养好伤后，于 2007 年再一次回到了上海。上海是彻底改变他人生的伤心地，为什么还要回来？按照此后的行为倒推，他就是回来杀人的。他的心理已经在此前的巨大打击中扭曲了，但他是回来杀谁的呢？曾之琳可还活着呢，这就是我不确定他把一切归因于曾之琳的原因。下午我还问了郑秀秀一个问题，就是当年把她和曾之琳介绍去夜总会的人是谁。那个人叫张玲，不知道现在是不是还活着。"

路小威看看李节。

"查到了，她还活着。"李节说。

路小威点点头："我就猜这个人还活着。许峰的杀人逻辑不是这么直接的。"

"他杀的是和曾之琳很像的人，独独放过了曾之琳，这就是你说他深情的原因？因为他实际想杀的人下不了手，只能不停用别人来代替？"大刘问。

"有这个可能，但我觉得许峰的情绪肯定更复杂。我说许峰是深情的人，有两个原因。第一是，曾之琳非但还活得好好的，而且从我了解到的情况，许峰哪怕在和曾之琳矛盾冲突最激烈的时候，也没对她采用过暴力手段。女朋友去坐台了，男友发现后把她打个半死，或者将其监禁，这种事我们都听说过，但许峰没有这么做。许峰被打那一次，他冲进夜总会的行为肯定是失控了的。我问郑秀秀曾之琳当时有没有受伤，她说没有。所以，哪怕情绪失控，许峰也没打曾之琳。"

"也有可能是被保安拦住了呢？"有人说。

"也许，但从曾之琳还活着这一点，是否可以说，许峰对她的非暴力是一以贯之的？不过我觉得许峰深情，最主要是另一个原因。这个原因同时也能解释他异常的作案手段，也就是他为什么要给被害人换红衣服，为什么要费力挖方方正正的埋尸大坑。"

路小威露出了复杂的表情，他叹了口气，说："他每次挖的，都是个双人墓穴啊。"

他这话一说，周围顿时炸了锅。

"双人墓？"

"真的还有另一个受害者吗？"

七一三案的埋尸坑宽大得不合理，在分析原因的时候就有人

提出过，这个坑大到足以埋两个人，会否还有另一个受害人，却
出于种种原因没有埋进去？但没有任何其他的证据支撑这个假想，
所以就连提出者本人也没有太过认真。

"你前面电话里怎么没说这个？你还给我留了一手？"李节瞪
着眼珠子问路小威。

"我也是来的路上才想通的。"

"快快快，别卖关子。"其他人催促起来。

"我是从许峰和他母亲曾仪之间的矛盾想到的。前几年曾仪病
危，许峰回了一次挂坡村，希望曾仪过世后可以和许海军葬在一
起。曾仪早已经改嫁了，这个要求当然得不到现任丈夫的同意。
那回曾仪熬过来了，这事不了了之。今天我和米莲跟着曾仪去了
许海军的墓地，在他坟前，曾仪也提到墓是许海军生前仔细挑选
的，还看过风水。这说明他对身后事很重视，对死亡有比较传统
的信仰。"

路小威舔舔说干的嘴唇，扫了一眼周围的同事——他们正一
声不吭地听着。

"许海军希望死后可以和妻子合葬一处。我猜测，许峰不仅仅
想努力完成父亲的愿望，他对自己身后事的态度，同样也受到了
父亲的影响。这方面父子俩很可能是一致的！"

路小威说到这里，有的听者已经露出了若有所悟的神情。

"那就是，死后要和所爱的人葬在一起。活着的时候一起生活，
死了之后埋在一块儿，这也许是许峰对于爱情和婚姻的终极追求。
我们不明白为什么凶手要把埋尸坑挖得这么规整，但如果他挖的

不是纯以掩盖尸体为目的的坑，而是正正经经落葬的墓呢？我们不明白为什么他要把坑挖得这么大，但如果他挖的是一个双人合葬墓呢？他选择杀害长相和曾之琳相似的女孩，是否他真的在某些时候把对方想象成了曾之琳，幻想自己可以和曾之琳死后埋在一起？这也进一步确认了红衣服的寿衣属性，正式下葬得穿专门服装呀。"

路小威的语速越来越急，把心中所想一吐为快。

"他无法对曾之琳下手，但心中又有恨，所以就把这仇恨转移到了和曾之琳同样从事灰色职业，并且长相相似的女孩身上。不，不完全是恨，或许更多的是爱。死后同穴，这是他的爱之终极。所以他挖双人墓，这满足了他的终极想象。他把受害人杀死之后，当然会意识到埋葬的并不是真正的曾之琳，这段模拟的爱情结束，他要继续寻找下一个目标，一直到他遇见米莲——一个和曾之琳非常相似，并且对他言听计从的人。我想这么多年，许峰很可能是把米莲当成了曾之琳的，所以才会和米莲结婚。从这个角度说，婚后许峰真有可能停止杀人。"

"以假乱真的模拟养成游戏吗？"李节喃喃自语。

"这就是我说许峰深情的原因。当然这是一种变态的深情，他一方面避免真正伤害曾之琳，一方面又想要实现自己的爱之终极。我甚至觉得，许峰不会那么干脆利落地把被害人杀死，他有一段温柔的时间，在那段时间里，他会尽量欺骗自己，假装面对的是初恋曾之琳。不管他是在杀人之后清醒，还是清醒之后杀人，他无疑陷入了一场又一场的轮回，和曾之琳生活、死去、合葬、没有曾之琳、空虚、和曾之琳生活、死去、合葬、没有曾之琳、空虚……"

路小威的声音慢慢低下来，终于停止。

周围传来长短不一的吁声，一时间没有人说话。

把胸中那一团几乎凝固的块垒吐尽，再吸进去的，却是专案室里糅杂了红双喜、前门和其他牌子香烟烟雾的浑浊气体，仿佛是对轮回的呼应。

遍洒在屋内缭绕烟雾上的白光闪烁了一下，那是头顶一根两头发黑的日光灯管不稳定，但此时此刻，就像是某个注视这里的存在眨了下眼。

杀人……是为了合葬吗？这是一个近乎让人发笑的解释，因为合葬墓里可只葬下了一个人，凶手并没有自杀、把自个儿也埋进去，从这个角度说他清醒着呢。但没有人笑得出来，连环谋杀犯往往伴随着严重的心理扭曲，他们有一套自己的逻辑。巨大的不适感在每个人的心里发酵，他们或多或少都有一种要挨枚鱼雷的预感。

"鱼雷"是几十年前上海警界名探端木对这类案情的叫法，因为鱼雷在水面上几乎看不见，动静小，挨上了却是重创。也有人发明了属于自己的叫法，比如李节就管这叫酱眼珠子——一口下去忘不掉的味道。刑警一般不怕恶性案件，熬过菜鸟期对现场的生理不适，再残忍的犯罪，也不会真的往心里走。怕的是那种晦暗不明、游走在灰色地带的案件。人们可以很轻松地谴责恶，越是负面，自己反而越可以站在光明的地方批判，并不会有心理负担，但要是进入了善恶模糊的泥淖区，心情就会复杂得多，即便把罪犯绳之以法，也不是惯常痛快淋漓的感觉。

就像眼下这个案子。爱是人最美好的情感，生为比翼鸟死化连理枝，其实是大多数人对爱情的追求。怀抱这样追求的谋杀，还是一个经历了那样过去的凶手，简直就是一枚戳穿世情的尖针，告诉你这世界就是锅混沌的原汤，黑白分明只是浮在表面的一层薄薄错觉。所谓"为爱杀人"是刑警最厌恶的，这种"爱"要么是层虚伪胞衣，里面是混着贪婪仇恨和其他一些鬼东西的脓水，要么就像现在这样，堵得人不想说话。

但会还是要继续开。

最先打破沉默的是大刘。

"合葬啊……这他妈有点变态了，但是好像真能串起来。"

"我不能说这个推测很有力，但非常精彩。这是目前唯一可以把所有不合理统合起来的解释。"李节这样说着，脸色却越来越沉。

"就像吸毒一样，短暂的满足之后，会越来越空虚，驱赶着人去吸下一次。说实话我不希望你的推测是真的，因为那样一来，哪怕许峰结婚后停手，从 2007 年到 2011 年，这头尾 5 年里面，受害的人数也可能超乎我们的想象。而且，许峰出现在桂府周围，也就意味着他出现在了真正的曾之琳周围，米莲这个替代品无疑就失效了。所以他不会回家，也不会再和米莲联系，并且极有可能再次杀人。"

"老大你的意思是，他被重新激活了？"路小威努力从刚才的情绪里挣脱出来。

"这是最坏的情况。"

专案室里的人都明白李节的潜台词。最坏的情况，也是最可能发生的情况。

果然，李节的下一句话就是："但我们要按照这个最坏的情况来做准备。"

"难道说，我们要将一遍市里相关场所所有和曾之琳长相相似的人，这里面有许峰的下手目标？"大刘挠头，"难度太大了。不光是工作量问题，我们根本不掌握名单，那些小姐可都是躲着我们走的。"

"而且像不像某种程度上是主观问题，和审美一样。比如我老婆觉得我像徐锦江，但其实我更像徐峥，对吧？"秃头刑警说。

他的话不免又引起了一些小骚动。

"重新激活，不代表还是过去的行为模式。如果许峰真的在结婚后收手，那么他就休息了整整6年。人是会变的，凶手也一样。"李节说，"我们能掌握到的许峰最近的行踪，桂府是一个核心点。现在我们知道，曾之琳的男友柯承泽就住在桂府。然后我让技侦核查了曾之琳的住所。她住浅海国际，更早一些的时候，许峰的手机信号也曾出现在那附近，只是不如桂府那么频繁，所以我们没重点关注。曾之琳和柯承泽，这两个人里，恐怕有一个就是许峰的目标。"

李节说到这儿，拿眼去瞧路小威。

"我……"路小威张了几次嘴，没能把话接上来，"我还是，听老大你再分析分析。"

李节扫了其他刑警一圈，又点了大刘的名。

"大刘你说说想法。"

"我偏柯承泽。从技侦结果看，许峰在桂府周边的时间要远多于在浅海国际的时间，他要是想对曾之琳下手，那应该反过来才对。小威，昨天你找曾之琳的时候，问过她最近一次见许峰是什么时候吗？"

"她说至少 10 年没见，又说来上海以后就没见过。许峰被打是 06 年，我想会不会从那个时候起，两个人就没再见过？"

"我觉得有可能。如果许峰还和曾之琳保持联系，那他就没办法从冒牌货当中获得沉浸感了。"

"那些不是冒牌货。"路小威低声说。

大刘举起手："不好意思啊，这样说是有点问题，意思大家明白就行。我是尽量贴着许峰的心理去想这事，他杀完人挖了合葬墓最后只埋进去一个，这个时刻许峰或许会清醒过来，知道一切都只是自己的假想，他也可能会想念真正的曾之琳，如果说两个人发生联络，那也是在这样的时间段。所以呢，不说这 11 年来两个人都没见过吧，至少从许峰结婚开始，他就应该没再见曾之琳，否则米莲这个替代品会立刻失效。"

说到这里，大刘忽然皱起了眉头。他做了一个较长时间的停顿，不过还是又照着原本的思路说了下去。

"我做了一个假想，就是许峰时隔多年后再次见到曾之琳，会发现对方有什么变化。最大的变化显然就是身边多了个柯承泽。

许峰当年和曾之琳的冲突点，在于曾之琳把赚钱看得比感情重，而陪酒这行来钱太轻松。一个那么爱钱的人，在当陪酒女的时候是不会和男人谈感情的，至少刚开始那几年里不会。但是现在，柯承泽只是个没出名的画家，曾之琳和他好了，三天两头往桂府跑，我都觉得她是倒贴的，肯定动了感情。许峰之前一直没有动曾之琳，说不定心里还存了重归于好的念想，现在多出来个柯承泽，这刺激多大？所以我觉得他的目标是柯承泽。"

最后这些话，大刘语速明显放慢，神思不属，说完之后还兀自挠着脑门。

"挺有道理。不过你现在脑子里在琢磨的是什么？"李节说。

"我刚说到一半忽然……让我再想想，还没理清楚思路。"

"是许峰。"大刘先前皱眉的时候，路小威就已经想到了，"许峰为什么又想起来去找曾之琳。"

大刘一拍巴掌："对对，就是这个。如果米莲没说瞎话，那许峰以出差为名离家去找曾之琳的时候，还不知道警方查他 DNA 呢。那会儿许峰是不是就已经醒过来了？我是说，他不再把米莲当作替代品了？他是怎么醒的，受了什么刺激呢？如果能搞清楚这个，也许可以帮助我们确定许峰的下手目标。"

"明天我再找一次米莲。"路小威说。

李节点点头："大刘认为柯承泽是许峰的目标，理由也比较有说服力，但是不能据此就完全排除曾之琳。许峰杀和曾之琳相似的人，也可以看作是犯罪预演，是对真正目标下手前的练习，就像有人吃东西要把喜欢的留到最后。对桂府监控的回看也别从明天开始了，今晚，现在就开始看。我给你们 48 小时，到时要有初步结论，必要的话对柯承泽实施保护。万一没看出东西来，就去看浅海国际的监控。散会，干活去。"

大家四散而去，大刘是负责监控组的，凑上来说："十三个监控点，回看那么多天，就给 48 小时，不吃不喝人手也不够。"

"去抓几个菜鸟。"李节说的是实习警，茉莉女孩报案那晚路小威的角色。

"给几个？"

"你能抓几个抓几个呗。"

大刘得令而去。

路小威坐着没动弹，李节敲敲他脑门，路小威想挡，慢了一拍。

"你是不是觉得，许峰不会杀曾之琳？"李节问。

路小威嘴唇抿成一线，不说话。

"这不是做二选一的选择题，哪怕 A 的可能性是 90%，也不能不管 B。而且，我担心你走得太深。"

路小威抬头看李节。

"还是得把心收着点儿，尤其是……投注到嫌犯身上的感情。干这行是要有共情力，许多人缺这个，但是走过头了也不行。"

"因为一个人，永远都走不进别人的地狱里？"路小威问。

李节被这句戏剧台词般的话说得一愣。

"可是不走进去，远远地伸出手，这样够得到吗？把罪犯抓住，给他们惩罚，我们全部的工作，就只是这样而已吗？"

李节看着路小威，露出复杂的神情。

"要够到别人，也许真的很难，但如果有可能，我想尽量走近一些。"

李节忽然叹了口气，说："挺好。"

"是吧。"路小威笑起来，歪头躲掉李节的巴掌。

"年轻挺好。"李节关掉投影，走出房间。

路小威转头看看暗下来的投影布，心头像有蚂蚁在爬。

自己……该不会是在哪里见过许峰吧？

· 3 · ·

柯承泽没有把画收起来。那幅《对岸的长发女子》就在客厅的长桌上，放在所有画稿的最上面。昨天曾之琳来的时候，他动过藏画的念头，又觉得没必要，他进而想看看曾之琳的反应。曾之琳喜欢他的画，时常翻动长桌上的画稿，他猜自己画里的某种东西在打动她，或许是和世界的距离感。刨开其他因素，《对岸的长发女子》是能击中她的作品，加上其他因素，这幅画和她的距离感将格外微妙。曾之琳进屋的时候，柯承泽不自禁地往长桌那儿望了一眼，心跳加速。也许不是微妙，他想，是微妙的反义词。

柯承泽等待至今。曾之琳放了半张碟，没喝酒，主动搂着他做爱，后半程又心不在焉。半夜醒来身边没人，门缝里有客厅的光，过了会儿她拿着手机进来，躺上床时闻到淡淡的烟味。一直以来曾之琳带着某种不可捉摸的神秘，由此产生的距离感吸引着柯承泽，现在又让他难熬。早上醒来时，曾之琳已经在梳妆，还不到 9 点半，柯承泽知道她通常的习惯是睡到中午。也许她看见了那幅画，也许没有，但显然她心在别处。

曾之琳说和人约了早午饭，柯承泽问晚上见面怎么样，曾之琳说还得回去换身衣服，下午微信联系。柯承泽又问，其实前天中午你来找过我是吗？保安说的。他靠着床头半坐起来，望向洗手间方向。这个角度看不见曾之琳，他没等到回音，下了床走过去，见曾之琳正对着镜子描口红。她神态自若，脸色看上去比昨天见面时好得多，仿佛并没有听见他说的话。当然，她是听见了的。

"那个我说过长得和你特别像的人，前天我又见过。五官真的很像，气质不一样。"

曾之琳把口红描完，端详着镜子里的自己。

"比我气质好？"

她转过来面对柯承泽，盈盈而笑，在他脸颊上轻啄一记，走了出去。

"走了，你乖一点哦。"

柯承泽很少重复端详已经画完的作品，今天破了个例。一个多小时后他决定出去吃早午餐，和前天同样的餐厅，恰好同样的位置也空着。餐后他啜饮着咖啡，慢慢放空自己，这个时候接到了曾之琳的电话。

"你有米莲的联系方式吗？"曾之琳问。

"谁？"柯承泽知道米莲是谁，但他总得这么说一句。

"和我长得很像那人，你画过她。"

柯承泽停了会儿。

"你有她电话吗？"曾之琳再问。

"没有，我没她电话。"

"我有正经事找她，和你没关系。我要她电话，或者微信。"

"我真的没有。"柯承泽苦笑起来，然后稍微解释了一下当时的情况。

"如果这条街每家店她都进去问了的话，应该会留自己电话，否则别人见了她老公怎么告诉她？你帮我问问，问到微信给我。"

几分钟后，柯承泽拿到了米莲的电话，发给曾之琳。曾之琳回以"谢谢"。他当然有很多问题，但觉得还是有机会当面问更合适。他猜测，米莲在找失踪的丈夫，曾之琳忽然挑破米莲的事情，急着找她，会不会也和这个男人有关系？

想到米莲在找的男人，柯承泽再次生出熟悉感。作为画家，他对画面，尤其对人的形象很敏感。既然觉得熟悉，那就应该是见过的，可为什么想不起来呢？

下午他和一家画廊有约。上海的画廊圈不大，互相都关注着动向，自从开了个展，他就进入了这个圈子的视线，对他感兴趣的似乎不少。

这是家开了 10 多年的老牌画廊，在没落的商业街四川路上的一幢老楼里，离外滩只一个街区。画廊在 7 楼，电梯来得很慢，狭小的轿厢里还有一位同乘者，这位快递骑手和柯承泽分立两侧，不知为什么竟给了他一些压力。骑手在 5 楼出了电梯，但这压力一直延续着。电梯在 7 楼再次打开，柯承泽定了定神，走过长廊，推门进入画廊。画廊老板阿王已经在等着，引他先在画廊里转了一圈，在一些重点展品前停留，谈论起作品、作者和种种相关的艺术理念，借以展现画廊的风格和方向。

　　柯承泽听得有些心不在焉，他更多地被展品所吸引。面前是一张中等尺幅的针刺作品，密布在纸面上的针点形成的某种轮廓，和这个世界产生了新鲜而独特的联结。然而他知道自己并不完全是被作品的艺术性吸引，而是这种把熟悉事物重新表现的方式，再具体些，是这些重新展现了事物轮廓的阵列正在释放信号。那些一明一灭闪动着的碎片，解构又重组，不同又熟悉。

　　"我们和艺术家的合作通常是慎重的，可是一旦做出选择，就希望可以长期走下去，所以我们和合作艺术家的关系会比其他画廊更紧密。"阿王是一位和气的中年男人，他也许注意到了柯承泽在走神，停下来对他微笑。

　　"来，到我办公室喝茶去。"他对柯承泽点点头。

　　阿王剃着光头，这一刻柯承泽终于想起来了。

　　他在电梯里见过那个男人。因为此前在小区门口碰过一面，没想到他和自己住同一幢楼，所以在电梯里多看了两眼。那个男人当时对他笑笑，然后在 10 楼出了电梯。

　　米莲寻找的男人，她的丈夫，原来刨光了自己的头发，留起了胡子，住在自己楼下。

　　桂府 6 号楼 B 座 10B。

　　茶是猛烈劲道的大红袍，柯承泽端起小盏一口饮尽。茶水直落入肚，浇在他的好奇、兴奋、期待和惧怕上，他几乎能听见胸腹间嗞啦啦的声响，未知的迷人的白雾随之腾起，钻进他全身的骨头缝里。

　　从画廊出来，柯承泽发现手机信号不佳。他乘电梯下楼，在四川路上走了几十米，信号才恢复正常。

他打开和曾之琳的微信记录，找到那条微信，轻轻一点。手机开始拨打米莲的电话。

响了许多声才接通。

"米莲吗？你好，我是柯承泽，前天给你画过画的。方便尽快见一面吗？我想起来我的确见过你先生。他就住在我们小区里。"

· 4 · ·

　　曾之琳把迷人的微笑保持到出门。电梯在 1 层打开时，她脸上已阴云密布。

　　对着柯承泽的时候她近乎问出了心声——怎么，她比我好吗？

　　男人固然都喜欢新鲜的，但难道自己已经过了保鲜期？再者，真是个新鲜的也罢，偏偏米莲和自己这么像，最大的不同只有气质。米莲气质寡淡，而自己在柯承泽面前是走清纯风的，说起来也是同一个方向。心底里，她隐隐约约有个不愿面对的疑问：莫非自己竟有几分风尘气吗？

　　曾之琳还没想好要怎么接柯承泽发过来的这颗球，她得对球再了解一些，得知道要在什么样的场地里比赛。

　　等了一会儿的男人站起来迎她，尖下巴上是青青的胡子茬，黑眼圈比上次明显，眼睛却格外亮。

　　"不好意思啊，半夜给你发消息。其实是前天有些事情还没问完，希望今天能再占用你一点时间。"

仿佛是前天未竟谈话的继续，实际上路小威对她已不那么一无所知。试探虚实的花招不用再耍，曾之琳要是又说来上海后没再见过许峰，可不能把他糊弄过去了。昨晚李节根据许峰的新版形象布置了一系列的行动，路小威预感很可能会取得突破。曾之琳和米莲这两条线索现在还没人来碰，这是默契，所以路小威不想躺在原来的进度条上等着被人超越。

"没关系，我本来中午约了人在这里的，想着要是路警官方便也可以提前聊几句。我还怕这么临时约地方您不一定有空，没想到路警官到得比我还早。"

曾之琳半夜瞧见路小威的短信，犹豫到早上。决定碰面最根本的原因不是对安全的隐约担忧，而是桌上的那幅画。路小威上次给她看过米莲的照片，也许她牵涉进了什么案子里。关于这个女人，现在她想知道得更多一些。

"我是随时待命的，大案子什么线索都不能放过。"

路小威不知道曾之琳会给他多少谈话时间，别像上次一样，什么都没聊就突然走了，毕竟她现在还不是一个可以强制谈话的对象。所以他选择直接一点。

"大案子？"

"对，命案。"路小威想了一下，又补充说，"还不是一般的命案。"

他本想说有多名受害人，但觉得说话还是稳妥些好。

这已经足够吓曾之琳一跳了。

"是我认识的人吗？"她问。

"被害人你应该不认识，但是嫌犯你认识的。"

"米莲吗？"曾之琳脱口而出。

路小威一愣，他不知道曾之琳怎么会说出这个名字，明明前天还说不认得。

"为什么会猜米莲？"

"因为她前几天总在桂府那儿转悠，还骚扰过我男朋友。"曾之琳这么回答的时候，自然知道了答案并非米莲。

路小威见过柯承泽给米莲画画，那和骚扰似乎扯不上关系。

"和米莲没关系。哦，也不能这么说，嫌疑人是米莲的丈夫。"

路小威盯着曾之琳，想看她的反应。

没有反应，曾之琳认真地看着路小威，等着他说下去。

"米莲的丈夫是许峰。"

"哦对，你上次说过。"曾之琳这才露出惊愕的表情，"许峰杀了人？"

路小威努力分辨着曾之琳神色的真伪，两天前他就提过米莲是许峰的妻子，但此刻她对这个名字的反应竟然还如此迟钝。除非许峰完全离开了曾之琳的世界，这个名字代表的一切已经全无意义才可能这样。就仿佛面对一个陌生天体，几百年前穿过太阳系的某颗彗星，一去不回地在寂寂虚空里飞行了几个世纪，遥远到连所有见证者的痕迹都不存于人间了。

他感觉到深深的悲哀，因为对面的女人并不似作伪。许峰对于曾之琳的意义便只是这样而已，可是再想到曾之琳对于许峰的意义，路小威竟在此刻出神了。人与人的关系，居然可以是这样的吗？不，也许只是自己还没有看透对面的女人。他的视线重新聚焦，注意到曾之琳因为长时间没有得到回答，又不敢贸然对这个话题发声，正展现出上身微微前倾的不安坐姿。

"有一宗好些年前的命案，死者是个年轻女孩，最近发现了新的证据。许峰是嫌疑人，目前下落不明。"

"所以是因为这个才来找我的吗？可我的确很多年都没和他联系了。"

"不管你和他有没有联系，这个案子恐怕和你都有关系。你们，谈过恋爱的吧？"路小威一把扯开幕布。

曾之琳不再保持紧张的坐姿。她靠向椅背，松开了和路小威的距离，视线转向一侧的空处。那感觉有些暧昧，似乎是浸润在脑海中慢慢泛起来的往事里了，又似乎只是在回想生命中到底有没有这么一段插曲。少顷，她重新看向路小威。孤舟在转瞬之间行过沧海，抵达某处陆地。

"都多少年前的事情了，你这么一说，对，小时候是处过那么一会儿。"

"初恋不应该是印象最深刻的吗？"

曾之琳笑起来："算不上初恋，刚到上海的时候孤单，都是一个地方出来的，就走到一块儿了，其实没多久。"

算不上初恋，路小威想，难道说在许峰之前还会有另一个人？不，只是曾之琳不想把许峰放到这么重要的位置吧。尽可能轻描淡写地处理这个男人、处理这段感情，这未必是故意要遮盖什么，而是对自己的一种交代。

路小威看着对面的女人。她眉目如画装扮精致，相比米莲，她是一枚打磨出无数个切面的钻石，更适合出现在眼下这类地方。很难想象这样一个女人，从小长在山村，第一份工作是纺织女工。体会着这种"很难想象"，路小威便有些了解曾之琳的心境了。为了达成这样的"很难想象"，她在黑夜里走过漫漫长路，她不想回望的。

路小威在心里说了声抱歉。

"许峰一直没有忘记你。你见过米莲的照片，你们非常像，这不是偶然。他杀害的那个女孩，我们做了面部复原，和你也有一点相似。"

曾之琳打了个寒战。

"我真的和他很久很久都没有联系了。我都不知道他结婚了。他杀了一个长得和我像的人？这是什么意思？既然他找了米莲结婚，怎么会……算了我也不想知道，这个人和我没关系了。"

"你知道他养好伤之后又回上海了吗？"

"什么养伤？"

路小威注视着曾之琳。

"06 年之后，我没再见过他，也没再听过他的消息。"曾之琳说。

路小威又想起了米莲的那句话。你无法走入别人的地狱。人与人真是不能相通。

有那么一瞬间，路小威真想把所有的一切都砸给曾之琳。许峰不止杀了一个人，他只杀和你同样职业的人，他只杀和你长得像的人，你们虽然 10 年没有见面，但你始终长在他的心底里，他甚至把另一个女人打扮成你的样子并且娶了她，他杀完人会挖一个双人合葬墓，因为无论生还是死，他都想和你在一起。

可是路小威不能说，因为这些东西大多只是推测，只是对许峰这个人的心理画像。就算是事实也不能说，毫无必要地泄露案情细节违反纪律。

"06 年的事情，让许峰变了一个人。不论你记忆里他曾经是什么样子，他都不再是你熟悉的那个人了，他非常危险。我们现在判断，他作案的原因和你们曾经的那段感情有着直接关系。你不要皱眉头，也许你觉得这个人和你彻底没关联了，那是你的想法，你不能改变许峰的想法。如果你真的在 06 年后就没他的音信，那么你也许不知道他足足养了一年的伤，也许不知道他养伤花掉了家里所有的积蓄，也许不知道他的爸爸是在陪他看病的过程中去世的。"

最后那几句话路小威一口气说了出来，然后他看着曾之琳努力维系着的淡漠表情，深呼吸让自己平静下来。

"我约你主要是想提醒一下你的处境。许峰失踪了，我们现在还没有找到他，但是他失踪之前，去过浅海国际，也去过桂府。米莲之所以会出现在桂府周围，就是知道她丈夫去过那里。所以，我再郑重地问你一遍，在 06 年之后，尤其是最近一段时间，你真的没有许峰的消息吗？"

"真的没有。"曾之琳说，但她的脸色终于变了。

"可是你上次说到被人跟踪？"

曾之琳口中干涩。她不太能接受许峰作为一个巨大威胁猛然出现在生活里。这个名字和他代表的一切已经离她很遥远了，仿佛是从尘土下翻出来的一颗灰石子，哪有值得多看的地方呢？可她还是动摇了，会不会许峰真是自己不安感的来源？只是这不安多数时候仅是她的直觉，能拿来佐证的，也就是行车记录仪的那次异常。

"我怀疑我的车子被人动过。"曾之琳说了一个多月前的行车记录仪事件。

路小威让曾之琳回忆出确切的日期，记录下来。他要让技侦核对一下那个时间点许峰的手机信号位置。他觉得那就是许峰。

"我想问一下，你的同事知道你住在哪里吗？"

"同事"这个词让曾之琳愣了一下。这称呼日常得让她生出来不及细究的感慨。

"有人知道的。"她说。

小琳和花花都是知道的。此外，由于干这行难免喝醉，半夜需要车送回家，公司的司机、门口的保安也有几个知道她住在哪个小区。

路小威沉吟了一下，又说："因为你和许峰有交集，所以我们在对许峰的侦查过程中，也了解到你的一些情况，比如你刚到上海时的几个工作场所。方便问一下，你现在还在类似的场所工作吗？"

"偶尔。"

原来他是知道我干哪行的，曾之琳想。这些事情刑警想要查清楚也并不难。

"那你在目前的这个地方待了多久?"

"五六年吧。"

"你从前的同事知道你现在上班的地方吗?"

就曾之琳的容貌来说,做陪酒固然还是很有竞争力,但以她的年纪,路小威更倾向于认为她早就转行做了业务。高级夜场的圈子不大,有点分量的角儿从这一家跳到那一家,不会无声无息。

果然,曾之琳给了确定的回答。然后她问路小威为什么问这些。

"我在想,如果我是许峰,我很多年都没有你的消息了,忽然想起来要找你,能不能找得到。"

"就算有人知道我去了哪里,怎么可能随便一个陌生人来问,就告诉他呢?"

路小威笑笑:"我来你这里消费,开一个房间,点一台子酒,一边喝一边聊,聊到从前场子里的业务或者是红人后来去了哪里,你会打死不说?这么喝个几次酒,转几个场子,是不是就能问出你大概住的地方?哪怕问不到,我等你下班跟着你的车行不行?我再盯你几天,看一下行车记录仪,你是啥生活状态、啥感情状态就都知道了。然后我再来桂府,看看你的男朋友是个什么样的人。"

曾之琳的脸色很难看,她觉得警察是在危言耸听。一个十几年没有关系的人,忽然大费周折来找她的麻烦?她宁可相信是近期得罪了人。就算她和许峰因爱成仇,还真君子报仇十年不晚了?

他早十年干什么去了？但对面警察的认真劲头，又让她非常不安。

路小威觉察出了曾之琳的不安，这就是他要的效果。哪怕今天无法从曾之琳这里得到有用线索，也得让她明白自身的危险处境。这样一旦她得到许峰的消息，就会第一时间告诉警方。前面的整场对话，他都有拿绣花针刺生牛皮的无力感，曾之琳就坐在对面，却刻意维系着一道护城河。现在他总算接近了一些。

"那个米莲，她丈夫杀人的事情，她知道吗？她参与了吗？"

"那是她结婚前的事情，某种程度上，她也是受害人。"路小威意味深长地看了曾之琳一眼。

"她和许峰夫妻关系好吗？"

"这个在我们的调查范围外了。没想到比起许峰，你好像更在意米莲？"

"毕竟她和我长得这么像。不过他们夫妻关系好不好，其实现在也不重要了。"

曾之琳说这话的时候心里想着柯承泽，语气多少有些不善。路小威听着刺耳，他不明白曾之琳为什么这样不喜欢米莲。

曾之琳接了一个电话，对方似乎找不到约见的地方，但已经在附近，请曾之琳指一下路。路小威起身告辞，让曾之琳如有许峰的消息立刻告诉他。只是走到门口，他又折返回来。

"刚才你问到他们的关系，据米莲说，在许峰失踪的前段时间，他们的关系出了点问题。"

"什么问题？"

路小威笑笑就走了。

　　第一次拜访的时候，米莲提过许峰可能有外遇，但技侦做了近两个月通信联系人排查，没有发现相关情况。随后曾之琳这条线就冒了出来，结合人物侧写，专案组都认为所谓的外遇，多半是许峰把注意力重新转向曾之琳，冷落了米莲，从而造成的误解。但是路小威刚刚飞来一个念头：外遇有没有可能是真的？要是那样可就漏掉了一条大线索，应该找米莲详细聊一下外遇的情况。

　　本来，即便许峰真有外遇，这事也不必告诉曾之琳，可路小威琢磨着，正常人听警察说有个杀人犯可能会对自己下手，当下的所思所想，都会围绕这个重大威胁，曾之琳却去问米莲的夫妻关系，里面会否有隐情？会否其实和案情相关？这样一想，他心里就不笃定起来，曾之琳可是处在危险旋涡中央的人啊。所以他才透了点口风给曾之琳，话说出口，心里又觉得对米莲不好。

　　路小威从裙楼走出来，绕过主楼大堂门口，往车库方向去。这里 1 小时 30 块钱，队里不报销真停不起。有个人慌急慌忙经过，路小威觉得眼熟，多跟一眼便认出了背影。这人他只见过一回，但满打满算分开还不到 24 小时，印象很新鲜。路小威立刻意识到曾之琳等的人就是他，却想不明白曾之琳为什么要见他。这两个人之间，居然另有他不知道的交集吗？不管怎么样，得让车子在死贵的地库里多停一阵子了。

　　路小威蹑在王龙身后，见他又问了站在裙楼前的一个保安，才找准咖啡馆的位置。他穿着带经典博柏利格子图案的针织衫和起皱的卡其裤，踩一双雕花皮鞋，头发梳得光亮，和昨天穿着袖口脱线的 T 恤在棋牌室里打麻将的样子判若两人。但昨天王龙不管是全神贯注地用长指甲搓麻将牌，还是在树下郁郁抽烟，因为待在熟悉的土地上吧，是自在的；现在他却仿佛穿了不属于自己的衣服，哪儿哪儿都不舒坦，梗着脖子耸着肩膀，噔噔噔小快步上了咖啡馆前的台阶，在玻璃门前停了一瞬，像是看了眼自己的倒影，然后才推门而入。

路小威在咖啡馆前徘徊，然后找定一个角度，透过玻璃窗可以远远望见王龙的侧脸，但不在曾之琳的视线范围内。玻璃有点反光，看不清王龙的细微表情，只见他一会儿把手搁上桌子，一会儿又放下来，身体慢慢前倾，再回摆坐直，端上来的咖啡基本没有喝。

两个人只聊了半小时左右，并没有像路小威以为的那样共进午餐。然后王龙站起来告辞，曾之琳却依然留在座位上。她还有人要见吗？路小威一边跟着王龙一边想。王龙在台阶上出了会儿神，然后慢慢往南京西路的方向走去。他的身姿步态放松了许多，这让路小威明白，他刚才的不自如和所穿的衣服、所处的场所都没有关系。快走出上海商城时路小威回头看了一眼，曾之琳已经出了咖啡馆，正站在台阶处打电话。分身乏术啊，路小威想，但现在王龙是优先级。

路小威在南京西路上把王龙叫住，给他亮了警官证，带他到旁边的铜仁路上说话，免得被曾之琳撞见。

"昨天我是不是对你太客气了？这个证昨天就该给你亮出来。我知道查 DNA 的消息是你告诉许峰的，直接就让他跑了！我想着你人不错，昨天没点你，怎么，你又来给曾之琳放什么风？往轻里说这是干扰重案调查，往重里说……"路小威瞪大了眼珠子虎视王龙，力图给他最大震慑。

"往重里说，你要是蓄意给犯罪分子通风报信，那也是犯罪，要担刑事责任的。"

"我没有我没有。"王龙被吓住了，连连摆手。

"昨天是米莲在问你，现在是我在问你，身份不一样，你回答不实的后果也不一样。你想清楚再回答。你和曾之琳到底什么关系，你今天找她干什么来了？"

"我昨天没有骗你们啊，有什么说什么的。我和曾之琳也没什么关系，就老乡关系。"

"要不要我提醒一下你昨天都说了什么？你昨天话里话外的意思，是不是说你有很多年没见曾之琳了？当年许峰和曾之琳之间的事，都是你单方面听许峰说的，曾之琳碰到事情是不会找你的？我理解错了？"

"您没理解错，是这样的。"

"这么说，你上一次见曾之琳是多久之前，10 年？"

"中间曾之琳回家的时候见面打过招呼，也有五六年了。"

"行，五六年。然后昨天我们刚找过你，今天你跑来另一个城市找五六年没见的老乡叙旧？你敢说你刚才和曾之琳说的事情，和许峰的案子没关系吗？"

王龙嗫嚅着一时说不出话来。

路小威盯着他，等他说。

"其实，本来真是没有想要找曾之琳，但是昨天晚上我接了郑秀秀的电话，你们不是去找了她吗，还提了是我点的她。被你们找过之后她挺不安的，辗转要到我的电话，打听到底是怎么回事。我就说了点查DNA的事情，这个村里都传遍了嘛，我以为……我以为不算啥秘密。"

王龙说话时视线下移，不去看路小威。就这个反应，许峰的消息从他这儿来是确凿无疑的了。

"我和她聊了点当年的事情，就是许峰和曾之琳的事。挂完电话我就想，许峰玩失踪说明是真犯事了，大家都在传，说杀人犯才查DNA。你们找郑秀秀的时候，来来回回问的全是和曾之琳有关的事，是不是说明他犯的事情和曾之琳有关系？我有点……担心曾之琳会不会出什么事。我给她发消息，她到半夜才回，说没出事，然后问我为什么忽然想起来联系她。我就和她说，许峰的老婆和另外一个人——我没说你是警察，上次许峰的事情让我多长了个心眼，我就说米莲和一个男的来村里打听她和许峰的事，还找了郑秀秀问。她挺想知道详细情况的，但半夜里她不方便和我通电话。正好我们酒店今天派我来上海出差，我就问她要不要见个面。"

"你正好来出差？你在你们酒店具体做的什么工作？"

"是……保安。"

"保安来上海出差？"

王龙闭上嘴不说话。

王龙刚才的那番话是有逻辑缺口的。路小威相信郑秀秀是真的给他打了电话，但是通完话后，他会立刻憋不住在深夜去问一个多年不联系的人是否安好？

"你喜欢曾之琳？"路小威突然问。

"没有，没有的，她是许峰女朋友，他们两个青梅竹马的，他们是初恋，我跟她可没有过的，怎么会喜欢她？没有的事情。"

王龙涨红着脸急促地解释着，被挑破心事的情状简直再明显不过。

这样就通了。因为好友而埋藏的情感，成了灰烬深处的一星暗火，多年后和郑秀秀通完电话，那些被拨动的记忆碎片腾起时，依然是炽烫的吧。所以他才控制不住地想要知道曾之琳是否安好，才会扯了个出差的理由，专程赶来上海和曾之琳会面。

路小威没有挑破，转而问王龙刚才见面时具体聊了什么。

五月的暖风吹过铜仁路上沁着细汗的问答者，吹进旁边的上海商城里，吹到裙楼前的台阶上，曾之琳就在这样的暖风里打着寒战。

实际上，此刻一阵一阵的心悸只是刚才惊恐发作的余波而已。先前有那么一瞬间，她用尽力气都吸不到半点空气，脑袋里满是轰隆隆的声响。她拽住桌角让自己不要瘫下来，瞪大眼睛看着对面的人，但大脑接收到的图像已经无法合成有意义的信息。她不知道挺了多久，再次意识到还在和王龙说话的时候，他正在形容米莲和她有多么相像。曾之琳松开手，掌心滑腻腻的全是汗，胸口咚咚咚咚擂着鼓，她第一次知道自己的心跳可以这么快。

按说不至于，这些年她也不是一帆风顺过来的，有时候她会想，在这个斑斓世界里自己见过的听过的经历过的，抵得上别人几辈子。刚才她听见王龙说什么了？他说这些年许峰见过她几次。

王龙决定订婚的时候第一个告诉了许峰，两个人在电话里聊到曾之琳。王龙问许峰这两年见过曾之琳没有，许峰说见过几次。王龙又问你们和好了吗，许峰回答说，只是见过，没有说话。

那次电话是 11 年的事情。

不可能，曾之琳立刻反驳。因为 06 年许峰被打之后，她的确就没有见过他了，哪怕算到 11 年，也隔了 5 年。

"许峰没理由骗我这个。你伤他伤得重，所以当时我没方便细问，但我想这是有可能的，比方说啊，见过你又没说话，那没准是在什么场合上远远见了，只是没上来和你打招呼。"

"那怎么会见过几次？"

王龙说出那句话的情景还历历在目。他手搭在咖啡杯上，慢慢把马克杯转了半圈，又停了一会儿，才开口说出他真正的猜测。

"许峰是个长情的。那次事情以后，他知道和你再没有可能了，但要忘掉你，又很不容易。他要真见过你好几次你都不知道，那大概只有一种可能了。你们最后一次……那个情况你知道的吧？他在门外面守了好几个小时，最后远远看见你进去了，他才……"

记忆是到这里为止的，然后她就完全被淹没了。

现在想来，是因为这段时间已经积累了太多的不安吧。之前那个警察告诉了她一些事情，她没有真的往心里去，或者说，她说服自己不用真的往心里去的理由，是她已经太长时间没有见过许峰，她不相信一个 10 多年没有见过的人，还能对自己的生活造成什么破坏。可是原来所谓 10 多年没有见，只是自己单方面的事情，对许峰来说，他从未离开过。他可以在夜总会对面的路牌下，可以在她家楼下的樱花树后，可以在小区地库的某辆车里……所有压抑的不安一瞬间爆发了。

王龙离开之后，曾之琳开始认真回忆路小威说的所有信息，一个更加惊悚的想法突然降临。她开始坐立不安。她知道自己必须把事情搞清楚。

微信响了一声，她划亮手机，看到柯承泽发来了米莲的手机号码。

她拨过去，约米莲见面。

· 5 · ·

"我到你说的地方了，西岑街靠近练西公路的邮政储蓄银行。你在哪里？"

"沿着西岑街，你再往里走一点。"

"具体哪里？我开着车来的。"

"车先停了吧。"

这是曾之琳第二次见米莲。不，现在还没真正见上，相比起第一次见面时的俯视，此刻曾之琳颇有些主客易位的感觉。

曾之琳打电话给米莲说想聊聊。她也有很多问题想当面问我吧，曾之琳想。可是米莲并没有一口答应，在电话里听起来兴致不高，是可有可无的怠慢语气。曾之琳说关于许峰有特别重要的事情想告诉她，米莲回以一声意味不明的冷淡的笑，曾之琳只好老老实实恳求，说还有特别重要的事情想要问她，米莲总算松口。米莲此刻并不在市区里，所以当然是曾之琳去找她。

顺着延安路高架往西开40公里就是西岑，青浦下面的一个镇。曾之琳半点吃午饭的胃口都没有，上海商城出来从石门路上高架，一口气开到西岑时还不到 1 点半。她把车往路边一靠，沿西岑街往里走。依着米莲的指示，她拐进一条巷子，弯弯曲曲走了一段，看到前面通向一片稻田。看到田往左转，米莲说。曾之琳不明白为什么要这么复杂，明明可以把车开过来的，简直像是拿着赎金去见一个不断变化接头地点的绑匪。

往左转之后水稻田在前方变成了油菜田，花期已过，沉甸甸的油菜籽在太阳下摆弄着金光。田畔的路不比小巷更宽，有些地方无法会车，但因为田野而不觉其窄。对着田开有沙县小吃、三鑫五金店、小王摩托车修理店、重庆鸡公煲。一辆后座载了人的助动车迎面而来，后面慢慢跟着辆小货车，货车驶过之后，露出一条站在田边的单薄身影。

曾之琳朝她走过去，走入了米莲的视线，但米莲直直望着对面，不曾瞥对方一眼。对面是家拉着卷帘门的汽修店，没有可端详之处。曾之琳能屈能伸，这是吃饭的本事，所以不觉得如何难堪。她挨着米莲站定，同向对面眺望，仿佛那扇卷帘门是一件摆在画廊里的装置艺术作品。

二轮、三轮和四轮的车辆间或驶过时，驾驶员的视线都会因这两人偏移，她们分明不属于这里，仿佛是站在画布外的人，却让这一切成了景色。米莲穿驼色薄风衣，腰里扎着带子，穿过田野的风拂动衣袂，扬散长发，仿佛再加把劲就可以把她吹走。这几日气温不低，穿风衣有点多，但纤弱让米莲适合这装扮。身边的曾之琳更清凉，砖红色小西装配同色短裤，长发束成马尾，脸庞细心勾描过，流苏耳坠轻轻摇动，比起未施粉黛的米莲，有一

种在人间扎住根的浓烈。两个人并肩而立，如此相似，如此泾渭
分明。

她们在日头下面站着，没有树荫遮挡。曾之琳等了许久，直到
脸上微微发烫，终于忍不住，侧过头去瞧米莲。太阳底下那张和
她相似的脸煞白着，像是风衣下的身子全没在冰水里。她不是在
拿捏自己什么，曾之琳忽然意识到，她是遇着事了。曾之琳当然
早就知道米莲遇着事了，但之前这只是一个符号、一段信息、一
块挂在别人脖子上的标牌，现在她有了切肤之痛，因为刺入彼此
身体的针来自同一个人。

她遇着什么事了？不光是因为找不到许峰，一定还有别的，曾
之琳想。是发现了和自己长相相似，发现是替身而受了打击吗？
不对，那她对自己不能是这个毫不在乎的态度。那会和自己想的
事情有关系吗？念头只这么一转，曾之琳就顶着太阳打了个哆嗦。

"前天对不起啦，我有点误会了，说了一堆不好听的。那个时
候你是在找许峰吗？上午有位警官来找我，我才知道许峰成了杀
人嫌疑犯。真是想不到，因为我很多很多年都没有见过他了，今
天特别集中地知道了他的消息，却居然是这样的消息。"

曾之琳觉得身边是一个缓慢旋转的巨大封闭世界，她说着一些
铺垫的话，作为敲门的石子。这些年她只和两种人打交道，一种
是至少已到中年、事业有成的男人，他们狡诈、刚硬、虚伪且又
有本质世故的坦诚，对世界和人性有着各自精彩的看法；另一种
是和她一样的同前述男人们周旋的女人。如此打滚十年，自有对
红尘的洞悉，但是她却还没有看明白米莲。

前天见面的时候，曾之琳根本没觉得米莲有什么特别，其情状一眼就可以看穿——单薄脆弱，显然刚受了打击。些许的小异常，比如相貌相似，比如提了一个从前人的名字，并不真能往她心里去，因为那是不相干的旁人的事，还不如考虑一下柯承泽会否受诱惑来得实在。和路小威及王龙的会面让她终于正视许峰，那是一颗从太阳背面转出来的巨大天体，汹涌的引力会把她的生活撕碎。对米莲的看法也随之改变，曾之琳觉得自己此前搞错了焦点。于是她急急忙忙约米莲见面，却发现这已经不是前天蹲在街角垃圾桶边的人了。两天能发生什么？能改变什么？只不过之前人家露出了一方柔软脆弱的腹部，而现在早已翻转身躯，展现出她从未见过的陌生皮毛。

曾之琳尝试着做出一些猜测。一个女人，发现自己在婚姻中的角色是他人的替代品，这已经是天大的事情，要把这件事完全盖下去，恐怕得是遇到真正关乎生存或死亡的事了。能产生这样威胁的，是许峰吧。所以，想要米莲有所反应，想要对她产生点刺激，还是得着落在许峰身上。

"今天我还知道了一件非常意外的事情。你是许峰的妻子，我想最好还是告诉你，许峰这些年可能在窥视我。"

这句话说完，曾之琳停了下来，等待米莲的反应。

米莲的头稍稍偏转，仿佛从自己的梦境里缓慢苏醒，视线掠过曾之琳的鼻尖。

曾之琳在心里笑了一下，开始掌握局面的感觉让她舒服了些。

"这都是在我不知道的情况下发生的。"她用低落的语气说，

"我被告知说，许峰可能隔一阵就会偷偷来看我一眼。"

"这真是……"曾之琳顿了顿，然后重重说，"太可怕了！"

然后她等了一等，她想米莲应该给反馈了。

"你求我什么事？"米莲问。

"我没有，我不是……"曾之琳猝不及防，一时竟连语言都失序了。

"许峰选和你像的下手，大概不止杀过一个，埋了之后可能会想来看看你。后来他娶我当老婆，今年终于发现我和你也不够像，就走了。他也许觉得那些小姐脏，也许觉得没有那些人你就不会当小姐，也许觉得多杀掉一个就可以救起你一点点。他不会碰你。"

这些话就像一把双刃剑，被米莲用手抵进她的胸口。明明米莲也应该被割得鲜血淋漓，但她仿佛没有感觉，毫不在乎。曾之琳自然听得懂潜台词，她被连皮带骨一把掀开，又痛又怕又怒。

"如果你看见许峰，也不用怕他，告诉警察就行了。你找我什么事？"米莲换了个表述，还是一样的意思。曾之琳这样的人，如果不是有求于她，怎么会如此作态？

一股无名火自曾之琳肚肠里蹿起来，把面皮烧透。她怒意勃发，竟无法遏制。

"世界上千万条路，每个人走他自己的，你说不着别人的路。许峰是什么救世主吗，他是救了你还是救了谁？你和他结婚这么多年算是被他救起了吗？我过得也没比你更糟心，就算更糟，我也不要别人救，我自己好着呢。你觉得我脏吗？杀人犯脏吗？你和杀人犯结婚你脏吗？谁没他妈在泥里滚过，你脚上干净，你踩在石头上踩在水泥路面上，往下刨三尺你看是不是泥？是不是泥？全都是泥！"

曾之琳喘着气停下来。她问自己这是怎么了，刺着哪根神经了，犯得着现在对米莲说这些吗？

"都是泥。"米莲轻轻应了一句。语气里没有嘲讽，只是简单地复述，又像是带了某种认同。

曾之琳有些意外，然后平静下来。似乎有汩汩的水漫过来把她浸润，彼此之间竟有了一种恍惚的连接甚而共情。

"做我这行的，身边来来往往，认识的多留住的少，一拨拨都是热热闹闹的过路人。三年前我碰到个第一天上班的女孩，清纯得很，在房间里自我介绍的时候说是宁波的。客人选她陪酒，'公主'收她手机，她不知道要上交手机的，本来装得无所谓，一下子就慌了。我想起来，自己第一天上班，也不肯交手机，怕万一出事没办法打电话求救。我把她拉出去，说我和你老乡，今天认你个干妹妹，你手机给我，我在房间里陪着你哪儿都不去。后来我会先帮她看一下，没品的烂客人就不带她进房间了。再后来我问她要不要做业务，丫头说姐让干啥就干啥。"

曾之琳说到这里哑了声音，她停下来定了定神，许多事情在心头滚一遍，就不再往外说了。

"这个女孩子不见了，不去上班，不接我电话，不回我微信。这不正常。我有一点担心，小琳的消失和许峰之间……哦对了，这个女孩子叫小琳，长得和我挺像。警察告诉我，许峰杀害的女孩也和我有点像。他会不会就盯着这样的女孩?"

米莲沉默不语。

曾之琳从手机相册里翻出张照片,给米莲看。

"就是她。"

米莲死死盯着手机屏幕。

那是个女孩的侧脸,她穿着 V 领白毛衣,坐在沙发上看手机。

曾之琳用手点了一下,手机里传出她的声音。

小琳。

女孩抬起头往镜头方向看,瞪大的眼睛里带着少许惊讶,然后便甜甜笑起来。

姐。

画面随即恢复原状。

原来这是一段 5 秒钟的视频。

米莲几乎觉得自己不曾见过这个小琳,生与死之间有巨大的鸿沟。直到听见那一声"姐",一转三回,绵软柔糯,却带着千钧之力,迅疾如雷电正撞胸口。她觉得自己飞了起来,浮在煌煌油菜田上,背后现出一个巨大的旋涡,猛然将她吸回那个夜晚。是的,当然,她见过她,生或者死都见过。那晚她赤裸,仅活了片刻,转瞬即逝,所以记忆里满塞着她失去生命的模样。而现在,她那甜甜一笑仿如离弦之箭,把米莲钉在箭头,穿过心底的幽深黑暗,射向甬道另一端她那短暂活着的光景。转眼之间,米莲便只记得她活时的样子了,记得她的大口喘息,记得她圆睁的双眼,记得她抓着自己时双目迸溅出的熔岩般的光芒,也记得她最后的挣扎、哀求、哭泣、不甘。

鼻头有毛茸茸的痒痒的触觉，眼前有些什么在晃动，是枝条一样细细长长的，或者是藤蔓，也可能是某种虫子的触须。米莲意识到自己一直张着眼睛，那张脸不知是何时不见的，眼前茫茫然一片焦灼沸腾的暗金红底色，仿佛在俯瞰辉煌的地狱之景，随即她明白自己其实是在仰望着，无边无际的闪烁着金光的暗红悬于穹顶。然后这世界黯淡下来，云层把太阳遮去，米莲的视觉从对光芒的直视中逐渐恢复，晃动的枝条再次出现，她分辨出了轮廓，应该是油菜秆子和叶片、菜籽之类，绿色浮现填满轮廓，与此同时她闻到了青青涩涩的油香。这香早已顺着她的呼吸填满了胸腹，却于此刻骤然绽开，告诉她置身何方。云层移开，米莲垂落眼睑躲避阳光，便看见了站在脚边的曾之琳，她正弯着腰，目不转睛地盯着自己。痒痒的触觉再现，米莲清楚感受到了它的移动——一只青绿色的蚱蜢从嘴角爬上颧骨，长足奋力一蹬，跃入草间。

曾之琳把倒在田里的米莲拉起来，松开手时，掌心全是米莲冷腻的汗。她依然盯着米莲的眼睛，不曾松开一刻。

"你见过她。"她说，像是疑问又像是肯定。

"她在哪里？她还活着吗？"

米莲凌乱的风衣上沾满草叶，她并不整理，只是怔怔站着，魂魄好像还留在另一个交叠的世界中。

"她叫小琳？"许久，米莲问。

"我们都叫她小琳。我是琳姐，她是小琳。"

米莲点点头，仿佛确认了某种关联："今年有段时间，我猜许峰有外遇。"

"什么时间？"曾之琳逼问。

"感觉是过年后吧，也可能从年前就开始了。"

曾之琳的脸色忽然变得很难看。

过年她和柯承泽长途旅行，在欧洲玩了三周，前后一整个月没上班，是小琳带着花花顶下来的。她听花花说，那阵子有个豪客总让小琳陪。业务忌讳和客人发生关系，但曾之琳觉得小琳是个伶俐的，知道进退，就没多嘴。回来后也没见过这传说中的豪客，更没往心里去，直到现在猛然警醒。

"许峰和小琳吗？你确定是和小琳，你见过他们两个在一起？"

米莲不语。

"他当然不会让你看见。"曾之琳想笑一笑，并不成功。

"最近你有许峰的消息吗？特别是这周一周二。"她问。

从周一开始，小琳就不回她的微信了。

"他上个月离开后，我就再没有联系上他。那是 4 月 20 号。"

"3 月份呢？3 月中旬的时候，你有没有觉得许峰有异常？"曾之琳嘴唇一阵颤抖，还是说出了那个她早早核查过的时间，"特别是 3 月 15 号晚上，或者是 3 月 16 号。3 月 15 号是……"

"周三。3 月 15 号是周三。"米莲接上了曾之琳的话，"那天晚上，许峰没有回家，他说有朋友来上海，去市区喝酒了。"

"你为什么记得是周三？你为什么记得这么清楚！"曾之琳厉声问。

"因为他没什么朋友，因为他很少进城，因为他从不喝酒夜不归宿，因为我觉得他去约会了，因为……"米莲艰难地说着。她挣扎着，觉得自己又被压到了那张床底下，她几乎想要把一切都说出来。

"他什么时候回家的？他是什么样子？你有没有问他到底干什么去了？"

"天快亮的时候，或者刚亮的时候。他就和从前一样，我们就和从前一样。我没有问，我不需要问。"

曾之琳看着米莲，她觉得这个女人的精神处于一种迷离飘忽的状态，虽然对着自己说话，但仿佛在穿过自己向某个未知的存在倾诉。她说着说着忽然停了下来，半张着嘴不出声，然后露出一个似笑非笑的面容。

"她死了。"米莲说。

"你放屁！"曾之琳暴怒。

"放屁！"她近乎歇斯底里地朝米莲吼，然后一阵强烈的心悸袭来。

她觉得对面女人说的也许是真的。

· 6 · ·

　　圆柱状的云把太阳卷在中间，云底有一条狭长的稀薄带，光线从那儿被释放出来，仿佛一艘喷射着火焰缓缓降落的庞大星舰。它将落在广阔油菜田间，也许会摧折地平线附近的几株野树，油菜黯然低伏，金光不再。绵绵长风稍止，油菜摆回来，整座田野轻轻摇动，星舰往远处驶去，底焰消退，那光在舰尾酝酿，乍然倾出，落入油菜田里，漫过路小威，继续推向前方。前方的风衣女人还暗着，她面朝田野坐在路边，对这奇景无动于衷，那片正逼来的浩大的光也不能让她远望的视线稍稍偏移。

　　路小威怀着巨大的疑惑走到米莲身边，她这时已经完全在光亮里了，头发和风衣上沾满了草灰泥尘，但她显然并不在意，或者早已经忘记了。风衣衣襟敞着，里面露出一抹淡粉，路小威不便多看，那应该是一件大翻领睡衣。出门如此匆忙吗，还是如此失魂落魄？想到昨天分开时米莲的异常，路小威按住一肚皮问题，在米莲身畔坐下。

　　来的路上路小威还去加了个油。昨天大刘提出来的问题很关键，他需要找米莲再聊一次，搞清楚许峰离开家之前是什么状态。如果存在一个契机让他无法再把米莲当成曾之琳，继续此前的生活，那这个契机到底是什么？早上给米莲打电话她没有接，短信也没有回，问完王龙话又打过去，正在通话中。他给李节汇报了进度，猛然想起车还停在昂贵的地库，结果花掉了60块钱才开出来。他先往桂府方向去，那边有巨大进展。开到一半他又给米莲打电话，这回通了，他毫不犹豫地掉头，因为桂府的进展毕竟属于别人。只是没想到米莲去了这么远的地方。如果说之前去宁海他还能想到原因，那么来西岑又是为什么？

"很美，"路小威说，"简直不像在上海。"

"曾经对我来说，这就是上海。"米莲说。

路小威以为要花点工夫才能打开缺口，没想到米莲开口如此轻易。

米莲原本不打算对任何人说，那种事情毫无意义。巨大的创口已经突破了某条界线，倾诉或者其他任何举动都无法搭救她，而她也无须再被搭救了，如同一匹觉察了死亡的野生动物，披着微凉的晨曦离群去行自己的绝路。她大概猜到警方还会有什么问题，如果不解路小威之疑，则换不来安宁时光。所以她答应再见路小威，见完后她还要继续这段意在舔伤的独行，不是为了愈合，而是亲自舔过，才知道这伤口到底有多长、多深、多腥。

但是刚刚离开的曾之琳说出了小琳，这个头回听到的名字有一种魔力，让她一跤跌回那个夜晚，跌在小琳倒挂的脸庞前。她曾经想要把那个夜晚放一放，先塞进某条肮脏的缝隙里，这样她

才能有足够的理智去把来上海的 6 年整理清楚，给自己险恶的人
生一个一镜到底的回望。现在不可能了，那个夜晚从缝隙里弥散
出来，小琳于黑雾中现身，仿佛从未死去，只是一尊困顿已久的
幽灵，与米莲并肩远望，天地间遂现出奇景。路小威不知道这些，
听不见与米莲重叠的另一种呼吸，他以为米莲只是在对他说话。

"你在西岑待过？"路小威问。

"这儿的夕阳很好看，但傍晚是最忙的时候，所以只能是中午
吃了饭，才好出来坐一会儿。也只能坐在这里，因为要在店里看
得见的地方。"

路小威瞧了一眼对面拉起的卷帘门，有些意外。

"你会修汽车？"

"11 年的时候，那儿不是汽修店。"米莲没有回头。从路小威
出现到坐下，从阴影里移转到光明里，她始终不曾改变过姿势。

"我中专毕业以后找不到好工作，卖过衣服，卖过化妆品，推
销过红酒，一个月挣不满 2000 块钱。那时候在网上碰到一个人，
介绍我来上海的美容院，干得好一个月有 5 位数。我就来了。"

"就这里？"

米莲忽然起身穿过柏油路，路小威连忙跟上去。

卷帘门两边是青白色的混凝土墙面，右边掉了一大块，露出里
面的红砖墙。

"美容院名字都没有，只一个旋转灯挂在这里，日夜不停。"米
莲指着露出的红砖说。

路小威心头一突。市郊偏僻处、挂着旋转灯的无名小店、年轻

女孩，这三者碰在一起，代表什么几乎不言而喻。米莲竟然经历过这个吗？

"昨天谢谢你。"米莲继续波澜不惊的语气，无论是前面的经历还是此刻的感谢，都说成了平凡琐碎的日常事。

"谢谢你问我那件事。你可能都忘记了吧。那时候我就奇怪，怎么你不问，我自己都不会去想这件事呢？大概是一种下意识的自我逃避、自我保护吧。可笑，我还有哪里可以逃呢。"

路小威听米莲平平淡淡地说着，一颗心却揪起来，预感到不详的降临。可是还会有多糟糕呢？会比许峰是杀人犯更糟糕吗？会比自己是替代品更糟糕吗？会比做过"发廊小姐"更糟糕吗？

"我是怎么认识许峰的？我是在这里认识他的呀，他把我给救出去啦。"米莲终于露出了表情。她笑起来。

"长得像曾之琳，又在做小姐，是不是被害的就是些这样的人呀？昨天我坐在你车上的时候才想明白，原来那个时候，他是想杀我的呀。"

路小威的汗毛一下子炸开。

"这里是放着一个饮水机的。"米莲指着墙说。

路小威愣了一下，反应过来她说的是墙背后相应的位置。

"饮水机旁边有个很矮的小凳子，我就坐在那里。我是说刚来那天。早上9点多我就到了，看到几个女孩子在门口刷牙，我稍微安心一点。老板扔给我一支烟，倒了杯水让我等，就和领我来的人出去说话。然后来了个人，顾客，要我给他洗头，别人跟他说我刚来什么都不会，然后他选了另一个刚刷完牙的女孩子。我想这个男人好奇怪，洗个头还要先把女孩子挨个看一遍。洗头池旁边拉着道帘子，那人洗完头就和女孩子去后面了。帘子后面有四个小隔间，晚上我们就睡在那儿，一张床上挤两个人。女孩子多的时候有人就要睡在地上。我宁可睡地上，床上总有股味道，是那么多男人女人的身体积在一起发了霉的味道，闻多了就要出去透透气，让太阳烤烤自己。"

　　路小威安静地听。他眼睛盯着墙，盯着铁门，仿佛穿透过去看见了里面。不是此刻的里面，而是随着米莲描述的细节，看到那个墙角的饮水机，看到那卷微微晃动的帘子，看到来来去去的男人女人，以及其中的米莲。他目不转睛，不曾旁视——他不敢去看此刻的米莲。

　　米莲竟感觉到了。身边的人有一种明显的异样，很难说清楚来源，也许是由呼吸的节奏、站立的姿态、散发的味道这些汇聚起来的吧，汇聚成了一股巨大的悲伤。米莲忽然转过脸去看路小威，路小威直愣愣瞧着前方，不肯与她目光交汇。米莲很想问你在难过什么呢，话出口却化作了一声哑笑。

　　"老板给我安排了个在这里待了三年的女孩当师父，只大我一岁。头几天我挨了不少打，她把我拉到小隔间里，说老板给了介绍人钱，不把这钱给他挣出来，回头在老家一宣扬我干了发廊，全家都做不了人。来不及跑也跑不掉，进过这道门，做没做说不清楚，晚了。她说这些时声音小得像做贼，旁边隔间里两个人扯着嗓子在干那事情，一声声雷劈在耳朵根，我一边哭一边抖，师父搂着我说没事的没事的，就那回事儿嘛。我知道进地狱了。"

说到地狱米莲不禁一笑，她想真是境况不同了，地狱也分层。

"人说落难的时候有根稻草也得抓住，师父那是从水底长出来的草，根扎得深，我抓着一起沉下去了。第一次是师父的熟客，她说你就在旁边搭把手，什么都不用做，有钱拿。200块钱，老板一分没有抽，让师父带着去邮局寄回了家。邮局回来老板把我带到最后面的隔间，扒衣服的时候他说你把卖淫赚的钱寄回去了，公安要抓你了，你没地跑了。"

米莲述说苦难的语气是如此的平淡，仿佛所有的伤痛都已经被她消化掉了，但正是这种消化逼得路小威喘不过气来。他告诉自己一定要忍住，千万不要流泪，对此刻的米莲来说，听者的泪水是无谓的甚而是可笑的，是负担甚而是侮辱。她平静地说，他平静地听，这样最好。但要做到真的好难。

这间曾经的发廊离两边的房子都有些距离，旺盛的杂草和野树簇拥着它，仿佛一块被尖牙交错的嘴含住的腐肉。米莲从原来的转灯处向前走到头，望一眼草木掩映下折向深处的外墙，深一脚浅一脚地走了进去。路小威跟在后面。四周飞虫舞动，前面的人不紧不慢，时而拨开面前枝条，时而轻抚污垢墙皮。此情此景，分明是一个人在捡拾过往时光，重历回忆之乡，然而这是怎样的过往怎样的回忆呵！米莲指尖所触之墙的另一面，是那卷帘子后的一个个隔间吧。此刻必然在她脑海里纷至沓来的画面，会是些什么呀？

米莲绕到屋后，那儿有一扇后门，绿色漆面剩下小半，露出侵蚀严重的门板，脆弱得似乎一脚就可以踹开。

"那阵子我烟抽得凶，大概是日子真的很难熬吧，抽口烟，就可以把前一刻、后一刻的事情搁在一边。"米莲闭上眼睛，深深吸了口气，一缕烟从幽深的时光隧道里游出来了。

"两个多星期的时候，我晚上睡不着起来找烟，快3点店里没客人，师父睡得香，老板在前厅。后门没锁，我逃出来沿着田走，路上一个人都没有。我不敢报警，只想着离开这里，离开上海，回家看爸爸妈妈。我走啊走，烟瘾越来越重，越来越重。我想我得回去找支烟，我想我总能再等到后门不关的时候，也不是非得现在跑。后来我问老板烟里掺了什么东西，他说你发现了啊，那就不能免费了，得花钱买。我赚的钱刚够买烟。"

米莲在门上叩了两下，笃笃，然后从另一侧绕回到路边，重新在田畔坐下来。

"那天时间比现在早，我坐在这儿抽烟，有个男人在后面来来回回。我知道他在看我，但这种时候我就想慢慢抽支烟，假装这片天这片地都是我的，空着脑子什么都不想。那人进了店，师父出来说点我，我让他等了一分钟，抽完烟进去，第一次看见许峰。你知道那时候我心里在想什么吗？"

路小威默然。

米莲也没在等他回答，说："又可以放开抽了，我想的就是这个。我带他进到帘子后面，他坐在床板上，也不对我动手动脚，就跟我说话。在隔间里从来没有男人这么正常地对我说过话，过了一会儿他伸手碰了下我的腰，我想要开始了，但并没有，他松开了。我说进到这里要200块钱你知道吗，他说知道，我说再聊下去快到钟了，他躺到床上说那你给我按两下吧，就翻过身背对我。我胡按一气，到钟他问能不能亲我，我说不可以，他说再加一个钟，我说那也不可以亲。他还是加了个钟，让我陪他在田边坐一会儿。他天天来，天天付200块钱和我在这里坐一小时。大家都说他神经病，师父说这男人喜欢上你了，你得让他多花点钱。

"其实和他坐在这里，我一点都不自在。本来可以假装这是属于我的时间我的世界，但他在旁边，我就没办法再骗自己，因为他要为这一小时付钱的，这个钱会提醒我，自己实际在做着什么勾当。我宁愿他和其他男人一样对我，否则算什么，他花钱和我谈恋爱吗？我配和人谈恋爱吗？好在他话不多，很多时候就是这么肩并肩坐着，我向前望的时候，余光里有一个人、有一个肩膀，恍恍惚惚时我也会有错觉，也会很想靠一靠那个肩膀。这么持续了一个星期，有一天晚上他来问老板能不能把我带出去包夜，别人是800，但老板担心我会跑，他给了2000块把我带出去。"

米莲站起来，也不招呼路小威，双手插在衣兜里，径自往镇子方向走去。路小威落后她一步，心里猜测，这大概就是当时许峰带她走的方向吧。

两人在乡间路上默默而行，各怀忐忑，走了一段，拐进一个弯，人烟渐稠，再一折，就到了西岑镇最中心的地方。迎着丁字路口是一家电影院，许峰问想不想看电影，米莲一激灵，说不用。说完她又一激灵。四下里灯影褪尽，天色骤然放亮，重回下午时分，影院外贴的海报不再是《危情三日》，变成了《记忆大师》《春娇救志明》《拆弹专家》。她望向身边人，路小威回望过来，米莲轻轻摇头，继续往前走。

　　西岑镇热闹的地方集中在两三个街区，6 年间变化并不太大。米莲走走停停，有时她会闭上眼睛，让一切暗下来，便可以回到那个夜晚，认出曾经走过的路。两边渐趋冷僻，她最终又走上一条田畔小路，田野的对面是个池塘，走过一个小土桥，池塘变成了养老院，接着有一些零星的平房，第三间房子的门虚掩着，米莲轻轻一推。

　　屋子里新粉了墙，日光灯一开，把四壁打得雪白。家什少得很，没有床，许是在另一间里。米莲的心脏跳得快要爆炸，无心环顾打量。门咔嚓一声在身后关上，仿佛一声信号，她猛地转过身，跪倒在许峰面前。

　　"救救我，求求你救救我。"米莲说。

　　路小威跟进了屋子，近门处垒了十几个编织袋大包，不知装了什么东西，往里是几个纸箱，热水瓶和搪瓷面盆挨着纸箱放在地上，塑料桌椅顶住墙角，窗下倒了一张缺坐板的椅子，旁边扔了几把工具，墙上有许多污渍，其中一些是虫子被打死后的留痕，天花板上有大块水渍和明显霉点，里面的房门关着。看起来这儿可能住了人，也可能是个仓库。

　　"我求他带我走，离开这里离开西岑，钱和身份证都被扣着但我只想逃。我抱着他的腿不知道哭了多久，哭到没有力气没有信心觉得就要被扔回发廊再挨一顿毒打，他蹲下来摸摸我的头，说我们走。"

　　米莲站在入门处环顾四周，这房间当年她就只进到这里，只停留了那场哭的时间，再没有回来过。

"许峰在这里救了我，帮我戒掉毒，然后结婚。他亲手打扮我，教我该读什么书、听什么音乐、做怎样的人。他从来不提西岑的事，我想他是要让我完全忘掉这段过去。我很感激。我几乎做到了。"

路小威看见米莲无声地笑，这笑容雕刻在脸上，如冰湖上冻住的涟漪。

"原来他不提西岑，也不仅仅是因为我。他不提西岑，就不用解释他为什么来西岑，为什么去发廊，为什么租下这么一间可以弃之不顾再不回来的房子。"

米莲转身走出去，走到晒着太阳的土路上，看看来路，看看去路。她隐约又听见了两个月前康桥的那一声春雷，又记起了许峰从中介手里租下的那幢漂亮洋楼，又看见了小琳。

"这是专门为我租下的房子。如果我没有一进屋就下跪求救，如果我不像一个受了难的人，而像正常小姐一样收钱陪睡……"

米莲闭上眼睛，想起了许峰曾经对她说过的许多话。那些曾经以为的真知灼见和对社会的批判，仿佛一个光芒万丈的指路导师，此刻她终于明白了那恨从何而来，那剑指向何方。

"卑劣者拖纯良者下水，白纸被墨汁浸染。"米莲轻声说了一句许峰的话。现在想来，他指的其实是介绍曾之琳进入这行当的人吧，或者他指的是除了曾之琳外所有的小姐。

"我被他当成了还没浸透的白纸，还可以挽救。"她的笑容隐去，"所以我没能用上这间房子。我本该死在这里的。"

就和那些死去的女孩一样，她在心里补充。比如小琳。

她本该死在这里，但却嫁给了那个要杀她的人。路小威跟在米莲身后，重走这一段死亡之路，他试图体会米莲的感受，恶寒汹涌而至，让他踩在地上的脚掌都麻木了。某个不符合警察身份的想法不停地冒出来，又被他不停地摁下去，可是老天，如果那个夜晚，米莲就在这间房子里被许峰杀了，对于她的一生来说，真的会是一个更糟的结果吗？

米莲顶着田野上的长风，那风把她往屋子的方向推，像是觉得她属于那儿。路小威站在几步外，挡在她和屋子之间，仿佛要隔绝她和屋子的联系。这个年轻警察今天保持了值得敬佩的低调，始终沉默地走在她身后，有时甚至不在她的视野内，但她知道有个人一直在那儿，他的存在无法真正忽略，就像曾经坐在身边并肩眺望田野的许峰。米莲忽然想到，当年她在油菜田畔的独处空间被许峰侵入，今天原本想独走的路上却多出一个路小威，两种情景竟有几分相似。她不禁去看路小威，见他转过了一直凝望自己的目光，视线先是移往脚下，继而投向远方，最后又笨拙地慢慢挪回来，拼命撑大眼眶不叫眼泪流出来。他是如此努力地要把温和、坚定、安慰这些情绪传递给她，但她接收到感知到的，却是一方被刺痛的蜷缩颤抖的柔软心田。其实自己现在已不再痛苦，但面前这个人却如此痛苦，那份本该属于自己的痛苦竟让他在承担着吗？她想到自己昨天对他说的话——你走不进别人的地狱里。

米莲向路小威走去，直走到他面前，她都不知道自己要干什么，但是下一刻，她伸出手掌轻轻抵住路小威的胸膛。咚的一声心跳捶来，震透皮肤鲜血骨髓直达死寂魂灵，说不清道不明的感觉让她恍惚了一瞬间，然后泪水奔涌而出。

路小威愣在那儿，米莲摸了摸自己的面颊，仿佛是在确认自己的哭泣，然后有一丝讶然。

路小威挣扎着要说点什么，手机忽然响了起来。

"你的手机。"他提醒。

"什么？"

"是你的手机在响。"

陌生来电，米莲接起来，是前天那位画家。他说找到许峰了。

米莲没有雀跃欢呼，她甚至没有在第一时间说要赶过去。这条路走完，对于许峰的一切念想俱已了断，曾经想问的皆已埋葬，一时间她竟不知面对面的那刻该说些什么做些什么。但她最终还是答应了。

"你可能要等我一段时间，我不在市区。"米莲对柯承泽说。

挂了电话，她告诉路小威有了许峰的消息。路小威旁听时已经有了几分猜测，挑起眉毛想说什么，话出口却换成了"要我送你过去吗"。

"再等会儿吧。"

路小威见米莲举步向前，有些不解。再往前更偏僻，许峰当年带她离开西岑的路线不该是这样的。

米莲知道路小威有所疑惑，开口给了解答。

"听你说过一个女孩的故事，第二天你发现了个事先挖好的大坑。这确实像他，在哪儿杀人、用什么运人、在哪里埋人，做之前就都备周全了。这么说起来，6 年前也应该有这样一个挖好的坑吧，我想看看自己可能会被埋在哪里。当然，我知道坑多半已经不在了。"

如果存在这样一个坑，那肯定在更偏僻的方向，原来这才是米莲此行的最后一站。

尽管更添唏嘘，但路小威并不认为米莲真能把 6 年前的坑找到。事实也印证了他的判断，往前走了 20 分钟，都不见路边有明显的大坑。他提醒米莲，坑不会挖在经常翻动的田地里，米莲不置可否。她不像在认真寻找，哪怕看见野地也不深入。小路弯弯折折终到了尽头，前方坡地上野树杂草交错生长，若要埋尸倒是个去处，路小威猜米莲会折返，她需要的仪式到此已经完整，可她却驻足凝望。

"那是棵枇杷树吧？"米莲问。

路小威顺着她指的方向看去，坡的那边冒出一顶缀了黄澄澄小果子的树冠，正是株枇杷树。

那个寒冷的春夜再次侵入米莲的脑海。许峰骑着三轮车，她跟在旁边走，想逃又不知该逃往何处，眼睛焊死一样直愣愣盯住三轮车后厢板。板上一块油毡盖着小琳，赤脚露在外头，用树苗的枝叶挡着，那树苗最后种在了小琳上面。那就是株枇杷。

还有厨房窗台上，爬满了蚂蚁的也是枇杷。

许峰喜欢枇杷。

远处那株突兀地在野坡上长出来的枇杷，是由多年前偶然抛掷的枇杷籽发芽而来，还是由 6 年前的一株树苗长成？

　　路小威急奔而去，十几分钟后扛着先前屋里的铲子气喘吁吁跑回来。他绕着枇杷树挖了三个坑，然后停下来。

　　汗打湿衣服，还在不停地从下巴滴落，路小威顾不得擦，他的心脏跳得比挖土时更快。

　　"不能再挖了。"他对守在旁边看的米莲说。

　　"铲子好像碰到东西了。我得报告队里，调专业人手过来。"

· 7 · · ·

　　柯承泽去龙美术馆转完一圈，就等在小区门口，5 点 25 分时看见米莲。米莲风衣紧扣，沾染的草灰早已掸掉，见着等候的柯承泽并不招呼，径自走上来。柯承泽看她脸色雪白，以为她得了许峰的消息正受煎熬，准备的许多话忽然说不出口。保安认得米莲，瞟来的目光不免带了几分古怪，柯承泽佯装不知，引米莲进小区，告诉她发现许峰的经过。

　　米莲听说许峰剃光头发蓄起胡须住到柯承泽楼下，心里也疑惑起来。茉莉女孩和七一三案被害人都在市郊出事，她更是亲历了西岑和康桥，连环谋杀犯许峰——如果把她的丈夫钉在这个身份，推想其行为模式，他怎么会租一个位于城市中心、周围密布摄像头的房子当犯罪场所呢？除非他有所改变。有改变也很正常，毕竟之前他针对的，都是曾之琳的仿品，这一次不同。但这一次是谁呢？柯承泽还是曾之琳本人？只是这点疑问并不真正困扰米莲，许峰想要怎么样，于她是无所谓的。

　　米莲走进 6 号楼，来到 B 座电梯前。上一次她为满目琳琅所慢，现在却视作平常了。电梯门打开，两人走进去，柯承泽刷过卡，稍稍犹豫后按下 22 楼。

"要不要先去我那里坐一下，想想到底要怎么办？说实话您先生这样子，算是故意乔装打扮了吧，还是有点儿……他在躲着你是肯定的，所以……"

"就直接去。"米莲截断他的话。

电梯门在 22 楼打开，柯承泽重新刷卡，按 10 楼。电梯下降，轿厢里保持着安静，10 楼到了。

走出电梯，感应灯立刻亮了起来。走道很干净，近门处有个小鞋柜，不见摆在外面的鞋子。米莲走向房门，既不急迫也不犹豫，像一个正常到访的客人。然而她在按门铃的最后一刻停了下来。

"谢谢你。"她转头对柯承泽说。

这份迟到的礼貌让柯承泽措手不及，没等他妥善回复，门铃就被按响了。

叮咚。

嘎吱一响，像是开门声，却来自身后。米莲和柯承泽一起回头，见楼梯间的门开了条缝。之前这门分明是关死的，此刻却推开了道一厘米宽的口子。

这条缝稳稳保持在那里，米莲和柯承泽心里闪过同样的念头——有一只手在后面撑着不让门关死。也许还有一双眼睛，在黑暗的楼道里向外张望，但他们在亮处，缝内朦朦胧胧影影绰绰，看不清楚。

门铃声穿过两扇门，余音袅袅，时间像被拉长了，柯承泽提起来的一颗心不知该先提防身前还是身后，被危险夹在中间。米莲看了柯承泽一眼，转身走到那条缝前，伸手一推。

门后有阻力，像是有人顶着门，但很快阻力消失，门被推开了。

门后是一张陌生的男性面孔，他冷冷盯着米莲。上楼梯口站了另一个人，下楼梯口是第三个，米莲伸头瞧瞧，后面还有人。

"警察。"门后的人压着声音说，给她晃了眼证件，式样米莲前几天才见过。然后他指指 10B。

"如果里面有人问，原来想怎么说就怎么说，当我们不存在。如果开门，立刻让开，明白吗？"

监控组熬了一晚上还没出成果，上午走访组拿着新画像却轻轻易易就有了突破。保安说许峰肯定就住在桂府，只是记不清具体住址。一幢幢楼的管家问过来，不当班的也全部传了照片去问，下午确定了许峰租住于 6 号楼 10B。刑警们突击查看 6 号楼内外相关监控来进一步明确许峰行踪，同时让物业赶紧找房东带备用钥匙到场。米莲刚离开西岑，路小威就通报了这个情况，即米莲可能知道了许峰在桂府。柯承泽在桂府门口接到米莲时，监控还没看出最后结果，房东在赶来的路上，先给了个可能已被更改的密码锁原始密码。现场刑警决定让事情自然发生，如果米莲可以骗对方开门，那就跟着冲进去把许峰控制住。

"再按一次。"10 秒钟后，警察说。

米莲按了第二次，然后第三次。

警察决定试一下原始密码，他示意同事把米莲和柯承泽带开，然后输入 6 个 1，锁上闪过红灯。他叹了口气，转身打算对两位市民做个简单的解释，让他们离开。他尤其多看了米莲几眼，听说路小威在西岑有了大发现，挖到个和案子有关系的棺材，但守着要等米莲回去才肯开箱。

"是 6 个 8，不是 6 个 1。"同事提醒他。

"哦。"

888888#

绿灯闪过，门开了。

· 8 · ·

　　许峰上身前倾，一半身体的重量都压到槲头上，左右碾动，然后他抬起槲头，把上面的白色粉末刮到大理石台面上。还是有小颗粒，需要碾得更细。他把台面上的药粉拢到一处，又把槲头狠狠压下去。

　　这并不是一种药，共有思诺思、佐匹克隆、右佐匹克隆、艾司唑仑四种。前三种是他在不同的医院里自费开到的，每去一次，不管把失眠状况说得多严重，医生只给开一周到十天的量。一天跑三到四家医院，四天下来攒得还不够，今天早上又去药店里买了效力低些的艾司唑仑掺进去。柯承泽的床头柜里摆了保健品，其中叫 NMN 的是瓶胶囊，抗衰老产品，许峰查过，不知道为什么柯承泽 30 岁就怕老。许峰买了外观相似的空胶囊来灌安眠药，NMN 还剩 30 多颗，柯承泽每天吃一颗，要让他睡死，一粒胶囊里至少装三颗安眠药才保险。睡死之后，半夜开门进去把药换回来，窗关死卧室门打开，厨房煤气灶大火烧一锅汤，汤溢出来浇灭火，就是一场完美的意外。

全部碾成细粉，在台面上用纸拢作笔直的一条线，拿尺量过，分成 35 等分，最后灌进 35 颗胶囊。做完这些，已经过了午饭时间。许峰把 35 颗胶囊收进小塑料袋，放在卧室床头柜抽屉里。

完美的意外，许峰在心里琢磨这件事。

这是许峰反复考虑后确定的方案，是他能够想出的最优解了，基本上可以完美脱身。然而他心头闪过一片荫翳，没有来由，或者说，是他不愿深想。

他曾经想过把药下在酒里，但酒柜里并不总有开了瓶的酒，把握不好时间，也怕曾之琳忽然来了喝到药酒。保健品别人不会吃，而且剂量和时间都能掌控，唯一担心的是换药当天曾之琳会来过夜，这种事偶尔发生，没法解决，只能赌运气。万一不走运，就得尽快找机会把药换回去，不明原因地昏睡一两天，最终也会不了了之的吧。换药的时候得走楼梯，那儿没有监控探头，虽然过往他曾多次搭电梯到 22 楼，但如果一切顺利，没有人会回看监控。事成之后，现场是煤气中毒造成的死亡，血液里虽然有安眠药成分，但没有外人侵入痕迹的话，通常不会做尸检。谁能想到柯承泽会死于谋杀呢？他的任何亲朋好友，哪怕是曾之琳，都不会想到他有一个生死仇人。所以，没有动机，没有谋杀，只有意外。

哪怕是曾之琳也不会知道。想到这里，许峰的心湖里有几个小气泡翻滚上来，那是水将沸腾之兆。他一把摁下去。曾之琳当然不会知道，她一直不知道，这么多年了。

许峰握紧拳头，仿佛掌心有一颗跳动的心脏，一粒小气泡从指缝里挤出来，浮上心湖，爆开。

曾之琳如果这次不知道，那就永远都不会知道了。他不可能再像从前那样默默守望，他回不去过往的生活，警察已经盯上他，杀掉柯承泽就得立刻逃亡，账户或许已经冻结，现金用完后就要面临艰难处境，再打工暴露的风险很高，除非偷渡出国。其实，以柯承泽死去为节点，他的生活也就到此结束了吧。

那制造一个完美的意外还有什么意义呢？

曾之琳如果知道了，又怎么样？

到底想要在她心里保持怎样的形象啊，一个杀死她男友的人，这样可以吗？说到头，自己在她心里谈得上有形象吗，在那儿，还存在着许峰这样一个人吗？

可悲，可笑，可耻，可恨！

一个接一个的气泡，越来越多越来越多，心湖终于沸腾，滚滚热气直冲上来。他不想再思考，所有的顾忌全被热浪冲开，化作一团蛮力。他冲进卧室取了胶囊塞进裤兜，又拐去厨房从刀架上抽出菜刀，扯了件T恤一裹，出门按开电梯直上22楼。从上午到现在他都专注在胶囊上，并不知道柯承泽有没有出门，也许他正在家里，但这有什么关系，药还是刀，总有一样能结果了他。

站在柯承泽门前的时候，许峰稍稍冷静了一些。他想到，如果曾之琳也在里面呢？他掂掂刀，深吸一口气，按响门铃。

没人应门。许峰输入密码，开门进屋。

包括厕所在内的每一扇门都打开看过，确认没人之后，许峰把刀搁在了客厅餐桌上。这算幸运还是不幸，许峰想，其实并无差别吧。

不知道柯承泽是什么时候出去的，不知道他什么时候回来。许峰坐到沙发上。也许柯承泽只是去对面的咖啡馆坐一会儿，马上就回来，但许峰不在意。总是要他死的，撞见或者不撞见，死在下一刻或者下一天，没差别。

想着柯承泽面临的命运，想着赋予他这个命运的自己，许峰把身体窝进沙发的靠背里。冲动后的平复让他忽然感受到了不堪承载的脆弱，这一刻他在沙发上面对自我，包裹着他的柔软让他无所依靠，他发现所谓自我，在决定杀掉柯承泽时就分崩离析了。

那一天他磨蹭了很久才去看曾之琳的行车记录仪存储卡，他是有预感的。毕竟他在夜总会外守到第三晚才看见曾之琳，显然她的生活另有重心了。这没什么奇怪的，那么多年过去，自己不也有变化吗？居然结婚了，终究又失败了，然后重新杀人还被看见了。曾之琳的人生有一些改变，有一些波折，这太正常了，但一个圈子兜回来还是会在原点。

存储卡被读取，影像在液晶屏上放出来。是夜晚，车辆在行驶中，速度不快。他把声音打开，没听见车里有人说话，但另有一种异响。他戴上耳机把音量调到最大，还是分辨不出这种咕叽咕叽的声音到底是什么。过了一小会儿，忽然冒出一句话，炸得耳膜嗡嗡直响，他连忙把声音调小，倒回去再听一遍。

你这样我怎么开车啊？

这是男人的声音，原来开车的不是曾之琳。

没有回应，异响在持续，仿佛背景音。

男人发出一声叹息。不，那是一声叹息般的呻吟。背景音再继续一会儿，男人长长吸了口气。背景音停了下来。

舒服吗？

不算梦里听见的，不算远远凝望她时在内心深处回响的，这是
十几年来他第一次真切听见曾之琳的声音。

他声嘶力竭地号叫起来，抓起笔记本电脑狠狠砸在地上。耳
机脱开后机器还在运行，一声轻笑从地上传来，那动静又继续了，
吞吐吞吐吞吐……许峰惊恐地用脚踩，拿拳捶，往墙上甩，电脑
总算熄灭了。他喘着气抬起头，一张同样惊恐的脸在房门口望着
他，他冲上去就是一巴掌。

此后他把曾之琳的生活端上掌心，层层剥开。她与柯承泽的
关系、彼此的住处、见面的频率，所有这些逐渐清晰。曾之琳是
往前走的，他被迫意识到了这点，只有自己一圈兜回来还在原处。
她会把车给柯承泽开，桂府小区保安对她非常熟悉，她找关系筹
备柯承泽的个展，夜班上得越来越少……太多的迹象表明她遇到
了一个意义非凡的人，她正为未来做出一番打算。于是他离开米
莲，租住到柯承泽楼下，哪怕得知案发的消息也不动摇。他当然
是要和曾之琳同在的，生或者死都要在一处。他已经无数次证明
过这一点，直到他死都要一直证明下去，无论过程写了多少行都
是同样的结果，这是定义是公理，如果结果不符就必须修正错误
数据。住在柯承泽楼下的日子里，这些情绪如熔岩在火山口涌动，
每当他感觉一切静寂下来，人生的灯火一盏盏在回忆的大地上繁
星般点亮，他会往黑暗的火山口潜去，想要一探其中的道德律，
然后被炽烈上涌的流火烙烫。直到此刻。

　　直到此刻，火山把积蓄已久的熔岩喷上天空，火焰一朵一朵化作黑色的灰烬落下来，变成黑雪变成黑泥变成黑石。许峰缩在沙发上，他听见自己披挂着的复仇之甲锵然作响，连接每片甲叶的丝线骤然崩断，甲片离散，露出蛆虫般的肉身。火山的深处空无一物了，黑暗中他摸不到自己的心。曾之琳为什么不能往前走呢？那空荡荡的黑暗里却有一声发问。你一直想要拯救曾之琳，不是吗？黑暗继续发问。

　　许峰哭起来。黑暗不曾放过他。

　　曾之琳就要得到拯救了，因为另一个男人，但现在你要杀了他。

　　许峰慢慢从沙发上站起来，现在他没有了武器，没有了盔甲，甚至没有了骨头。他奇怪自己竟还可以站立，没有变成一摊泥。彻底明白了，自己是个假骑士。支撑他挖了那么多座墓、杀了那么多人的信念，并不允许他杀柯承泽。如果他只是要保护曾之琳，只是要拯救曾之琳，那现在只需目送——目送她，目送她们前行。

　　许峰以手遮面，黑暗中感觉泪水一点点干涸。事已至此，恐怕还是要杀掉柯承泽。承认吧面对吧，心底那肮脏卑劣怎样都不愿熄灭的火苗，自己是一个虚伪的杀人魔，和干掉的女人们一样下作，或许更甚。该死啊，这样一个人活着有什么意义和价值？他甚至失去远远望着曾之琳的资格了。恰好，警察近在眼前，身为自私的恶魔，就让柯承泽的死作为最后注脚。

　　悄悄杀死他吧，不要让曾之琳知道有这样的自己。不被记得吧，成为被遗忘其实却落在她心底某处的尘埃。

许峰把眼睛睁开，见到肉红色的世界。他把手掌放下，第一眼看见的是柯承泽的画案，上面的某样东西让他心中一动。

他走上去，那是个印着银河系星图的大盒子。他把盒子打开，见到一大袋碎卡片。这是一款拼图游戏，拼的就是盒盖上的银河系。图画印得十分精美，椭圆状旋转的星云由内而外扩散，点点星辰不知有几万个。要把这样一幅图盲拼出来，哪怕是许峰自己，都觉得难度高到近乎不可能。

许峰听见心脏怦怦跳动，他转身走过主卧，推开小房间的门。这是很少使用的储物房，其中有整面墙的橱，他曾打开简单看过，被书和杂物塞得满满当当，记得其中一格里叠放了很多类似的纸盒。此时他重新打开橱门，踮起脚把盒子捧下来，全是空的拼图盒。再往橱里找，有一捆用泡泡纸包好的画框，小心拆开，果然是拼好的完整拼图，全部都是天文主题，月球、火星、土星、天王星……太阳系所有重要星体都在了，包括太阳系本身。虽然不如外面的那幅银河系庞大复杂，但拼完也需要海量的时间和耐心，不是热爱星空的人，绝不会有这样的付出。

许峰整个人都颤抖起来，他想不会这么巧的。哪里有这种事情？如果柯承泽和自己同样酷爱星空，他一定会有望远镜。如果不是怕被偷，如果有一个属于自己的院子，自己是肯定要买望远镜的。柯承泽的阳台上有吗？因为怕被看见，他从来没有上过阳台，但在客厅里可以望见阳台的大部分，分明没有望远镜。心里这样想着，许峰还是走到阳台前，毫不犹豫地拉开门，第一次走了出去。

没有望远镜。

许峰放松下来，不再颤抖。果然，根本没有这样的事情。他笑起来，他不知道自己为什么笑，大概是这样的自己很值得嘲笑吧。

他笑着，眼光再次扫过阳台角落。紧靠着墙角，竖着一个瘦长的纸箱子。他走过去，牙关格格直响。纸箱打开，露出一架裹在大塑料袋里的三足单筒望远镜。

许峰挨着望远镜坐下来，靠着墙望向天空出神。白昼无星，而即便到夜晚，也已看不见几十年前的山中星空了。

时光渐转，天光稍暗。许峰不知道自己呆坐了多久，仿佛想起过许多东西，它们从雾中的铁轨上来，隆隆穿过自己的身躯，又无声无息消失在雾中。

他回到客厅，柯承泽还没有回来。黑胶唱片里有不少张国荣的专辑，他选来选去，挑了上次放过的那张《陪你倒数》。

　　当云飘浮半公分
　　是梦中的一生

人群中，像自己这样总是看星空的人，有多少呢？许峰想。曾之琳终究是选了一个和自己那么像的人来托付终身。而且，也和自己一样喜欢张国荣。

柯承泽是我的替代品，许峰微笑起来，也把我替代了。

也许这只是个美丽的误会，但我相信了，就这样吧。这是最完美的结束。

如果这张碟放完，夜色降临的时候，柯承泽还不回来，我就离开。

带着药和刀离开，再不回来。

夜　路

· 1 · ·

　　远星稀疏云遮月，田野上没有路灯，浓密的黑暗让车灯只能够出一点远，车身掩在后面，如同一只探着发光触须缓慢爬行的甲虫。

　　甲虫在两道更微弱的晃动的灯光前停了下来。

　　刺目的强力电筒照进驾驶室。

　　"你哪儿的？前面封了不能进。"警察说。

　　"我就在这儿下，谢谢。"米莲对司机说。

　　她下车后自报姓名，说找路小威。负责封路的警察早得了嘱咐，放开一条路让她自行前往。

　　手电光消散得很快，几乎在走过警察的下一刻，田野上的黑暗就弥合上来，把米莲没在其中。米莲没有吃晚饭，没有吃午饭，也没有吃过早饭。她不觉得饿，整个胸腹在搅动，每每觉得下一刻就要搅断了，下一刻却还没到极限，永远到不了极限。这不是饿，是身体里生了一个黑洞。黑洞周围的一切都是虚无，米莲的感觉正是如此，每一步都像踏在虚无里，软绵绵不受力，前后左右都没了意义。她停下来定神，如此才没有摔倒。远处有车灯有人影，仿佛一处可供休憩的驿站。人影晃动，似乎更近了一些。

路小威跑出光亮地带的时候被浓度骤增的黑暗打了一下眼，什么都看不见，然后米莲的身影才慢慢在前方浮现出来。她站在黑色小路的中段，雕像般一动不动。路小威跑上去招呼，先为自己向刑队通报了她的行踪道歉，虽然他不必如此。

"其实我猜到你要去找许峰，我们也是今天才掌握到线索的，但现场我同事的做法……不该让你顶在前面去敲门的，至少该先和你通个气。"

"没什么关系，也没什么危险。"米莲微微摇头，"可惜他不在里面。"

"离他很近了，这是个大突破。房间里留下了不少痕迹，快抓住他了。"路小威观察了一下米莲的表情。

"谢谢你等我。路警官，你是个好警察。"米莲对他笑了笑，然后示意该往前走了。

还好四周那么暗，路小威想，米莲看不到他脸红。

"我答应过的，等你到了再打开。现场清理完没多久，也就等了一小会儿。"

其实当然是很不容易的。这样的案子，这样的阵仗，路小威又是这样一个基层小刑警。米莲心里清楚，但她没再说什么，只是随着路小威的脚步往光亮处去。

三辆警车停在小路尽头，另两辆爬在坡上，车灯大开。一辆载着发电设备的小货车停在坡底，长长的线缆拖下来，连了许多探照灯，把小坡照得亮如白昼。所谓亮如白昼当然只是形容词，实际上，这里和米莲下午来时感觉全然不同了，那些光芒像一层白油，黏在泥土上，黏在草叶上，黏在树梢上，所有被它们覆盖的物体都不可靠起来，仿佛随时会扭动着变成另一种东西。

警车都是满载着开过来的，其中大部分是文职，包括法医、拍照摄像、微量物证、痕迹检测人员等等。他们有些在坡上，有些在坡下，现在齐齐望向米莲。

"他们都等着开箱工作呢。"路小威解释了一句。

米莲走上坡，等候的警察们知道要干活了，也都随之往坡后去，看上去就像是簇拥着米莲似的。她登上坡顶，见下午那株枇杷树的位置旁停了辆小型吊车，树干已经锯倒，树根挖出来吊到一边。

一个中年警察走上前打招呼。

"谢谢你啊米莲，给了我们重大线索。"

米莲对李节笑一笑，目光越过他，望向露出的大坑。那就是她6年前应该被埋葬的地方吗？她一步一步走上前，李节给她让路，两名路径上的警察给她让路，三盏围着的探照灯逐走树影。她感觉自己走在直达终点的隧道里，中间再无阻碍，一道幻影从6年前显现出来，渐渐与她合于一处，初以为是许峰，后来发现是她自己。

坑底躺了一块宽大木板，可能是旧门板，上面有少许浮土。

板下是空穴吗，还是蜷了一具枯骨？

米莲站在坑边。坑一米许深，世间最浅的深渊。

"就站在这里看吧，别下去了。"李节在她身后说，"那我们开始。"

全程摄像的设备已经架好，两个警察戴着手套下坑，分抓木板两端，相互瞧了一眼，"嘿"地喊了一声，齐齐发力。

忽然间起了风，是白天那种绵长的风，但在夜里就成了郁郁的风，像一个不幸的女人死去前吐出最后一口气，所有的不甘化作呜呜声贴地而来，穿林过田游上山坡，最后汇聚到一口坑里。草木婆娑不绝于耳，飞鸟或蝙蝠在白光边缘扑啦啦振翅，几片落叶在坑上盘旋不落，坡上的人一时都迷了眼睛，心中悚然。

叶子和浮土落回木板。一寸两寸，木板被小心地抬起，现出幽幽黑隙。一尺两尺，木板抬开靠到一边，露出下方洞穴。坡上森森薄光流淌，转瞬在里面镀上一层油白。几根惨淡的手指状物跃入观者眼帘，却比手指更长更崎岖。随后更多的"手指"被看见了：土坑四壁爬满了植物的根系，它们有的紧贴坑壁，有的则挣扎出来，像大大小小的手，扭曲着伸向前方——在那里，有一团触目的红色。

"停。"李节说，"先拍照，拍完再动。"

米莲盯着坑中的那一朵红，转不开眼睛。她想过里面可能是空的，想过可能另埋了受害人，但没想过这个。其实是顺理成章的事，寿衣是为她准备的，既然她没用上，还能有比这儿更好的去处吗？

寿衣叠得很方正，摆在坑中央。大红底牡丹纹，色泽比簇新时薄几分，不知是被眼前白光所削减，还是因为空抛了 6 年光阴。

没有新的死者，所有人都松了口气。多个角度的照片拍完，一名警察换了新手套，弯腰捧起寿衣，另一名警察拿来大号证物袋，准备把寿衣装进去。

捧寿衣的警察腰还没直起来，忽然停住不动。

"里面有东西。"他报告。

"什么东西？"李节问。

"包在衣服里，硬硬的。我看一下。"

"动作轻一点。"

警察一手托着寿衣，另一只手从襟口探进去，缩回来的时候，多了一本精装笔记簿。坑外的警察接过去，没有立刻翻开，而是先把大号证物袋放在平地上做垫，再把笔记簿置于证物袋上。

"打光，我看看里面都写了什么。"李节激动得嗓音走调。

探照灯被搬过来照定笔记簿。

笔记簿穿着黄红相间的编织封皮，相当漂亮，称之为手帐更合适。李节戴上手套，蹲下来小心翻开。

警察们挤过来围住他。

"别挡光。"李节吼。

翻一页，拍照。翻一页，拍照。翻一页，拍照。

第一页的时候，刑警们心里已经有了判断，翻到第三页的时候，判断得到证实。现场响起长短不一的吸气声，然后是此起彼伏的或愤怒或唏嘘的叹息。

第一页内容如下：

1. 阿美

23 岁

2007.6.23

××公路××支路口往北 200 米，往西 40 米。

很美的长发，发质、粗细、浓密都好，但不懂珍惜，细闻总是有烟和差劲香水的味道，洗不干净。不停东张西望，容易受各种诱惑影响，对好坏善恶毫无分辨力，堕落即源于此。一个人没有定性，没有根骨，凭什么立身存世？有这个结果就不奇怪了。

第二页内容如下：

2. 冯桃桃

29 岁

2008.3.15

沪杭高速××出口下匝道下方绿化带，野生太阳花田北方。

笑起来嘴角上弯的弧度很美，其实笑时眼角的皱纹也是有风情的，但这部分就不像她了。她在脏水里浸的时间太久了，几乎所有反应都是虚伪的，甚至虚伪到了自己以为是真心的程度。也有一种说法，说人类社会就是虚伪的，所以这样的虚伪正合适，但我以为这绝不正确。

第三页内容如下：

3. 宝宝

19 岁

2008.6.25

××六村小公园，亭子西北 20 米。

　　她下颚的弧线几乎是完美的吧，唇也异常迷人，这让我总是情不自禁地望向她鼻子以下的位置，我知道这不太礼貌。但另有一个原因，是她眼睛太世故太油滑，完全没有这个年纪该有的清澈纯粹。她说自己 16 岁开始混社会，她竟然还很骄傲的样子，关于人、关于道德、关于底线的认知，全部扭曲。她已经成为一个扭曲世界观的传染源了，如果不加以阻止，会毒害多少人，难以想象。

　　第三页所记录的地址，正是七一三案的案发地。2008 年 6 月 25 日，是法医对七一三案受害人遇害日期的推定，现在看来分毫不差，年龄也对得上。原来这个受害人叫宝宝。

　　很清楚了，这个本子上面，记录的都是受害人。姓名（称谓）、年龄、死亡时间、埋尸地点，写得明明白白。想来许峰当年做了米莲的救世主，决定用她替代曾之琳结婚的时候，也决定和杀人魔许峰告别，回归正常生活。这儿是个衣冠冢，寿衣是衣冠，这个本子也是衣冠，代表了他自己的黑暗面，也代表了那些被杀死的女人——他们合葬于此。

本子上的字痕极深，一笔一画横平竖直，工整得近乎印刷体，让人觉得他写下这些的时候，仿佛身负了某种正义的使命，来行使审判命运的权力。每一页上受害人基本信息后面那段文字也印证了这点，如果忽略对受害人外貌的评论（所谓美也许是指和曾之琳相似的外貌部分），那不是平视者的评价，而是居高临下的，甚至是盖棺定论的。联想到他最终对她们做出的事情，这种评论真是令人毛骨悚然。

一页一页翻过去，后面还有，后面还有，李节翻得手发抖。

一直翻到第十二页，才是空白。

李节设想过许峰可能杀了多人，也许 4 个，甚至 5 个，但许峰竟然杀了 11 个人！

任刑警们见多识广，也料不到案子会这么大。之前还不停地有惊讶声，等翻到第七第八页后，现场已经静得只余粗重呼吸声了。

第一起案子和第二起案子之间隔了大半年，第二起案子和第三起案子之间仅隔了三个月，此后每三到六个月，就会多一名受害人。

李节把空白处一页页翻完，合上本子长吁了口气。他闭上眼睛调整了一下心情，他极少如此。原本从桂府得到了许峰的新线索，虽然没能直接抓到嫌犯，但离得很近了，这多少缓解了焦虑，可现在他的焦虑一下子放大了许多倍，因为许峰实在太危险。接下来这几天有的好忙了，得照着本子上的地址，把受害人遗体都挖出来。哦对，先上报，案子太大了，区里报市里，市里一定还得报部里。

他忽然想起什么，对蹲在旁边的路小威说：

"让米莲过来看一眼，是不是许峰的字迹。"

路小威应了一声，站起来四下张望，却没看见米莲。

刚才她是站在哪儿的？路小威想。

"米莲。"他喊。

无人回应。

"谁看见米莲去哪儿了？"

警察们小小骚动起来，然后化作更大的骚动。他们发现了米莲。

米莲蜷缩着倒在地上，倒在从坑里翻挖出的山泥堆畔，驼色风衣与泥土混作一色。

ne v it

· 2 · ·

总是有车辆在经过时按响喇叭。

一台大功率的摩托咆哮驶过，然后急刹车。低趴的骑士直起身子，回头喊：

"上来，我带你下去。"

许峰摇头。

"行吧，不怕死！"骑士油门一轰远去。

许峰继续自己的路。

徐浦大桥已经走过一半。烈烈横风溯江而来，深夜车辆呼啸而去，桥面以某种频率震颤，仿佛风与车是血流脉动，它自有生命。这是农历4月13日的凌晨，月尚未盈，却明艳无匹，当空大放光华，照亮桥下滔滔浊江。许峰掏出揣着的菜刀奋力一掷，刀半途脱鞘，与包裹的T恤分离，翻转坠落渐不可察。反倒是那件白T恤，在风中浮浮荡荡，扑下去又升回来，仿佛一面乘着月波的白帆。许峰盯着白帆看，竟觉得它越来越亮，自己发起光来，忽又被风兜起，猛蹿过桥面飞上天空，取明月而代之，然后飘落下来。

一辆集装箱卡车轰地撞过，并排联装的巨大轮胎轧过白T恤，摧毁所有生命力，把它卷在胎上带走。

许峰看了《一代宗师》，宫二说见天地，见众生，见自己。他想，头顶的月和江上的月就是天地了，乘风上天的白帆幻月则是自己，隆隆的车轮便是众生吧。今夜他只想在这世间做一次独行，不坐公交不搭地铁不乘的士不和任何人同处一个空间，一个人走一条长路，好好地见一见自己。

《陪你倒数》放完，许峰离开柯承泽家，没有回租住处取任何东西，尽弃不顾，出桂府沿江南行。他走走停停，也会坐在长椅上发呆，发呆时想的东西，起身时又都忘却。似是笔直的路，地图上却已经拐过S状两个江弯，走到徐浦大桥下抬头望，一条条钢筋水泥长龙自西方来，汇成一股往东方去，没有可供行人拾级而上之处。许峰沿外环往回折了很远，寻到高架匝道步行上去。这条四下皆不着落的悬空路上，森白车灯一轮一轮当头刺来，混沌的思绪渐渐清晰，弥散的自我收拢进身躯。他向着大桥斜拉索走，那是直插天际的风帆，月亮挂在帆顶，熠熠辉光掩不住旁边闪烁的金星。许峰的视线升向夜空，他认出北河三、参宿四、毕宿五、五车二，他向着星辰走，仿佛在走一条登天之途。

终于又想起了。他坐在山坡上，坐在夜晚的青草味道里，有个女孩挨得很近，他悄悄转头看她，曾之琳仰向星空的脖颈如天鹅。许峰不敢记起这个画面很久了，哪怕在多年前的间歇期里。这是独属于他和曾之琳的片段，真正的曾之琳。每一次他和那些"曾之琳"相处、谈恋爱，拼命把感情填塞进去，却终究会有小火苗冒出头来烧出破绽。破绽多到骗不过自己的时候，他就得去选一座好墓把她埋掉，那里是他最后的寄情。每一锹挖下，他都想象自己就要在这墓里和她永眠了，当下和过去、假冒的和真正的曾之琳试图黏合在一起。镜花水月在墓穴完成的那刻彻底破碎，以至于后来给她穿寿衣的时候，往往会觉得并不必要，因为这时死者于他已经是无意义的陌生人了。自那刻起直到寻见新的曾之琳，便是间歇期，他明白已经失去了曾之琳，明白现实与幻想的分别，甚至会去市里远远望一望她，但真正带了烙印的片段是不敢回忆的，重新燃烧起来的烙印会烫焦所有幻想，让他无法投入到下一个曾之琳身上。

木星、土星、大角星，当然还有天狼星。今夜有一个对上海来说能见度很高的星空。许峰在夜幕上搜寻，星星亘古不变，只是选择在某个时候见你。他把头抬得更高，又在天顶方向找到了带着一点点红的火星。这也是挂坡村能见到的大部分星星了，此刻它们一盏一盏出现，星辉无远弗届，遍洒在过去现在每一时刻的他和她身上。他溯着星光向上去，逐渐与不同的自己汇合，最后在璀璨源头再次遇见初始的她，那是冰冷深空唯一的温暖。他试着把手伸进这团温暖中去，试着把胸膛靠贴上去，却也明白这温暖只可怀念。此念既起，他就被星光送回来，一路跌落成不同时间的自己，这一连串自己动起来，便成了人生。

许峰再度举步前行，他往对岸去，然后沿着外环线一路向东。他觉得自己好像踩在一条老旧的履带上，并不曾真正前进，两边慢慢移动过来的是过往时光。他看见了曾之琳的那一头秀发，闪

动着缎面的光泽，他来来回回地看，发廊老板打开门说进来玩，
吓得他逃跑。隔一天他再去，长发还在，他拉开门进去指她。躺
在隔间里，她俯下身子，长发披落到他胸口。你叫什么？阿美。
他闭起眼睛，顺着抚上脖子和面颊的长发，想曾之琳。

　　许峰手插裤兜在高架桥下走，他不知道什么时候下来的，前面
路口是浦星公路，再往东去，应该会到杨高南路吧。住在桂府时，
他呼吸到的是欲望交织的混浊气息，走在江边桥上时，他呼吸到
的是江流酝酿的腥锈气息，现在入了整夜里最深的时分，高架桥
挡去星月，外环线重车隆隆，尾气伴着路面微尘慢慢下降，绿化
泥土里的腐臭摇曳上升，一并吸进肺里中和。走了这么远，依然
走在人间之恶里。走不脱逃不掉，许峰想，不管他杀掉多少人，
世界还是这么脏。

　　好好的女孩为什么出来做鸡？问的时候，他左手虎口叉着阿
美的脖子，但还留了个气口。不真指望她回答，而是意志虽然做
出了决定，身体却不够坚决。话问出来叉脖子的手就开始抖，像
是在问主人到底确不确定。阿美赤裸身子扭动，大腿抵住他下体，
压扁了的声音说，×你喜欢这样！他被恶心到，闪躲下身，右手一
耳光抽上去，重心移到左手，虎口全部压下，再问一遍，再抽一
个耳光，又问一遍，又抽一个耳光。阿美凶猛地扭，腿蹬踢不着，
两只手去拽他一只手，几乎一下子就要掰开了，他这才明白过来，
顾不上打耳光，右膝盖顶住她左肋，血冲囟门呲目斜牙，两只手
死命摁下去。阿美松了左手去打他，双手都松了去打他，力气一
分分弱下去，最后手掌抵住他脸，软绵绵像爱人的抚摸。

好好的女孩为什么去做鸡？他咬牙切齿再问一遍，女孩子的手垂落下来，眼眶中溢出大颗大颗的泪珠。他心里突然一软，手就松开了。阿美得了气，抡巴掌抽得他耳鼓叮当响，×你妈我日你祖宗你妈了个×的你个死全家的杂种，唾沫劈面搂得他脑袋嗡嗡叫。他一膝盖撞上去，顶着她心窝钻头似的左右拧动，胸骨咯啦啦瘪掉，脖颈被他两只手钳住，上上下下晃成了软管子，脑袋也跟着甩来甩去。他没看表，总折腾了十几分钟往上才松开，一口恶气泄掉，翻身躺在旁边呼哧呼哧喘气，却闻到屎尿臭味，挣扎着又翻到地上，没焦点地大睁着眼睛，天花板一会儿远一会儿近，手指头被电打了一样地颤。不知道过了多久，他爬起来看床上的那一摊东西，眼珠子弹出来在瞪着他呢，他一口啐上去。真是恶臭的渣滓！他长长出了一口气，为自己先前的慌乱、愤怒、失措感到羞愧，现在他平静了，心思澄明，力气一点点回来，充盈全身更胜之前。这毫无来由的能量无疑是一种回馈，他掸去了一粒微不足道的尘埃，世界往正确轨道回移了几不可察的一线，就是这样。

杨高南路已经在身后，外环线还在向前延伸，好一条长路。他从不会再记起死去的人，埋进地里的一具具空空蜕壳，没有重复审视的意义。可是现在，一张张面庞从脚下浮上来，仿佛她们就埋在这条长路上。初时还是陌生的，慢慢熟悉起来，说过的话做过的表情都出来了，不是作为曾之琳，而是作为她们自己出来了。他审视着她们，又觉得她们也在审视自己。当她们是曾之琳的时候，他度过了快乐时光，当她们不再是曾之琳的时候，他审判她们杀死她们。从罪人身上获得快乐。曾经他觉得那是掸去微尘换取的一点点甜头，是老天许他的回报，但现在他想，她们是同一个人呀，被当成曾之琳的时候和后来死去的时候，给予他快乐的时候和后来让他憎恶的时候，都是同一个人。

快到康沈公路的时候，许峰发现自己停了下来。他在路边发了会儿呆才意识到这一点。

他环视四周，离开主路往某个方向走去。

那儿有一棵枇杷树。

枇杷树下埋死人，许峰打小就听这句话。枇杷是聚阴之木，阴气越重果越甜，如果真埋了死人，年年都能丰收。

树高三四米，许峰站在树冠下抬头看，就着枝叶碎隙里渗下来的月光，见到不少小圆果。他用力摇晃树干，扑簌簌声响过后，从地上捡起十几颗果子。他捏了捏，果肉还有些硬，擦掉灰往嘴里塞了一颗，酸酸甜甜已经可以吃了。吃光后他又去摇树，树干碗口粗细，在他的奋力推摇下大幅摆动。

根扎得深，许峰捡枇杷时想，不像当年那棵小苗，台风一刮就倒。

那天他在食堂吃中饭，对面两个工友说昨晚台风在小公园里刮出死人了，吃好饭去看个热闹。他也跟去看这个热闹，进了小公园，前几星期埋下尸体的地方围满了人。他在外面绕了几圈，心一横挤到最中间，贴着警戒线往里面看。埋人的坑已经清出来了，枇杷树苗倒在一边——这原本是他备的掩护，万一挖坑或埋人时被看见问起，就说风水先生让在这个方位种棵树。没想到刚埋几周就遭了台风，树没生根，带着土被风刨出来，下面的东西现了原形。警戒圈里站了七八个警察，有人在地上取土，有人咔咔拍照，有人踩着升降设备降到坑里看尸体。他心里慌得很，什么招都想不出来，原本坑里的人是遭了他审判的，但那时候换了他来等警察审判。他在内圈站了很久，外圈的围观者换了好几拨，工友都回去上班了，也没有哪个警察突然指着他说你过来一下。有好几个警察看过他，咫尺之遥眼神对眼神，啥事都没有。某一刻他忽然放松下来，警察不行啊，他想。也不是警察不行，是他做了对的事情，被护佑着呢。他心里有了底，从内圈退出去回厂上班，决定把这件事情一直做下去，天上有只眼睛在照看着他。后来偶尔有女孩逃出去，他也觉得是老天给的宽恕，并不慌张，换地方新选一个目标便是。

　　咝，许峰咧嘴抽气。刚吃到了一颗特别酸的枇杷，眼泪都要掉出来了。他把剩下的枇杷揣进兜里，重新上路，走到康沈公路时离开外环线，转向南行。酸枇杷让他想起了爸爸，许海军不爱吃枇杷，也不会挑，摘给他的枇杷常常有酸果。他意识到自己竟然忽略了许多段光阴，他的人生并不只是和曾之琳一起看星星，也并不只是审判、间歇、审判、间歇。他想起爸爸了，想起爸爸的离世，以及此前陪着自己艰难求医。而这一切是如何来的呢？自己是怎么受伤，怎么被痛打，怎么与曾之琳一次次地争吵……记忆的礁石在湖面上一块一块冒出来，依旧嶙峋尖锐，但已并不令他过分痛苦。情感之潮延漫浸润，盘桓往复，他听任冲刷，体会着降临在自己身上的诸般命运。

手机响起来。

怎么会有人在这个时间打电话？许峰拿出手机，是花花。这是
酒喝到现在开始乱拨电话了？

许峰把手机揣回去，过会儿铃不响了，他却又把手机拿出来，
点开微信看。

列表里满屏的未读信息，许峰不管其他，只看花花和曾之
琳的。

琳姐要扒你皮了。

你回不回来了？

今天张生又在房间撒钱了，除了琳姐就只有你能治住他。

这是花花最近的几条微信。许峰只看不回，又点开了曾之琳的
消息。

不是节前回来吗？

在吗？

什么时候回来上班？

许峰输入"我爸生病了，现在说不准时间"。输完又回删掉，
并没有发出去。

还是不回了。他收起手机想。

这个手机是小琳的。许峰会回复一些必要的微信，以便让小琳

在微信社交圈里继续活着。小琳离曾之琳太近了，突然失踪肯定会惊扰曾之琳。当然，这是之前的想法，现在已经无所谓了。

说睹物思人自然是不准确的，但这个手机确实让许峰又想起了小琳。见到小琳的那刻，他有种见到曾之琳的错觉。当然他明白这是另一个人。循着线索找到曾之琳上班的夜总会时，她放长假，后来知道是和柯承泽旅行去了。他找曾之琳同组的业务订房，以便了解她近况。他从来没在市中心夜总会消费过，在房间里如坐针毡，然后小琳笑靥如花地进来敬酒，旧日种种就从渊中升起来，如钱塘观潮，远远一道白线慢慢近了，似乎不过如此，直到拍堤那一瞬，惊涛裂岸轰然席卷。这旧日种种不是和曾之琳的共同回忆，而是他的杀人回忆。许峰知道另一个自己回来了。

但后来发现并不完全如此。下手那天晚上，做爱的时候他就心有旁骛，有种不真实感，有种虚弱的飘浮感，这本该是他最强有力的时候。所以状况就出现了，小琳第一次没死成。后来他慢慢想到一种可能，也许是天上看着他的眼睛不在了。他想要么算了吧，还是回去原本的生活，只是熬不住想再看一眼曾之琳，却瞧见了柯承泽，事情就改了走向。如果是原本的自己，不会这么做吧？时隔这么多年，自己也不再纯粹，差一点，人生就沦为彻底的笑话。

想到此处，想到那些星空拼图和张国荣唱片，想到曾之琳时隔多年后的选择，竟有一种温存从他的深渊里浮出来。

许峰轻声哼唱起来。

我劝你早点归去

你说你不想归去

只叫我抱着你

悠悠海风轻轻吹，冷却了野火堆

……

让风继续吹

不忍远离

心里极渴望

希望留下伴着你

……

过去多少快乐记忆

何妨与你一起去追

一首首歌唱过来，天色一分分亮起来，明月星空隐没不见，许峰走到了周浦。

走了一夜，尽管有几颗枇杷垫肚，还是不免饥肠辘辘。他想起家不远处有个早点摊，葱油饼是周浦一绝。具体在哪里他要想一想，因为往日并不是他去买饼。

许峰停了下来。

家？许峰想。

往日里买饼的是米莲，许峰想。

他惊觉自己直到现在才想到米莲。他所有的回忆都把米莲绕开了，下意识地不去想她。可是，这一夜长路的终点是家，是他和米莲的家，这也同样是他下意识的选择。

他是因为米莲变得不再像曾之琳，才召回了过去的自己。而现在，米莲重新出现在他心里，那当然是极熟悉的曾经日夜相伴的模样，可却又是陌生的，是一种别样的怀念。曾之琳不再需要任何人来替代，米莲就回归了她自己。

饼摊前站了好些人，许峰排在最后一个。等待的时候，他听见排到的人对摊主说："要三块饼，三块钱一个是伐？豆浆多少钱？"

他一下子紧张起来。

那人操着上海话问摊主。现在的周浦没几个上海人了，这个点来买葱油饼的，都是在附近工厂上班的外乡人。何况那人的上海话是市区口音，和周浦当地人有区别。

那人高过许峰大半个头，买完饼与他错身而过时挡了太阳，像座蒙了光圈的山。许峰想看他长什么模样，却因为莫名的压力慢了一拍，抬起头的时候那人已经走开，倒让他撞正朝阳，光芒刺得闭起眼睛。旭日在眼底留下一团金红，内圈化作黑色，犹如一只悬于深空的瞳孔。

许峰压着心中不安，也买了三个饼，两个自己吃，一个给米莲。他没有直接回家，远远绕了一圈，见着了那辆停在路边的车。除开买饼的，里面还有两个人，过会儿又来一个，全是生面孔。他彻底放弃了侥幸。

许峰远远望着米莲给两个警察开门，他们进去没一会儿又出来抽烟，不多时又进去，这次待的时间很长。再出来时米莲没送，两个人站在门前不走，守到米莲再次出现，说了几句话。

许峰觉得警察在耍某种把戏，但他没想太多。

家里门已经关上了。先后瞅着了米莲两眼，许峰想，几秒钟。

警察看起来像是撤走了，但暗地里谁知道呢？许峰绕了个大圈，小心翼翼潜到邻居院里，从矮墙翻进自家屋后。他徘徊许久，反复地想，想警察会和米莲说什么，想米莲会对警察说什么。

最后，他把葱油饼和枇杷放在厨房窗台上，原路离开。

这个家回不去了。

似乎已经无路可去。

泥 尘 里

· **1** · ·

上午 10 点。

专案会刚散，李节又把人都叫回来，事情显然有了新变化。新情况是什么，李节也不知道，得等路小威。

专案室的大白板上贴满照片，按被害的时间顺序，即许峰笔记本里的顺序，编号 1 至 11。七一三案编号 3，编号 6 起空缺，这间房里昨晚没人睡过觉，可也只来得及挖出 4 具受害者遗体，分别是编号 1、2、4、5——笔记本记载得非常准确，按图索骥无一落空。所以虽然目前白板上只有 5 位受害者的遗骸照片，但本案受害人总数几乎可确定多达 11 位。

既然确认了笔记本信息真实无误，那么找到所有受害人就不急于一时。许峰的危险程度直线飙升，抓住他才是第一要务。李节上午把全组人都叫回局里，开了七一三案正式升级为连环谋杀案后的第一个专案会。

李节宣布的头一件事，就是过了今天他便不再是专案组组长。早上接领导通知，24 小时后会由市局领导担任专案组组长。这是

此类重大案件的惯例。留给李节 24 小时是因为专案组昨天刚取得
重大突破，领导不稀得摘这个果子。李节的言下之意大家当然懂，
但昨天的重大突破只是把许峰缺失的行动轨迹延伸到了 6 天前。
要想在 24 小时内——不，只剩 22 小时了，要在这个时限内抓到
许峰，几乎不可能。

许峰改头换面租住到柯承泽的楼下，目标无疑就是柯承泽。至
于目的，从许峰过往的犯罪行为看，还真有可能是想杀掉柯承泽，
情感逻辑也能说通。许峰在房间内留下了大量的生活物品，包括
背包、衣物等等，未清理的厨房垃圾桶里有一堆安眠药外包装和
用光的药板，旁边的大理石台面上有粉末残留，经实验室检测确
认为几种安眠药的混合物。监控显示许峰当天下午 1 点 57 分搭电
梯从 10 层上到 22 层，晚上 7 点 8 分从 22 层下到 1 层，步行离开
小区，再未回来。

按照逻辑推断，许峰应该是完成了安眠药投毒后离开的，在
柯承泽房间内也提取到了多份许峰的指纹。可是经询问，柯承泽
这几天并未有身体不适，在他每日服用的粉末类药物里也未检出
安眠药成分，至于家中所有的酒、饮料、饮用水的检测尚未做完，
所以这个毒到底投在了哪里，还不得而知。但专案组讨论中另提
出了一个问题：安眠药致死有很大的不确定性，许峰作为一个多
次成功实施过谋杀的罪犯，怎么会改变行凶模式，选择这样一种
可能杀不死目标的手段呢？

所以会上有一种声音，主张许峰是放弃了原有行动，突然离
开的。租住处留下了太多痕迹，如果时间充裕，他应该清理完房

间收拾好东西再走，可是让许峰中断计划匆匆离去的原因又是什么呢？

因为有了许峰离开桂府的确切时间，专案组追着他调取了行进路线上的相关监控，看着他沿江步行，最后走上高架桥，过徐浦大桥一路东去。许峰过桥后就下了主路，且越走越偏，出现在监控里的次数越来越少，目前最后一次发现他，是在外环线和杨高路的交错口，从行进方向判断，极可能是往他位于周浦镇的家走。越往郊区探头密度越低，许峰有躲探头走路的习惯，只要探头不覆盖全景，多半抓不到他身影。当然人力扑下去时间投进去，一路上将所有探头捋一遍，也许会有新发现，但那就远不是能在24小时内干完的活了。

算一下步速，李节估摸着许峰会在8号早上走到周浦，正是他上门拜访米莲的时间。所以那天他们离开后，米莲会不会见过许峰？他把这个问题抛给路小威，因为路小威是和米莲接触最多的人。

"你觉得和8号我们上门时候比，米莲有变化吗？"

路小威被问得愣住了。当然是有变化，用判若两人来形容这种变化，都可能失之轻佻。但他原本觉得，这变化来自生活的巨变，依赖着的枕边人竟然是杀人犯，这种打击下，谁能不惶然色变、进退失据呢？

"是有变化，但原因不好说。我是这么想，如果说许峰那天和米莲碰了面，目的是什么呢？为自己做某种辩白，想让米莲给自己的逃亡打掩护？那米莲应该躲我们远远的，避免和警方接触吧？实际上情况是反过来的，相比 8 号当天的表现，米莲这几天和我们走得更近，更别说要不是她提供线索，根本不会找到这本记录了 11 个受害人的笔记簿啊。"

李节点点头。他就是想到了顺口一问，路小威说的理由他也认可。

但路小威做了这个解释，心里是不落定的。米莲陷着的那道渊太深，他照不通透。

李节没指望真能一天抓住许峰，明天空降领导后，他也会是副组长，案子大了专案组级别提高，肯定还得补充警力，对尽早破案有好处。目前新发现的几个受害人情况，足以对凶手做进一步分析，所以才赶着开这个会。早一点总结出行为模式，有利抓捕。不过呢，说是没指望，但毕竟还是惦记着这个时间点。过往开会他会把讨论时间拉长，不搞一言堂，这次他不打算等太久，先把基调定了，加快节奏。

这个基调，就是许峰是个什么样的人。

"一下子出了 4 个被害人，法医忙不过来，所以现在只说最基本的两点。第一，被害人年龄和许峰笔记簿上的记录相符，这进一步印证了笔记簿内容的真实性；第二，被害人尸体都已白骨化，初步尸检，致死伤集中在颈部，即舌骨、甲状软骨和环状软骨的骨折，根据具体伤痕情况，考虑是被徒手扼死而非用工具勒死。这与七一三案受害人相符，也与小威碰到的那个幸存者相符。这提示我们一点，许峰实施的是预谋犯罪，而不是无准备的激情犯罪。为什么他从来不用行凶效率更高的工具，比如锐器、钝器

或者钢丝绳？要知道他身高仅一米六九，体型瘦小，没有受过格
斗训练，如果与被害人发生正面对抗，是有失败可能的。事实上
也是这样，有人逃出来过。现在被害人还没有被全部挖出来，不
知道是否全是扼死的，但我觉得很有可能。我的判断，不用凶器、
徒手扼死正是许峰刻意选择的行凶方式！"

然后李节点了路小威的名。

"你用皮带从背后勒大刘。"

"我能反抗吗？"大刘问，一脸"为什么是我"的表情。

"正常反抗，我是说一个瘦弱女子突然遇袭情况下的正常反抗。
是皮带又不是绳子，你慌个屁。"

大家兴致勃勃让出地方，路小威解下皮带，说声抱歉，从后面
拎住大刘脖子。

"使劲使劲，真实一点。哎大刘你反抗过头了啊，蹬蹬脚就行
了呗。"周围净是起哄的。

路小威拿皮带绞大刘脖子，把他拖倒在地上，膝盖顶住后背
心。然后李节叫停，让他从正面徒手掐。

大刘捂着脖子咳嗽，瞪起眼叫："还是我？这不得换个人？"

李节瞪回去："要么换我？同一个人才好比较！"

路小威笑着说声不好意思，掐住脖子把大刘摁倒，骑上身作
使力状。实际上，皮带宽大，他还真使了几分力，用手掐反倒不
敢，两个人大眼瞪小眼都在演，偏偏又演不好，路小威扑哧一声
笑了场。

"行了行了。"李节让两个人爬起来。

"背后和正面，你感觉有什么不一样？"李节问路小威。

"背后容易一点。正面嘛，看着大刘那张脸总觉得怪怪的，这个，离得太近了。"

又是一阵哄笑。

"容易肯定是背后容易，要用更细的绳子就很难反抗了。正面怪怪的，你是说到点子上了，那是因为有交流，只是这个近距离交流你们不习惯。正面掐脖子你就可以看到受害人的所有表情，看到她的眼睛，看到她的挣扎，看到她从一开始的愤怒惊慌到最后的哀求和绝望，看着她在这几分钟十几分钟里一步一步被你夺去生命，由活生生的人变成尸体。这是什么？这是对他人命运的绝对掌控。"

李节说到这里，路小威已经明白了。

"杀人会上瘾，所以才有连环谋杀犯。这种瘾来自对他人生命的剥夺，生杀予夺一念间，杀人犯觉得自己是无所不能的神。而凶器是什么？第一它是间接的东西，你通过它才造成了受害人的死亡；第二它会加速死亡的到来，过程就没有了。总而言之，使用凶器会极大削弱对生死的掌控感，这就是许峰宁愿承担风险，也坚持不用凶器的原因。那么这样一个非常想当神的人，非常享受掌控别人生死的人，你们觉得他本质上是个什么样的人？"

这就很明显了，有许多近似的案例。刑警们的回答表述略有差异，但归总起来无非两个字——自卑。

"你们有没有发现？11个受害人都埋在郊区，埋尸处与谋杀现场不会远，谋杀现场和受害人活动的区域通常也不会远，所以许峰是绕开市区，在郊区挑选猎物的。说到夜生活，当然市区比郊区丰富，为什么他从不在市区作案？之前我们了解到，许峰婚后也很少进市区活动，所以这个人，他是不是对上海的繁华市区，对大城市的灯红酒绿有一种畏惧感？他的身高、他的初恋挫折、改变他命运的那顿打都可能是自卑的成因。他爱曾之琳，却得不到曾之琳，曾之琳是灯红酒绿的，是在这座城市里如鱼得水的，所以他恨这座城市，又畏惧这座城市，哪怕是杀人，也躲着这座城市杀，一旦他进了城，就慌，就怕，就不自在！"

　　理通许峰的性格逻辑，接下来的侦查重心和布控方向就清楚了。如果凶手在正常的生活状态下和非正常的谋杀状态下都尽可能避开上海市区，那么躲避逃亡时当然更是如此。他会去感觉自在、不受威胁的地方，这和监控中他的动向是吻合的。许峰可能在周浦，可能往更偏的地方去，还可能回宁海山中老家，总之不会藏回上海市中心来。李节据此做出了各条关键道路和交通枢纽的布控，并让路小威带一组人联系宁波警方，仔细梳一遍包含挂坡村在内的宁海山区。

　　开完会路小威照安排应该第一时间往宁海去，但他想拐到医院看眼米莲，又拿不准是否合适。往电梯走的时候想起来应该先回曾之琳电话，开会时她连打两通，都给他按掉了。曾之琳一秒钟接了电话，路小威没听几句就冲回专案室，眉飞色舞给李节比了个手势又出去继续讲电话。李节赶紧把没走的人按住，把走的都叫回来。老刑侦心里有点小激动，难道真会在最后一天有重大突破，把许峰抓住？

好些人跑去偷听，李节嘴一撇："这么耐不住呢？扒门上跟一串猴子似的。"他背手走出去，把脸支到路小威跟前瞅着听。

路小威挂了电话说："第 12 个，老大，这个案子很可能有第 12 个受害人，新的受害人，就在今年！"

李节有些意外，但这并非他期待着的消息。路小威到底在激动个啥？已经有 11 个受害人了，再多 1 个，不算是颠覆性的线索吧。

"这人叫小琳，曾之琳下面的业务，就是个年轻版曾之琳。曾之琳说她昨晚上拿许峰照片去确认过了，许峰在春节前订过小琳的房间，两个人保持接触，然后 3 月份小琳就突然不来上班了，极其反常。直到前些天小琳都和曾之琳保持微信联系，但从来只发文字不发语音。也就是说，小琳可能被杀了，但许峰一直用着这台受害人的手机！"

走道上轰然沸腾。

只要用着手机，就可以定位到人，比什么摄像头都管用！

· 2 · ·

昨天夜里就起了大雾。刮了一整天的长风说停就停，烟气先是
丝丝缕缕，继而一团一团在地上游荡，似是从土里渗出来的。至
少连夜挖着尸骸的刑警们这样觉得，一锹一锹掘出的坑转眼就漫
了白雾，像是在打一口雾井。黎明后各处的雾连到一起，新的雾
又不停挤进来，以至黏稠。

有人开了窗户，雾放进病房变得像烟，湿漉漉蒙住口鼻，米莲
就醒来了。起初她不知道为什么烟有铁锈味，看见枕边的塑料袋，
反应过来是血的味道——那里面是叠好的衣物，风衣下半截都染
成褐色了。昨晚的事慢慢想起，路小威开车送她来的医院，半路
苏醒过来她就知道发生了什么事，前次去检查时医生便郑重提示过
危险。到医院胎儿已经没了，然后做清宫术。手续之类是路小威办
的吧，想来是，记不清楚，衣服是不是自己换的也不知道，也不重
要。浮浮沉沉不知醒过几次，每次醒来都需要反应一会儿，把事情
一件件从雾里拉回来，然后就累了，或者是厌了，便又昏睡。

现在她想再睡一会儿，什么都不用想地躺着，失去意识。能死

掉当然更好，可死掉需要力气，一时间办不到。

病房里响起电话铃，米莲觉得像是自己的，她睁开眼睛，但是不想动，不想接。等到电话停，旁边暗了一点，她把眼珠转过去，看见站了个陌生男人。是邻床的家属，请她把手机调成振动。手机又响了，声音在床边抽屉里，她拉开抽屉，取出手机接起。

是路小威打来问情况，她说没事，挺好，谢谢。路小威当然知道是流产，不便多问，一时不知该说什么，米莲想挂电话，却又多说了一句，那些女孩怎么样了？路小威答还没全部找到，但许峰写的都是真的。停了停，路小威说，还有一个没写在本子上的，今年3月份，他可能又杀了一个人，可能就是你觉得他有外遇的那个人。米莲没说话，路小威说你先休息吧。

米莲躺回床上，却再也睡不去了，眼睛合起又睁开，心里像在煎一服中药，咕嘟嘟滚气泡。她爬起来，蹬上鞋拎起塑料袋，临走看一遍抽屉，没落东西。

她穿着病号服走过长廊，护士打招呼她没理，问她去哪儿也不回答。护士不放心从站里跑出来，米莲已经进了电梯。

抢到了长途单的司机兴致很高，一路上话不停。米莲孤身从妇婴医院门口上车，鬓发凌乱失颜色，似海棠碾入泥尘。司机偷偷打量，猜是失意人，去处又在郊区，心里生了想法，嘘寒问暖谈论男人品德。这些越界的话米莲大多没听见，只是望着窗外。天日不见，晨昏不明，前后左右的车都闪着黄灯，夹着她在雾中缓慢行进，车流从未如此有机地联结在一起，前后蜿蜒几十公里，仿佛整个城市在进行一场葬礼。

还没进周浦的时候米莲就要求下车。司机一愣，这里前不着村后不着店，不是个下车的地方。米莲又强调了一次，司机瞥见路边警车，道歉说自己没有歹意，只是出于关心说了不合适的话，不必害怕。米莲伸手开了车门，司机急刹车。

天地依然迷蒙，米莲却没有呼吸到湿润空气，扑面的干燥混杂气味，让人想起锈蚀的铁塔、烟花的余烬和枯萎的发梢分叉。雾不知什么时候已经退去，留下的是霾。

路边停了许多辆警车，就像昨夜。米莲要去的小路被警察拦住，她打通电话，路小威跑过来接她。

"你怎么出院了，身体可以吗？"

路小威的表情有些复杂，他更想问米莲为什么会出现在这里。当然他也可以给出一个答案，这是米莲从市区回周浦的必经路，她来看看热闹。能信吗？许峰以往杀人时是独狼，但他杀小琳的时候和米莲共同生活在一起，作为妻子的米莲知不知情？所有这些疑惑被路小威按进肚子里，米莲出现在这儿，给他打这通电话，怎么都不会是为了包庇许峰，看看再说吧。

"轻松了很多。"

下腹时有收缩痛，但米莲并非敷衍。这些天里，命运（是叫这个吧？那巨大的难以名状的恶意）一把一把撕掉她的裹躯布——不论那些布匹是为了营造虚幻之美、为了遮羞还是为了抵御世情薄凉，直至她赤身裸体，继而鲜血淋漓。命运收手之后，她自己尤不罢休，想要斩断一切羁绊，若只剩一具空壳，便可轻抛。所以她从心里一把一把往外掏，无论是寄存的还是生长的、呵护的还是厌恶的，全都还出去。昨夜那胎儿便是该还掉的，现在来这里也是。她料到会碰见路小威，实际遇见了，不知怎么，在这雾霾天里竟多了两分不合适的疏朗心情。还也需要一个接的人吧，路小威是妥当的。

"你们找到她了吗?"米莲问。

"还没有。他在这里吗，你觉得?"路小威试探着问。

"看到枇杷树了吗?"

路小威愣了一下，问:"你是说找到谁?"

"那个新的女孩，第12个受害人。"

"哦，她也还没有找到。"

专案组大多数人都扑在了这附近，主要是为了找许峰。

所有人都希望小琳的手机被使用至今，如此就可以直接定位，然而并没有。手机使用到9号中午12点49分，就没再接入网内了。这是5天前的事，也就是李节和路小威拜访米莲的次日。最后的信号位置就在这里——方圆六七百米说大不大说小不小一片地儿。郊区信号基站不如城区密集，没法更精确了。许峰可能把手机扔这儿了，他们正组织人手找，主路附近已经找过一遍，现在沿小路两边搜索。周边路段的摄像头也派了人看，只是数量少清晰度低不能太指望，还有干警拿照片沿路询问，看能不能找到目击者。李节此刻颜面无光，前脚刚说过许峰不会在市区犯案，后脚就有了小琳的案子。许峰的行动轨迹与分析对不上号也就理所当然了，他竟是从周浦又折返往城区方向去了，移动速度上看是步行，即便他打算走回宁海，也不是这条路。

当然还有一种可能是小琳没死，或者说她活到了5天前，那么她就是在附近遇害的。这种可能性太小，小琳的手机信号这几周最常出现在桂府，7日晚的手机移动轨迹与监控中许峰的行动轨迹一模一样，时间也重合。

其实开会的时候，李节的意见大家都认同，然而技侦的结果出来，嫌疑人行为彻底偏离，整个专案组都蒙了，没人还指望能在短时间内逮到许峰。现在把人力堆到这儿，在路小威看来多少有些乱了方寸，可是米莲出乎意料地出现，变数就来了。

路小威在丁字路口处接到米莲，简单几句话后，米莲信步走上小路。路小威跟上去，不由得想起昨天，米莲也如这样并不明说，可心里有一个去处。

小路两边能见到弯着腰工作的警察，这里比大路荒芜，草木繁盛，搜寻难度大。米莲并不左顾右盼，行走速度颇快，这让路小威更相信她有一个目的地。关于案件的最新进展，包括监控录像、小琳手机信号轨迹这些，并不适合向米莲透露，而路小威又不想在此刻盘问米莲，一时竟没有了交谈的话题。不知不觉间，路小威发现自己像昨天那样落后半步而行，两人间的沉默并不让他尴尬，反倒有一种默契。

走了大半里地，米莲停下来，这里已经出了警察搜索的范围。她转向路左，那儿长了大片一人高的蒿草。

米莲拨开草向前眺望，顺着她的视线，路小威望见一处高地。他的心揪起来，因为许峰选择的埋尸处多在坡上，高处风水好。他仔细辨认，并未见到枇杷树，埋一个人栽一株树，这似是许峰的习惯。身边人影晃动，扑簌簌草木声响，米莲走了进去。

路小威深一脚浅一脚跟在米莲身后，昨天的悲伤再次袭来。某一瞬间他觉得自己会永远记得这个场景，天地间逼仄狭窄，草木被烟霾掩去所有生气，一个女人在灰雾里走向未知的宿命。

米莲站在坡腰，路小威越过她向上去，那儿有一株小枇杷树苗倒伏着。走到近前，他看见了新土和一把遗弃的铲子。

几分钟后，包括李节在内的更多刑警赶到。现场发现的铲子被当作证物保存。新铲子送来，米莲站在原处没动，离着十几米，看警察一铲一铲挖下去。

铲子碰到硬物了，比想象中浅得多，清理过后，露出一方木板。多么熟悉的场景。

"打开。"李节说。

竟于此时出了太阳。

米莲不禁望向这一大片光亮，它穿过云隙笼罩整个小坡，她亦沐浴其中。霾依然在，灰烬铺遍天空，光并未照透它们，只是在其间曲折落下，仿佛一道由遥远梦境而来的苍茫天路。

木板掀开，米莲听见了刑警们的惊呼声。她走上去，刑警们给她让道，一如昨夜。

她以为自己知道坑里有什么，然而坑中景象让她停住呼吸。

穿着大红色寿衣已经开始腐烂的小琳身边，躺着另一个人。

他皮肤发黑，死去时间并不久远，双手交叠于腹部，右手握着手机，嘴唇张开似在微笑。

时隔 24 天，米莲终于再次见到了自己的丈夫。他与另一个女人合葬于此。

· 3 · ·

　　初步判断许峰死于自杀，死亡时间在 9 号凌晨。根据现场痕迹，他用两根粗树枝支起木板一侧，和山坡成 V 字夹角，蓄了大量土在翘起的木板上，然后从树枝撑起的空隙爬进坑内，通过绑绳拉倒树枝，木板带着泥土落下来，把坑穴盖住。尸检还来不及做，不知道他是否死于窒息，因为坑里发现一个装有少量胶囊的小塑料袋，另有一枚胶囊遗落在许峰颈部左侧，很可能许峰在死前吃了一把胶囊。胶囊内白色粉末未及化验，联系许峰租住处的痕迹，推测为安眠药。

　　他为什么要自杀？是在警方的压力下走投无路了吗？可哪怕是死刑犯，为了多活几天翻供上诉的比比皆是，有几个会在被抓前自杀呢？只有彻底失去生的希望才会如此，不是物理上的无处可逃，而是精神上的无路可走。把许峰真正击倒的是什么，刑警们还想不到。礁石般一直蹲坐在现场的米莲呢，她会知道吗？

　　许峰爬进坑里的时候，身边挨着死亡两个月身体开始腐烂的小琳，那情景难以想象，没人听说过这种事。震惊之后，刑警们多少能理解他为什么选择死在这里。毕竟连这儿在内许峰总共为自己挖了13座合葬墓,而小琳又是所有受害人里和曾之琳最相似的,除了米莲。

李节把路小威叫到一边,和他聊米莲的问题。

小琳的埋葬地是米莲找到的。当然,严格来说,是米莲先把路小威带到附近,路小威再通过倒伏的枇杷树和新翻过的土壤进一步找到了埋尸处,但那没区别。米莲显然知道小琳在这儿,这说明她在案件里扮演了某种角色。办案讲证据,许峰毫无疑问是主犯,米莲毫无疑问有立功表现,直接带走不合适。

"让她回家休养,刚从医院出来,别又送回医院了。先挖受害人手机里的东西,看可以把案子还原到什么程度,发现确切证据再找她不迟。看她这个样子,也不会跑吧。"李节做出了决定。

"不会。"路小威说。

"那要是没找到确切证据呢?"路小威又问。

李节看看他:"办案不都得讲证据?"

路小威走到米莲身边,也和她一样蹲下来。这个角度看不见坑里景象,眼前只有泥土、野草、枯死的小枇杷树及刑警们的脏鞋子。所以,她只是一直在发呆吧。

"我送你回家。"他说。

"什么时候能给他收尸?"米莲停了很久才回答。

"没那么快,得有个流程。"

"我想把他和他爹埋一起。没人会做这个事了,只好我来。"

米莲摇晃着要站起来,却跌坐在地上。

"拉我一把。"她说。

路小威把米莲送回家，目送她下车，这次她平安走到门口。进门前米莲回头看了一眼，路小威挥挥手。

关起门，原本在这些天里变得越来越陌生的家，竟又多了几分熟悉。拉开鞋柜，最上排放着许峰的鞋。去洗手间刷牙，漱口杯里一粉一蓝两把牙刷。冲了半小时热水澡，眩晕，回卧室躺在床上，侧过脸看见另一只枕头。人已经死掉，痕迹反倒明显起来，像颗硌在脚底的石子。她闭上眼，一会儿又睁开，已经做过一个梦，再闭上眼，又是一个梦，凌乱的幻影飞快旋转，梦里有许多话许多信息，密密麻麻辐射线般烫过来，什么都记不住。她爬起来，看看时间，也就过了 10 分钟。

也许是太久没有吃东西，她想，于是出门寻食。正是傍晚，许多人家的厨房外都飘着白烟，香气四溢。米莲在烟火味道中走着，这味道里有许许多多人间的连接，让她不太适应。米莲对去处有些茫然，因为她几乎不吃外食。一本正经的馆子等菜太耗精神，最后米莲进沙县小吃吃了两碗馄饨。再次回到家里时她已经想清楚，不必勉强继续住着，因为自己已没有家。另寻个安心去处吧，也不需要住太久。她早就听说海边起了一座大庙，收拾好东西，出门叫车。

"海边的大庙？"司机打了几个电话问同行，才搞清楚地方。

"是不是拜观音的？"

"好像是吧。"

"很灵吗？"

"灵啊。"

车往东南方向开了很久，最后停在一个丁字路口。

"好像是这里。"

米莲拖着行李箱下车，司机探头问要不要等，她说不用。

暮色中一座宽阔高大的门楼立于丁字路口，正对直路。米莲记得这似乎不是好风水，叫路冲还是路煞？想来菩萨是不用顾忌这些的。走进去一条路看不到尽头，两边草木森森，仿佛刚才的丁字路口其实是被门楼截断的十字路。她从未见过如此空寂辽阔的庙宇，其实都还看不到任何的庙宇建筑，让人走得心生彷徨。她怕走岔，停步打量，前路空无一人，却有个穿了赭红色衣服的长发女孩从后面门楼婷婷走来。米莲迎上去，问她庙是不是在这儿，女孩往后指指，轻声说走错了。米莲原路返回，走过门楼时抬头看，却是一座墓园。她心头一触，再看那女孩，身影还在，却已经走得极深极远，似在回望她，又似在继续往里走。她定一定神，那抹红色就不可辨察了。

庙在左近一条小路上，走进去也很广大，且没有香客。大雄宝殿已经关门了，再往里走，隐约可以听到堤外的潮声。米莲拦下一名僧侣，问有没有可以住的房间。僧人问她是否礼佛的香客，她说住下来就会礼佛，就是香客了。僧人打量她，又看看立在旁边的行李箱，低眉合掌念一声佛号，悠长洪亮，钟一样把米莲撞得嗡嗡响。

米莲一沾这儿的枕头就睡着了，一夜无梦。早上醒来，屋外除潮声别有一种声响。她循之而去，走到簇新的圆通宝殿外，里面磬钹阵阵，梵唱起伏，又伴着木鱼和鼓声，是僧侣在做早课。她在门外站了一会儿，早课毕，僧人们鱼贯而出，昨天那名僧人穿着袈裟走在最前，见到她笑一笑，告诉她用早餐的地方。

米莲独自进殿，不见佛祖，四处皆是观音，才又记起这是座观音庙，怪不得不叫大雄宝殿。观音行走世间的各种色相环绕于四壁，中央一尊千手观音像，层层叠叠千手千面。米莲敬了一支香，伏在案前拜了三拜，心里没有什么可期待许愿的，就默念观音菩萨尊号——大慈大悲救苦救难观世音菩萨。念到救苦救难时忽然觉得这四个字分量极重，压得心头一阵恻然，似是悯己，又是悯人。她抬起头，发现先前离得远，没有看清楚菩萨全貌，最顶上竟还有两重佛首。这两重都是面向前方，其一状似怒目金刚，与下面的微笑慈悲面孔全然不同，拜完起身时恰恰望见，直刺心中恶念。米莲心想，浊恶世间，就是菩萨也需有镇恶的威仪，这同样也是一种慈悲。在这威仪之上最顶端的佛首，既不竖眉瞋目，也不慈悲微笑，只是无悲无喜的平静面目，连眉间洞察万物的第三目都收去不见。这大约就是超脱吧。

米莲重新跪坐到案前，俯下身体，闭上眼睛，什么都不想，然而她的一切心思一切过往，仿佛脱离了身体，浮到她脊骨上方某处，接受菩萨的注视。她感到前所未有的宁谧，这正是她想寻找的安静地。这种甚至带有浅浅愉悦的情绪刚出来，心底突然横生一根刺，她睁开眼睛，盯着膝下蒲团发了会儿呆，站起身走出殿宇。

佛度众生，无论犯下多重罪孽的人，都可以在佛前找到位置。

怎能如此轻易？

走去吃早餐的路上，米莲接到曾之琳的电话。

上午 10 点 40 许，米莲走入桂府，保安得了招呼并未阻拦，只是用异样的眼光打量她。米莲进 6 号楼，上了 B 座电梯到 22 层，曾之琳等在门口。这是两人的第三次见面。

"进来吧。"曾之琳说，带着米莲熟悉又陌生的微笑。

"为什么选这里见面，在你男朋友的房子？他也在？"

"他总说要去云南写生，我让他趁这个时候去，昨天走的。你知道的，也不晓得许峰把毒下在哪里，所以我想该扔的要全部扔掉，然后索性重新装修一遍最保险。哦对了，这不是柯承泽的房子，这是我的房子，只是给他住住。"

曾之琳把米莲引到沙发上坐下，面前的茶几上放着个只完成了一角的拼图，看不出是什么图案。

"不好意思。"曾之琳把拼图搬到窗边长桌上，空出茶几。

"他临走前送我的小礼物，昨天耗了大半夜，有点难。"

米莲看看她，果然眼睛里有血丝，不过因为化着盛妆，也不显憔悴。

"你知道这是个什么拼图吗？"

米莲摇摇头。

"银河系。小时候在山里八九点钟上床，半夜偷偷跑出来看星星。现在要么半夜睡觉，要么半夜睡不着觉，时间是多了，但是想不到去看星星了，买的天文望远镜几年没用过。拼图的话呢，有心情随时可玩，也随时可停，算个替代吧。"

米莲不知道曾之琳说这些是什么意思，但如今她的人生只剩下等待，等待着把许峰的骨灰葬回宁海，除此外白茫茫无事可做，否则也不会来这里见曾之琳。她最不缺的就是耐心。

"这些年许峰还看星星吗？"曾之琳忽然问。

许峰偶尔会对着夜空出神，米莲见过，但她没有回答，等着曾之琳自己说下去。

"那时候他问我，星星到底有什么好看。我说照在这儿的星星，和照在北京、照在上海的星星是一样的，但照着的人不一样，总有一天我会去另一些地方，变成另一些人。我想他不明白我的意思，但不耽误他满山给我找适合看星星的地方。他还自己买天文书看，就为了晚上可以有点话题，给我指这是什么星，那又是什么星。"

米莲觉得有点好笑，就笑了出来。

"小时候我也喜欢看星星，一闪一闪，美丽、未知、无限可能，就像未来。现在你不看了，因为你30了，就是现在这个样子了，还怎么无限可能？现在再去看星星，万一想起从前，不就得拷问自己了？"

从前米莲不是个有攻击性的人，但现在她游走在一片没有边界的虚空中，随心所欲。

"你说这些和示威似的。住着你房子的男人，你让他走几天他就得走几天；至于另一个男人，这点看星星的兴趣算什么，他整个人，连命都被你改啦。"

米莲这么一说一笑，曾之琳反而软了下来。

"你说得没错，无限未来我是不想了，把现在有的守守好就行。干这一行见识太多男人，爱不爱的一天到晚挂嘴上，心里本来早就不指望，结果碰上一个。是老了吧，不想浪了，该挣的挣了，该看的看了，想找一头安定下来。让个男人住我房子，照顾他还各种贴钱，找资源开画展，十几岁小姑娘头脑发昏做的事情都做了，整个人扑进去，肯定想要守住的对不对？否则被人笑死。本来我不担心，对男人我还有点杀伤力，可是你忽然跑出来了。"

曾之琳伸出手虚抚米莲的脸庞轮廓，从眉尖到嘴角。米莲没有闪躲，任她的手指拂过耳鬓发梢。

曾之琳收回手，笑笑。

"你来了我就没那么确定了。刚见到你是不慌的，不就一个低配吗，怎么和正版比？但马上我就知道不对头，男人对你上心了。搞艺术的最怕什么？看不透的、新鲜的、纯粹到极点或者复杂到极点的。我算沾点边，但是你呢，看上去单纯，浅浅的一眼就能望透，其实不是。你有一种你自己的东西，像年轻时候的我，还没有走出山里的我，但又有不一样。最关键是你看起来无害，其实藏得深啊。你现在就坐在这里，说实话我看不透，好像伸伸手就可以碰到，其实离着十万八千里。这样一个人，偏偏长得又和我这么像，对柯承泽那就是加倍的魔力、挡不住的魔力。"

"所以你把柯承泽给支开了，物理上隔离？"米莲又笑，"今天你是找我谈判的，离你男朋友远一点对不对？"

曾之琳在杞人忧天，米莲对这点非常确定，但她觉得有趣，想逗一逗。

"其实我很同情你，和许峰这样一个人生活了这么多年。一个我曾经很熟悉的人，居然变成杀人犯，想一想我就要打冷战。我不要去想他，可忍不住去想他，他杀了不止一个人对吗？他还杀了小琳对吗？"

拨到了心里最深的那根弦，米莲佯装的笑容就不见了。

"昨天上午我打电话给路警官，报告了小琳的事情。昨天晚上他告诉我，小琳确实死了，埋在哪儿都找到了，世界上现在没这么个人了。我就在想一件事，一个人不见了，再怎么怀疑，至少活要见人死要见尸，昨天见了尸，警察才肯定她死了。可你是怎么知道的？前天，你对我说，小琳死了！"

曾之琳死死盯住米莲的眼睛，就像在面对一头危险的猫科动物，不能松懈，不能游移，不能露出软肋。昨夜的失眠不是因为拼星图，相反，拼图是为了帮助她平静，让她放松下来，但并无作用。甚至在拼图的时候，她忽而想到，米莲就像一颗传说中的妖星，一出现，就把她与柯承泽看似稳定的关系搅得岌岌可危。她能降得住吗？

"我本来以为你是想吓唬我，是在说气话说大话。可是我翻来覆去地琢磨，不是的，你就是知道小琳死了，在警察发现尸体之前你就知道！你本来不知道小琳这个名字的，我给你看了小琳的视频，你见过她，你认出她了，我还以为是你撞见过许峰和她约会。你是撞见了对不对，撞见以后呢？发生什么了？为什么你看了视频反应这么大？只一眼你就晕了，你倒在田里了！我昨天和路警官通电话，他口风蛮紧的，但我听得出来，找到小琳你出力了，对不对？你出什么力了，你知道她埋哪儿对不对？"

曾之琳步步紧逼，眼神也毫不放松，但她什么都看不出来。米莲的表情完全没有改变，她说的这些话对米莲似乎是清风拂面。

"小琳死那天你就在现场，你知道她埋哪里，是这样吗？只是这样吗？前天你晕倒时我觉得你太弱了，敏感脆弱，这是第一面留下来的印象。我不知道那回你是伪装还是什么，但其实前天你就已经不一样了，前天的你和现在是一样的。脆弱，天，我看没几个人能比你更坚强。你这里面深得让我怕。"

曾之琳用手点米莲的胸口。

"但是第一面印象先入为主了，前天我还把你当一个脆弱的人，所以理解你晕倒。但你不脆弱啊，你可有韧劲呢。哪怕是你见过许峰杀人，知道小琳死了，这个反应是不是都太剧烈了一点？我就忍不住地想，你心里藏着的这只鬼，该凶恶到什么程度呢！

"我就想，如果我是你的话会怎么样，我觉得这样设想很靠谱对不对？你是被当成我的，那除了外貌，性格上会不会也有点像？我撞见老公和一个女人约会，说不定还上了床，我会怎么样？我付出这么多，舍弃这么多，最后换回来背叛，我能忍吗？我肯定忍不了。我不知道我会干什么，因为我被摧毁了，我所有的信心都会丧失掉，我就是废墟了，废墟上一定有火，是要把一切都烧毁的熊熊大火。"

曾之琳的语速越来越快越来越快，但说到这儿，忽然慢了下来。

"我说我不知道自己会干什么，那意思就是，干什么都有可能。米莲，你在发现小琳和许峰约会的时候同样干什么都有可能！米

莲，我把我所知道的、我所怀疑的，全都告诉路警官了，然后我
问他一句话，小琳的致命伤，和从前那些女孩的致命伤类似吗？"

这个问题，路小威并没有回答曾之琳。

曾之琳一下子站起来，用手指着米莲，用近乎撕心裂肺的声音
喊："是你杀的，是你杀死的小琳！"

"你在录音？"米莲问。

曾之琳一下子噎住，紧张地吞咽口水。

米莲闭上眼睛，轻轻吐出一口气。这口气在她心里已经憋了太
长太长的时间。

"是我杀死的小琳。"她睁开眼睛，吐字清晰地说出这句话，站
起来径自走出门去。曾之琳不敢拦。

电梯"叮"一声响，门打开，米莲走进去，门关上。这个孤独
狭小的空间独属于她了，苍白明亮的小匣子装着她往下去，许峰
也曾乘着电梯往上来，两人交错之际，米莲又看到小琳。

小琳躺倒在地，手脚无意识地抽搐，头上鲜血汩汩，润湿长
发。血从台灯基座滴落，鲜艳浓稠，旋转着撞击地面，粉碎世界
的声响排山倒海地淹来，手松开，水晶灯罩掉在地上，炸裂无声。

为什么会这样？自己本来是要救她的，两个人一起逃出去，可
是外面忽然吵起来，有一个女人的声音在叫报警报警，小琳就停
下来找手机。她还是半蒙着的，不知道轻重缓急，嘴里念叨的永
远忘不掉：他要杀我对了他要杀我他应该被抓进去赶紧抓进去赶
紧枪毙赶紧抓枪毙枪毙一百次。

然后呢，然后自己怎么了？

是因为小孩吗？都没来得及和许峰说这事，验孕棒两条杠，想着再买根确认一下，就出事了。后来偷偷去医院，医生说胎位有点危险，怕转头孩子没了，说了平添波折。那阵子拼命维持现状，什么险都不想冒，想等两个月胎位稳定了再讲。许峰一走，再没有机会。就为了这在自己身体里倏忽来去之物，自己当时是怎么想的？记不起来了，似乎也没想，又或者这两条杠只是在眼前一晃而过，腾地就慌起来了。

可以让许峰被抓吗？可以让许峰被枪毙掉吗？可以让宝宝没有爸爸吗？可以让自己没有老公吗？可以让世界上孤零零只剩自己一个人吗……所有这些都没来得及细想，纠缠混杂着在眼前一晃而过。不能这么快决定的啊，几小时前许峰还是仰望的神灵是生活的一切，现在他坠落下来，地狱太深他和她都还没掉到底，怎么就要决定了不行不可以等一等别打电话。砰！

好想让生活变回原样。

砰。

许峰你一定有你的理由。你一直是对的。

砰。

但你别杀人啊，你不能杀人的。

砰。

我被你照顾这么多年，被你从地狱里救出来，现在我回地狱里去。

砰。

这一次你还能救我吗？我们还能把路走下去吗？

砰。

好想让生活变回原样。

叮。

一楼到了。

米莲捏着手机穿过大堂，她想去太阳底下打这个电话，今天日头好。门口台阶上背对她坐一个人，力工似的弓腰躲在阴影里抽烟。是路小威。她把手机收回去。

脚步响，路小威瞥一眼，耷下眉毛继续吸烟。

米莲走下台阶，站在太阳里，和路小威平齐。她看着路小威，路小威还有小半根烟，埋头慢慢抽，直抽到烧屁股，才把头抬起来。

他还是不知道要怎么开口。读警校时期盼一朝穿起警服，擎剑荡涤人间，不管未来是去缉毒、打黑还是追击逃犯生死斗，都自慨然当之。然而真的一头扎进这世道里，满腔锐勇并无发挥空间，越体会个中三昧，越觉人之艰难。有时他会想，自己是否不适合当警察？放那么多个人情绪到案子里，到被害人甚至施害人的身上，有意义吗？平白捆住手脚陷入泥淖。对面的女人凝望着他，脸色苍白，额间鬓角都是细汗，头发一缕缕贴在脸上。她就像一株冰中兰草，此刻冰正在阳光中融化，待到冰消时，草也就委顿成泥了。这些日子他曾觉得对面的人探不到底，曾觉得她在地狱里受苦，想要搭一把手，伸过去却落不到实处。现在他终于知道了，知道她陷在怎样的地狱里，也知道她是如何走入那个地狱的，但他拉不起她。

路小威提起一口气，他终需做他该做的事情。他站起来，却觉得过于居高临下，便走下台阶，和米莲一并站到太阳里。

米莲看着披了阳光的路小威，看着他脸庞和肩膀上镀着的熠熠金边，眼泪突然涌了出来。光芒在泪水间闪烁，她伸手抵住路小威的胸膛，咚的一声心跳传过来，如观音庙的晨钟。

路小威上一次见到米莲大哭，是与李节一同登门时。此后的几天里，在挂坡村流了一些泪，重走心路流了一些泪，一次比一次少，到挖出空穴、失去孩子、发现许峰时，几乎看不出她的情绪波动了。路小威觉得米莲的眼泪流尽了，经历了一重压过一重的苦难，心田干涸泉眼枯竭，再制造不出这种液体了，但现在米莲肆意哭泣，眼泪几乎铺满脸庞。她不低头不遮面，毫不掩饰这场哭泣，始终望着路小威。这不是崩溃的哭，不是悔恨的哭，甚至不是忏悔的哭。这是什么哭？

"谢谢你，路警官。"米莲说。

"我是来抓你的。"

"很高兴是你。谢谢你。"

车停在小区门口，路小威打开后车门，米莲坐进去。

"我本来想等到把许峰埋了，再自首的。"

"我知道的。"

车子发动起来，电台自动打开，正播到一首张国荣的老歌。米莲忽然想起，那天她误入小径，听见若有若无的歌声。算算时间，是许峰自杀后不久。

"许峰死的时候，手机播放器是不是开着，是不是在放歌？能告诉我是些什么歌吗？"米莲问。

· **4** · ·

黑暗让一切归于混沌了。

时间开始远离，让黑暗诞生的沉闷声响才过去不久，他却似乎已躺了数不尽的时光，也许这是一种对未来的预知。

空间也变得模糊，明明身处狭窄坑穴，黑暗茧一样层层包裹，但这茧却有大地之厚，延伸至他心力不能及的深处。

其他的感知更游移不定。胶囊嚼出来的药苦味已经在嘴里钝去，刚开棺时的刺鼻恶臭也平复下来，腐败的奇崛味道仿佛灌入了他的身体，达至了两边的平衡。在他身边躺着的那个人，本已皮消肉穿，迥异于记忆里的模样，却又符合他对本质的设想。在这黑暗里，在他意识之海的映照中，在他触手可及，不，是触手抵足的地方，她先是枯萎成一具白骨，又渐渐丰盈，修复所有伤口，生出弹性与光泽，进而无声地脉动起来。他睁着眼睛，穿过黑暗，看见曾经并肩遥望星空的那些夜晚。

他知道通往另一个世界的道路已然铺就。

忽然想听一听歌了。他摸出手机，贴着胸膛移到眼前，却解不开密码。密码是什么记不得了，或者只是手颤锁了屏。他松开手，任手机滑落到一侧，屏幕的微光从缝隙间升起来，弥散成一道稀薄的拱门。

他轻轻唱起来。

人间路，快乐少年郎
路里崎岖，崎岖不见阳光
泥尘里，快乐有几多方向
一丝丝梦幻般风雨
路随人茫茫
……

微光熄灭，黑暗再度降临。